Gina Greifenstein

Der Traummann auf der Bettkante

W0282055

Zu diesem Buch

Anne ist leidenschaftliche Köchin und Autorin zahlreicher Kochbücher. Sie ist jung verwitwet, hat Tochter und Hund und kommt mittlerweile ohne Mann bestens zurecht. Bis sie auf Pit trifft – einen Schauspieler, der als Sunny- und Playboy unermüdlicher Gegenstand der Klatschpresse ist. Er ist so ganz anders als sie, lebt arglos in den Tag hinein und lässt nichts anbrennen. Als Anne und Pit zufällig in einer Hotel-Lobby aufeinander treffen, überschlagen sich die Ereignisse, es verketten sich eine ganze Reihe komischer Umstände – und die beiden schließen einen Deal: Sie verloben sich rein platonisch, um die Pressewogen um Pit wegen seiner vielfältigen Liebesabenteuer zu glätten und um Annes Kochbücher zu promoten. Was als PR-Gag geplant ist, entpuppt sich bald als längst nicht so unverfänglich, wie Anne sich das vorgestellt hat … Eine rasante Love-Comedy über ein etwas ungewöhnliches Leben zu zweit, das so manche Turbulenzen zu überstehen hat.

Gina Greifenstein, geboren 1962, studierte Pädagogik und arbeitet heute als freie Autorin und Journalistin. Ihr sind unter anderem zahlreiche PIXI-Bücher und Kochbücher zu verdanken, darunter zwei Bestseller. Sie ist Mutter zweier Kinder und wohnt mit ihrer Familie in der Pfalz. »Der Traummann auf der Bettkante« ist nach »Tod macht erfinderisch« ihr zweiter Roman.

Gina Greifenstein

Der Traummann auf der Bettkante

Roman

Piper München Zürich

Von Gina Greifenstein liegen bei Piper im Taschenbuch vor:
Tod macht erfinderisch
Der Traummann auf der Bettkante

Originalausgabe
November 2007
© 2007 Piper Verlag GmbH, München
Umschlaggestaltung: Cornelia Niere, München
Umschlagfotos: jupiterimages / image source (oben) und Cameron / CORBIS (Frau unten)
Autorenfoto: Gossmann, Bad Bergzabern
Satz: Filmsatz Schröter, München
Druck und Bindung: Clausen & Bosse, Leck
Printed in Germany ISBN 978-3-492-26218-7

www.piper.de

Müde drückte Anne auf den automatischen Fensterheber, und die Scheibe zur Linken verschwand lautlos nach unten. Kühle Morgenluft strömte in den Wagen und mit ihr ein Schwall kalter Regentropfen, die wie Nadelstiche auf ihren nackten Arm und die linke Gesichtshälfte einpickten. Sie fröstelte, merkte aber, wie die Müdigkeit von ihr abfiel, die sie während der letzten Kilometer immer mehr eingelullt hatte.

Sie warf einen missbilligenden Blick auf Marie, die zusammengerollt wie ein Embryo neben ihr auf dem Beifahrersitz selig vor sich hin schlummerte. Tolle Freundin, die sie sich da ausgesucht hatte! Eigentlich hatte sie Marie mitgenommen, um während der langen Fahrt nach Berlin Unterhaltung zu haben und wach zu bleiben.

Das eintönige Gedudel im Radio war auch nicht unbedingt die Art von Musik, die ihr die Augen offen hielt, befand Anne und kramte mit einer Hand aufs Geratewohl zwischen den Kassetten, die in der Ablage wild durcheinanderlagen.

Rammstein stand auf der ersten, die sie aus dem Sammelsurium herauszog. Deutscher Rock, laut und hart – prima, genau das, was sie jetzt brauchte!

Sie steckte die Kassette in den Recorder, zögerte kurz und blickte noch einmal zu Marie hinüber. Nein, sie hatte kein Mitleid mit der verpennten Freundin, ganz im Gegenteil! Bevor sie auf *Start* drückte, drehte sie den Lautstärkeregler fast bis zum Anschlag nach rechts, und gleich darauf ertönten ohrenbetäubende Schlagzeugklänge, dröhnten durch das Auto und brachten ihren Magen zum Erbeben. Ah, das war gut – lächelnd umschloss Anne das Lenkrad, während sie mit offenem Fenster über die fast leere Autobahn schoss.

Wie vom Donner gerührt fuhr Marie auf ihrem Sitz hoch.

»Sag mal, spinnst du?«, schrie sie gegen die erdigen Bässe und die rauchig tiefe Stimme des Sängers an, die aus vibrierenden Lautsprechern heraus gerade *Asche zu Asche* ins Wageninnere röhrte. Nachdem sie den infernalischen Lärm endlich leiser gestellt hatte, funkelte sie Anne wütend an. »Kannst du dir diesen schrecklichen Krach nicht anhören, wenn du allein bist? Da wird ja jeder normale Mensch taub!«

»Die Musik hält zumindest wach, was man von dir nicht gerade behaupten kann«, gab Anne lachend zurück.

Fröstelnd schlang sich Marie die Arme um den Körper.

»Ich bin für ein paar Minuten eingenickt, das kann doch mal passieren.«

»Ein paar Minuten? Ha! Seit fast zwei Stunden schnarchst du mir was vor. Hast du überhaupt eine Ahnung, wie ansteckend das ist?« Anne gähnte herzhaft – ganz hatte sie die Müdigkeit doch noch nicht abgeschüttelt.

»Mach doch mal das Fenster zu, das ist ja eklig.« Mürrisch drückte Marie auf den Fensterheberknopf. »*Du* bist eklig«, stellte sie kurz darauf fest und angelte sich ihre Jeansjacke von der Rückbank. Da sie zu faul war, den Sicherheitsgurt zu öffnen, dauerte es einige Zeit und mehrere kunstvolle Verrenkungen, bis sie endlich hineingeschlüpft war. »Wenn du schon am Anfang der Reise so widerwärtig bist, wie werden dann die nächsten Tage mit dir? Wär ich bloß daheim geblieben!«

»Die meisten Freundschaften gehen übrigens in die Brüche, wenn die Leute zusammen in den Urlaub fahren, hast du das gewusst?« Anne warf ihrer Beifahrerin einen kurzen Blick zu, der mit einer grantigen Grimasse quittiert wurde. »Ehrlich, das ist wissenschaftlich erwiesen. Da hockt man plötzlich mehrere Tage lang aufeinander – und das in der gleichen Ferienwohnung oder im gleichen Hotelzimmer ... oder in einem engen Auto ... Der eine schläft gern lang, der andere ist Frühaufsteher. Der eine ist geizig und will jeden Tag kochen, der andere möchte den Urlaub total genießen und immerzu essen gehen. Der eine ist extrem ordentlich, der andere eine Schlappsau. Man kann sich nicht aus dem Weg, dafür aber richtig schön auf die Nerven gehen. Und wenn dann das Wetter noch ordentlich mies ist – bumm –, kommt man mit jeder Menge Dreckwäsche und einer Freundin oder einem Freund weniger nach Hause.«

»Ich will in Berlin mein eigenes Zimmer«, brummelte Marie düster und starrte in den Regen hinaus. »Und das Wetter ist ja wirklich sehr erheiternd! Ob das ein schlechtes Omen ist?«

Einige Zeit fuhren sie schweigend durch das eintönige Grau, während die Jungs von *Rammstein* um einiges leiser sangen, dass Engel sich an Sterne krallen müssen, damit sie nicht vom Himmel fallen, und dass sie deswegen auf keinen Fall Engel sein möchten. Wer will das schon?, dachte Anne bei sich und summte mit.

»Wie wär's mit einem schönen heißen Kaffee?«, lockte sie Marie wenig später, als sie an einem Schild vorbeirauschten, das die nächste Raststätte in fünf Kilometern Entfernung ankündigte.

»Kaffee ist immer gut«, stellte Marie etwas freundlicher fest und strubbelte sich eingehend durch die sowieso schon wilde Haarpracht.

Kurze Zeit später parkten sie zwischen unzähligen Riesenlastern vor dem verglasten Autobahnrestaurant.

»Wie weit ist es denn noch?«, fragte Marie schließlich,

während sie ihr Tablett mit den beiden Jumbokaffeetassen an der Theke entlangschoben. Anne deutete diesen unvermuteten Redeschwall als Versöhnungsversuch.

»Schätzungsweise noch um die dreihundert Kilometer.« Sie stellte noch einen Teller mit zwei leicht angetrockneten Schinkenbrötchen dazu und zahlte für sie beide, sozusagen als Friedensangebot von ihrer Seite.

Sie einigten sich auf einen Tisch direkt am Fenster und schlürften geräuschvoll den heißen Kaffee. Es hatte aufgehört zu regnen, und einige Sonnenstrahlen tasteten sich zaghaft durch die graue Wolkendecke. Gedankenverloren kauten sie auf den zähen Brötchen herum. Schließlich lachte Marie sie an.

»Das mit dem eigenen Zimmer war nicht so ernst gemeint.«

»Hab ich mir fast gedacht«, lachte Anne zurück. Sie waren schon oft zusammen verreist, hatten tagelang in einem engen Zwei-Mann-Zelt gehaust und auch schon diverse Zimmer miteinander geteilt. Seit fast zehn Jahren waren sie befreundet und hatten so einiges gemeinsam überstanden. Die von ihr erwähnte wissenschaftliche Studie hatte mit Sicherheit nichts mit ihnen zu tun, denn eigentlich konnte ihrer Freundschaft nichts gefährlich werden. Kein Mann hatte es bis jetzt geschafft, sie auseinanderzubringen – vielleicht war einfach keiner von ihnen wichtig genug gewesen. »Außerdem könnten wir uns gar keine zwei Zimmer leisten«, fügte sie hinzu.

»Und wir wohnen wirklich im *Adlon*?« Marie konnte es noch immer nicht so recht glauben.

»Wir wohnen wirklich im *Adlon*!«, bestätigte Anne mit einem breiten Grinsen. Ihre Haltung straffte sich, und graziös spreizte sie den kleinen Finger, während sie trank. »Allerdings müssen wir noch etwas an unserem Auftreten feilen, denn dieser Laden ist schrecklich distinguiert.« Sie klimperte affektiert mit den Wimpern und schaute entsetzlich blasiert aus der Wäsche.

Marie kicherte in ihre Tasse hinein und verschluckte sich fast. »Und wenn sie uns in diesem Aufzug gar nicht reinlassen?«

Anne betrachtete ihre ausgewaschenen Jeans, die von unzähligen bunten Flicken vor dem endgültigen Zerfall bewahrt wurden. Auch die hellbraunen Wanderschuhe, die nun seit mehreren Jahren ihre ständigen Begleiter waren, hatten eindeutig schon bessere Zeiten erlebt. Aber es waren ihre Lieblingsschuhe, genauso wie die geflickte Hose ihre Lieblingshose war.

»Ich trage eine exklusive Designerhose, ich weiß gar nicht, was du willst.« Sie zwinkerte der Freundin fröhlich zu. »Außerdem haben wir das nötige Kleingeld, warum sollten sie uns nicht reinlassen? Wer Geld hat, kann sich fast alles erlauben.«

»Hoffentlich wissen die das auch an der Rezeption«, zweifelte Marie. Sie strich sich den fransigen und ebenfalls ausgewaschenen Jeansrock glatt, der kurz über dem Knie endete. Ihre nackten Beine wiederum endeten sockenlos in ausgetretenen Turnschuhen, die kaum besser aussahen als Annes Fußbekleidung.

»Sie müssen uns so reinlassen – ich hab gar nichts anderes zum Anziehen dabei! Noch ’nen Kaffee?«

Marie starrte Anne ungläubig an.

»Willst du mir weismachen, dass du nur diese Jeans dabei hast? Und was ist mit der Talkshow? Willst du da auch so auftauchen?« Marie war eindeutig fassungslos, ein Zustand, der bei ihr äußerst selten zu beobachten war.

»Ich hab noch meine kurze Jeanslatzhose eingepackt«, sagte Anne leichthin und stand auf, um eine zweite Runde Kaffee zu holen. »Es soll heiß werden, sagt der Wetterbericht.«

»Deine Jeanslatzhose?« Marie war ebenfalls aufgestanden und folgte Anne. »Mann, da geht es um deine Karriere, und du hast nur deine Jeanslatzhose eingepackt?«

»Was regst du dich so auf?« Anne ließ die beiden Tassen mit frischem Kaffee volllaufen. »Sie wollen mit mir nur über mich quatschen, sie wollen mich nicht heiraten! Warum soll ich mich dafür verkleiden? Immerhin hat die Latzhose keinen einzigen Flicken ...«

»Musst du eigentlich immer mit dem Kopf durch die Wand?« Marie zückte ihren Geldbeutel. »Die Runde geht auf mich.« Annes Kommentar – »Logisch!« – hörte sie gar nicht.

»Wir können doch auch bei meinem Bruder und seiner Freundin pennen«, schlug Marie zum wiederholten Male vor, als sie wieder an ihrem Tisch am Fenster saßen. »Die haben jede Menge Platz in ihrer Altbauwohnung!«

Anne rollte genervt die Augen. »Wenn du solche Angst hast, dass wir im *Adlon* nicht reingelassen werden, kann ich dich ja gleich bei deinem Bruder absetzen. Ich für meinen Teil wohne im *Adlon*, komme, was da wolle! Und wenn denen meine Hose nicht passt, dann ziehe ich sie einfach aus.«

Marie prustete ungehalten los.

»Das trau ich dir glatt zu«, kicherte sie in ihre Tasse hinein.

»Stell dir nur die Gesichter vor, wenn du tatsächlich an der Rezeption die Hose fallen lässt!«

Wenig später stiegen sie ins Auto. Bevor sich Anne wieder in den fließenden Verkehr einfädelte, warf sie einen missbilligenden Blick auf den Stapel Zeitungen und Zeitschriften auf Maries Schoß, die diese sich schnell noch besorgt hatte.

Marie grinste breit.

»Klatschblätter, ich weiß, was du davon hältst. Aber da wir jetzt auf dem Weg zu den Reichen und Schönen sind, sollten wir uns einen Überblick verschaffen, wer was mit wem tut oder getan hat oder noch tun will.« Sie deutete nach vorn.

»Du fährst, und ich lese dir vor, okay?«

»Tu, was du nicht lassen kannst – Hauptsache, ich schlafe am Steuer nicht ein!«

»Also, dann wollen wir mal sehen, was bei den Stars so abgeht.« Genussvoll schlug Marie die erste Zeitschrift auf.

»Ach hier, ein Bericht über Prinz Werner von Tiefenbachs Eskapaden. Bloß – wen interessieren schon Prinz Werner von Tiefenbachs Eskapaden?« Sie sah Anne forschend an.

»Kein Schwein!«, erwiderte diese trocken und setzte den Blinker, um einen Blumenlaster aus Holland zu überholen. »Prinz Werner von Dingsbums – wer ist das überhaupt?«

»Meine Rede, kein Schwein!« Marie blätterte weiter. »Aber hier: die Wahrheit – die wahre Wahrheit!! – über Pit Arnold!«

Sie schickte einen Stoßseufzer gen Himmel und versank fast in dem ganzseitigen Foto von diesem Pit Arnold. »Pit Arnold! Der einzige Mann, der mir im Moment wirklich gefährlich werden könnte!«

»Wer zum Teufel ist nun wieder Pit Arnold?« Anne hatte den LKW überholt und fädelte sich wieder rechts ein. Vorsichtig schielte sie in Maries Zeitung.

»Soll das heißen, du kennst Pit Arnold nicht?« Marie schnappte geräuschvoll nach Luft. »Den mit Abstand tollsten Mann, der auf Gottes Erdboden herumläuft?«

»Tut mir leid, ich kenn ihn trotzdem nicht.« Anne verrenkte sich fast die Augen, um einen Blick auf das Foto dieses sensationellen Mannes zu erhaschen.

»Ist auch gar nicht deine Preislage – viel zu … hm, ordentlich, wenn du weißt, was ich meine.«

»Definiere *ordentlich* doch bitte etwas näher!« Das Gesicht dieses Pit Arnold lag nun ausgebreitet auf Maries

Schoß, während diese verträumt in den inzwischen strahlend blauen Himmel blickte. Anne erkannte ein wohlgeformtes männliches Antlitz, markant, aber doch nicht zu männlich, aus dem stahlblaue Augen hervorstachen. Sympathisch, fand sie, aber fast ein bisschen zu schön.

»Na, ein Anzugmann, das mein ich mit ordentlich. Vom Feinsten eben, Boss, Armani, Gucci. Der muss keine Angst haben, dass man ihn nicht ins *Adlon* reinlässt!«

»Ich hab auch keine Angst, dass man mich nicht ins *Adlon* reinlässt«, bemerkte Anne leicht gereizt, und dieses hübsche Männergesicht verlor augenblicklich einen Großteil seiner sympathischen Ausstrahlung.

»Aber ich«, antwortete Marie besorgt und vertiefte sich wieder in das Hochglanzbild dieses Pit Arnold.

»Wer wird denn gleich so spießig sein!«, kicherte Anne. Ihr Blick glitt prüfend über Maries Outfit. »So richtig elegant bist du nun auch nicht gerade angezogen. Bestimmt würde dieser wunderbare Pit Soundso die Nase über dein Erscheinungsbild rümpfen!«

»Arnold! Er heißt Pit Arnold!«

»Gut, Pit Arnold. O, Gott, was ist ›Pit‹ bloß für ein grauenhafter Name! Wie kann man nur so heißen und nichts dagegen tun? Klingt ja fast wie Pitbull! Und was leistet dieser Pit Arnold Wunderbares, dass du ihn so anhimmelst?«

»Er ist Schauspieler.« Marie hielt das Bild so, dass Anne es besser sehen konnte. »Ist er nicht himmlisch? Also, ich stieße ihn ganz bestimmt nicht von meiner Bettkante!«

»Zum Glück kommst du nicht in die Verlegenheit, ihn von deiner Bettkante stoßen zu müssen!«, lachte Anne, der der Mann auf dem Foto zugegebenerweise sehr gut gefiel.

»Wer weiß ...«, hauchte Marie schwärmerisch.

»Mach dich nicht lächerlich! Wir sind fast vierzig – in diesem Alter solltest du definitiv damit aufhören, solchen

Träumereien nachzuhängen.« Automatisch war Anne aufs Gas getreten und schoss jetzt mit hundertsiebzig Sachen über die Autobahn Richtung Berlin.

Marie seufzte tief.

»So schön, wie der ist, ist er mit Sicherheit schwul«, bemerkte Anne trocken, um die Freundin ein bisschen zu ärgern. »Ein so schöner Mann und dann noch Künstler ... glaub mir, der Typ ist schwul – oder zumindest bi!«

»Du hast ja 'nen Knall!«, echauffierte sich Marie, und es sah fast so aus, als wolle sie der Freundin geradewegs ins Gesicht springen. »Wie kannst du nur so was Gemeines sagen, du kennst ihn doch gar nicht!«

Anne tat es leid, dass sie so boshaft gewesen war.

»Nun lies schon vor, was sie über deinen Pit Arnold schreiben!«, bat sie begütigend. »Ich will doch nicht dumm sterben.«

Zuerst bockte Marie ein wenig, dann las sie mit trotziger Stimme vor. Als Marie mit den zwei Seiten fertig war, wusste Anne, dass Pit Arnold demnächst zweiundvierzig würde, sich liebevoll um seine arme verwitwete Mutter kümmerte und junge Frauen – genauer gesagt: blutjunge Frauen – als Bettgefährtinnen bevorzugte. Er lebte in Hotels – Häuser und Eigentumswohnungen fand er schrecklich spießig und langweilig. Er wollte erst einmal keine Kinder, am liebsten eigentlich nie. Und Tiere waren nicht gerade seine Leidenschaft. Und er träumte von einer Karriere in Hollywood. Lächerlich, dachte Anne, als sie das hörte – wie konnte ihn jemand in Hollywood haben wollen, wenn sie selbst noch nie etwas von ihm gehört hatte? Etwas kleinlaut las Marie den Absatz vor, in dem es um Pit Arnolds ausschweifenden Lebenswandel ging: Partys ohne Ende, exzessiver Alkoholkonsum, Schlägereien.

»Er ist ein Arschloch«, resümierte Anne, als Marie fertig gelesen hatte. »Zugegeben: ein gut aussehendes Arschloch, aber trotzdem ein Arschloch! Glaub mir, keine Frau verdient so einen Typen!«

Marie schwieg einige Zeit betroffen.

»Und wenn du ihn kennenlernen würdest?«, fragte sie schließlich und sah die Freundin prüfend von der Seite an. »Wenn er dich zum Essen einladen würde?«

»Dann wäre er immer noch ein Arschloch, und ich wüsste gleich, dass er es nicht ernst meint, weil ich fast so alt bin wie die Mütter der Mädels, die er sonst einlädt!«

»Gingst du mit ihm essen?«, bohrte Marie weiter.

Anne überlegte kurz.

»Klar, unter zwei Bedingungen: Er zahlt, und ich darf in diesen Jeans kommen!«

Marie schlug mit der Zeitschrift nach der Freundin.

»Du bist wirklich eklig, ich weiß gar nicht, warum ich mit dir befreundet bin!«

»Weil ich so wunderbar ehrlich bin und es nie langweilig mit mir wird.«

Marie kicherte und nahm Deutschlands meistgelesene Tageszeitung zur Hand.

»O nein!«, stöhnte sie und vertiefte sich in den Bericht, den sie aufgeschlagen hatte.

»Was?«

»Pit« – sie sagte »Pit«, als ob sie ihn tatsächlich kennen würde, als ob er ein guter Bekannter oder Freund von ihr wäre, mit dem sie gestern noch Kaffee getrunken hatte! –, »Pit ist mit einem Mann im Bett erwischt worden!«

»Na, was hab ich gesagt? Ein Arschloch! Und ich habe noch untertrieben: ein schwules Arschloch«, kommentierte Anne, setzte den Blinker nach rechts und bog Richtung Rastplatz ab. Die zwei Riesentassen Kaffee meldeten sich mit einem unangenehmen Druck auf die Blase. »Halt, ich verbessere: ein *dummes* schwules Arschloch, wenn er sich auch noch dabei erwischen lässt!«

Marie starrte Anne schockiert an.

»Wie kannst du nur so herzlos sein?«

Anne traute ihren Ohren nicht und betrachtete die Freundin mit hochgezogenen Augenbrauen.

»Marie! Wir kennen diesen Menschen doch gar nicht! Es kann uns doch völlig egal sein, was er tut oder nicht tut, ob er Teenager vögelt oder Großmütter oder Männer. Meinetwegen kann er sich auch gern mit Elefanten vergnügen. Er ist ein Fremder und wird es immer bleiben, genauso wie George Clooney oder Keanu Reeves oder Brad Pitt – wir werden sie alle nie kennenlernen –, was ich bei den letzten dreien allerdings zutiefst bedaure.«

Marie schwieg.

»Ich gehe jetzt aufs Klo, und wenn ich wiederkomme, fahren wir weiter und verlieren kein Wort mehr über diesen komischen Pit Arnold, einverstanden?«

Marie nickte stumm.

»Kannst du mir sagen, was das soll?«

Die Zeitung klatschte auf Pit Arnolds Bettdecke. Mühsam sortierte er seine Gedanken und rappelte sich hoch.

»Was ist denn los, verdammt noch mal? Kann ich denn nicht mal in Ruhe ausschlafen?« Pit zwinkerte in das grelle Sonnenlicht, als Tom Berger die Vorhänge rücksichtslos zur Seite zerrte.

»Ich werde dich entlassen«, drohte er, konnte aber immer noch nichts sehen.

»Es ist gleich drei – f-ü-n-f-z-e-h-n Uhr!« Tom sprach die letzten Worte aus, als hätte er es mit einem geistig Behinderten oder zumindest einem Schwerhörigen zu tun.

»Außerdem wäre es unter den momentanen Umständen wirklich eine Wohltat, von dir entlassen zu werden. Du solltest eher den lieben Gott bitten, dass ich nicht selbst kündige.« Er goss heißen, extrastarken Kaffee in die Tasse, die auf einem Tablett auf dem Mahagonitisch stand, und trug sie zu Pit ans Bett.

»Hier, trink, damit du endlich wieder zur Besinnung kommst!«

Pit Arnold trank gierig von dem tiefschwarzen Gebräu und verbrannte sich prompt die Zunge.

»Verdammt«, fluchte er, »ist das heiß!«

»Kaffee ist nun mal heiß«, fauchte Berger schlecht gelaunt. Er gönnte Pit die Schmerzen, und wenn es nach ihm gegangen wäre, hätte es ruhig noch ein bisschen heftiger wehtun können. Immerhin hatte Pit sich da wieder eine dicke Suppe eingebrockt, und aus Erfahrung wusste er, dass er, Tom, diese Suppe für ihn auslöffeln musste. Ich bin total unterbezahlt, dachte er zum wiederholten Male.

»Was hast du dir nur dabei gedacht?« Er deutete auf die Zeitung, die noch immer auf Pits Bettdecke lag.

»Wobei gedacht?« Pit wurde nur sehr langsam wach.

»Dich mit einem Typen im Bett erwischen zu lassen!«

Pit Arnold kicherte unkontrolliert vor sich hin.

»Bist du am Ende eifersüchtig?«

»Du bist wirklich ein Blödmann!« Berger wandte sich wütend von seinem Freund und Chef ab und starrte in den sonnigen Nachmittag hinaus. Am liebsten wäre er an Ort und Stelle geplatzt, aber das hätte nichts gebracht. Er musste sich beruhigen, wenigstens einer sollte hier die Ruhe und vor allem einen klaren Kopf bewahren, wenn sie mit einigermaßen heiler Haut aus diesem Schlamassel herauskommen wollten.

Pit Arnold griff nach der Zeitung und las, was Tom so aufgebracht hatte.

»Ach so, das«, murmelte er schulterzuckend. »Das war ein Missverständnis, ehrlich! Ich hab wirklich nichts mit Männern am Hut. Wenn einer das weiß, dann du! Mann, Tom, ich war sturzbesoffen und bin auf diesem Bett eingepennt!« Sein Blick war voller Reue, und er schien tatsächlich den Tränen nahe. »Ich kenn den Typen doch gar nicht, der da neben mir lag.« Er betrachtete das Foto genauer. »Ist auch gar nicht meine Kragenweite«, stellte er frech grinsend fest.

»Du bist so erbärmlich!«, zischte Tom. »Erst vögelst du halbe Kinder und dann das! Du warst auf dem besten Weg, ein Star zu werden, aber solche Geschichten können alles kaputt machen. Wie soll ich das wieder geradebiegen, kannst du mir das verraten? Wer will schon einen Hauptdarsteller in heiteren Beziehungskomödien sehen, der kleine Mädchen und Männer vernascht?«

»Jetzt bausch das Ganze doch nicht so auf! Es wird in der Presse ein paar Wellen schlagen und dann wieder in Vergessenheit geraten, wenn die Welt einen neuen Skandal zum Breittreten gefunden hat. Wer hat mir denn vor nicht allzu langer Zeit geraten, dass ich mein glattes Braver-Bubi-Image etwas aufrauen soll?« Sein Kopf schmerzte – vielleicht sollte er sich beim Saufen doch ein bisschen zurückhalten.

»Mit ›etwas aufrauen‹ habe ich nicht gemeint, dass du dich zum bösen Buben der Nation entwickeln sollst. Was du seit geraumer Zeit treibst, ist karriereschädigend, mein Junge. Und wenn erst einmal der Verdacht aufgekommen ist, dass jemand schwul ist, dann wird die Welt das nie vergessen. Das ist wie Aussatz, wie ein Feuermal mitten im Gesicht – glaub einem, der es wissen muss!« Tom schnaubte verächtlich. »Dann kannst du dir die gut bezahlten heiteren Beziehungskomödien abschminken, mit denen du dein teures Leben finanzierst. Niemand nimmt einem Schwulen den schmachtenden Frauenverführer ab.«

»Ich bin doch aber nicht schwul!«, verteidigte sich Pit.

»Das weißt du, und ich weiß es auch, aber die Welt da draußen weiß es nicht hundertprozentig. Glaub mir, die

Menschen sind grausam. Genauso, wie sie dir jahrelang zu Füßen gelegen und dich angehimmelt haben, genauso werden sie sich an deinem Niedergang ergötzen und mit dem Finger auf dich zeigen.«

Nach kurzer Pause fügte er hinzu: »Es wundert mich sowieso, dass die Schmierfritzen noch so zahm sind – anscheinend haben sie in ihrer ersten Freude über diese wunderbare Enthüllung ganz vergessen, dass dein Manager und Berater schwul ist – und dass genau ich dieser Manager und Berater bin.«

»O Gott, warum passiert ausgerechnet mir immer diese Scheiße?« Stöhnend ließ sich Pit auf das Kissen zurückfallen. Langsam wurde ihm die Tragweite seines Ausrutschers bewusst. Am liebsten hätte er sich unter der Bettdecke verkrochen und wäre nie wieder hervorgekommen.

»Weil du nie an irgendwelche Konsequenzen denkst. Wie ein kleines Kind trampelst du durch dein Leben und durch das Leben anderer, Pit, kaum zu glauben, dass du tatsächlich über vierzig bist!« Tom ließ sich erschöpft in einen Sessel fallen und vergrub das Gesicht in den Händen.

»Ich werde mich ändern«, versprach Pit und meinte es in diesem Moment wirklich ernst.

»Ach ja, kannst du mir auch verraten, wie du das anstellen willst?«, kam es zwischen Toms Fingern hindurch.

»Keine Weibergeschichten mehr!«, verkündete Pit.

»Toller Schachzug, ehrlich, und für alle Welt der Beweis, dass du tatsächlich schwul bist. Hast du noch ähnliche wunderbare Vorschläge auf Lager?« Tom stöhnte, als litte er große Schmerzen.

»Im Augenblick nicht, aber ich arbeite daran. Vielleicht fällt mir ja unter der Dusche was ein.«

Gegen sechzehn Uhr kamen Anne und Marie endlich im Hotel *Adlon* an. Energisch wickelte sich Anne ihren ewig langen, hauchzarten Seidenschal mit den Goldglöckchen mehrmals um den Hals, packte ihre Reisetasche und marschierte zielstrebig und leise klingelnd ins Foyer. Marie hatte Schwierigkeiten, Schritt zu halten.

»Hättest du nicht wenigstens diese albernen Glöckchen von dem Schal abmachen können?«, raunte sie tonlos. Der Anblick all des Prunks und Protzes verschlug ihr fast den Atem. Vielleicht wären sie ja mit ihren Klamotten gar nicht so sehr aufgefallen, aber nach dem Schlittengeläute drehte sich jeder um und musterte sie argwöhnisch.

»Die haben dich doch bisher auch nicht gestört«, wunderte sich Anne und drang unbeirrt zur Rezeption vor. Dort angekommen, ließ sie die Tasche mit lautem Plumps auf den Boden fallen.

»Anne Jünger – ich habe ein Doppelzimmer reservieren lassen«, flötete sie dem älteren Herrn dahinter mit strahlendem Lächeln zu.

Marie wusste nicht, ob sie dessen Blick unter »verblüfft« oder »schockiert« einordnen sollte.

Jetzt!, dachte Marie und zog abwehrend die Schultern hoch. Jetzt schmeißt er uns bestimmt hochkant raus – und wenn nicht er, dann irgendwelche Hotelpagen oder Hoteldetektive!

»Anne Jünger?«, fragte der Herr im gut sitzenden dunklen Anzug nach, und ein Lächeln erhellte die gerade noch so grimmigen Züge. »Sind Sie nicht die Kochbuchautorin?«

»Ja, die bin ich!« Anne war überrascht, dass sie hier jemand kannte.

»Meine Frau und ich besitzen alle Ihre Bücher – wir sind nämlich begeisterte Hobbyköche. Wir haben Sie gesehen, wie Sie mit dem Herrn Biolek gekocht haben.« Er schüttelte ihr über die Anmeldung hinweg begeistert die Hand. »Meine Frau wird es gar nicht glauben, wenn ich ihr das heute Abend erzähle.«

»Wenn Sie ihr ein signiertes Buch mitbringen, dann muss sie es glauben«, schlug Anne lächelnd vor.

»Das täten Sie?«

»Für unseren Zimmerschlüssel täte ich fast alles – ich brauche nämlich dringend eine erfrischende Dusche.«

»Aber ja, tut mir leid, ich wollte Sie natürlich nicht aufhalten«, entschuldigte sich der Rezeptionist eilfertig und überprüfte die Reservierungen. »Hier haben wir Sie ja!« Er überreichte ihr den Zimmerschlüssel. »Ich wünsche Ihnen einen angenehmen Aufenthalt in unserem Haus, Frau Jünger.«

»Ich danke Ihnen vielmals« – sie las den Namen auf seinem Ansteckschild –, »Herr Joergensen. Und denken Sie morgen an die Bücher, damit ich sie signieren kann!«

Anne und Marie winkten dem herbeieilenden Pagen dankend ab und trugen ihr karges Gepäck selbst zum Aufzug.

»Wir sind drin – wir sind wirklich und wahrhaftig drin!«, jauchzte Marie, als sich die Aufzugtür schloss. »Du bist einfach genial!«

»Wird aber auch höchste Zeit, dass du das mal merkst«, brummte Anne.

Im vierten Stock stiegen sie aus und atmeten tief durch, bevor sie die Tür ihres Zimmers aufschlossen.

»Bist du bereit?«, fragte Anne.

»Ich glaube schon«, gab Marie aufgeregt zur Antwort.

Ehrfurchtsvoll betraten sie den großen Raum, der sich vor ihnen auftat.

»Nicht zu fassen!«, stöhnte Marie und schloss die Tür. Während sie sich übermütig aufs Bett warf, inspizierte Anne das luxuriöse Bad. »Wir sind drin! Sie haben uns tatsächlich reingelassen!«

Marie stand auf und angelte sich einen blank polierten roten Apfel aus dem üppigen Obstkorb auf dem Tisch.

»Mir war gar nicht bewusst, dass du sooo berühmt bist!«,

rief sie mit vollem Mund ins Bad hinein, wo sich Anne die Hände wusch.

»Vielleicht solltest du ab sofort Sie zu mir sagen«, kam die lachende Antwort.

Bevor Pit sie sah, hörte er sie – beziehungsweise das leise Klingeln, mit dem sie das Foyer erfüllte. Die gedämpften Stimmen verstummten, und alles sah sich verwundert nach ihr um.

Er betrachtete sie ebenfalls, wie sie selbstbewusst durch die heiligen Hallen schritt und bei jeder Bewegung dieses zarte Läuten verursachte. Sie war keine Schönheit, stellte er fest, groß, schlank, nicht mehr ganz jung, vierzig vielleicht, ein paar Jahre mehr oder weniger. Dennoch hatte sie etwas, er konnte es nicht beschreiben, und er konnte den Blick nicht von ihr losreißen. Sie lachte viel, das sah er ihrem offenen Gesicht an, den unzähligen Lachfältchen, die sich um die Augen eingegraben hatten. Ihr Gang war kraftvoll und zielstrebig, bestimmt war sie begeisterte Sportlerin. Ihre Kleidung allerdings wirkte irgendwie grotesk – wie konnte ein erwachsener Mensch freiwillig nur so verlottert herumlaufen? Doch komischerweise passte alles an ihr zusammen und wirkte so anziehend auf ihn, dass er mitten in der Halle innehielt und ihr nachsah.

Sie lachte mit dem Rezeptionsmenschen, der sonst so schrecklich ernst und vornehm auftrat. Joergensen lag ihr zu Füßen, das erkannte er von hier aus, und das hatte er bei diesem Mann noch nie erlebt. Wer, verdammt noch mal, war sie?

Nachdem sie mit leisem Geläute im Aufzug verschwunden war, ging er zur Rezeption.

»Lieber Herr Joergensen, verraten Sie mir, wer die Dame ist, die sich gerade mit Schellengeläute bei Ihnen angemeldet hat!«

Joergensen sah Pit vernichtend an, nichts deutete darauf hin, dass er gerade noch mit dieser geheimnisvollen Unbekannten gescherzt hatte.

»Aber Herr Arnold, Sie kennen doch die Prinzipien unseres Hauses: Die Gäste bleiben unbedingt anonym«, wies er ihn zurecht.

Pit zückte einen Fünfzig-Euro-Schein und streckte ihn verdeckt über den Tresen. »Ich bin sicher, dass die Dame früher mit mir auf der Schule war. Ich will nur ihren Namen wissen, mehr nicht«, bettelte er.

Joergensen überschlug das ungefähre Alter der Kochbuchautorin und des Schauspielers und kam zu dem Schluss, dass sie wirklich etwa gleich alt sein mussten. Sollte er den Namen verraten? Entrüstet schob er schließlich Pits Hand zurück.

»Das ist Anne Jünger, die bekannte Kochbuchautorin – aber von mir wissen Sie das natürlich nicht«, murmelte er schließlich und drehte sich demonstrativ in die andere Richtung, um dort geschäftig in irgendwelchen Papieren zu wühlen.

»Wusste ich's doch! Anne, klar, sie saß eine Reihe hinter mir«, log Pit laut und steckte das Geld wieder ein. »Einen schönen Tag noch, Herr Joergensen!«

Um zwanzig Uhr trafen sich Anne und Marie mit Maries Bruder Jochen und seiner Freundin Hanna, die nun schon seit drei Jahren in Berlin lebten. Er hatte sein Jurastudium im vierten Semester abgebrochen und arbeitete jetzt als Barkeeper in irgendeiner Szenekneipe. Während sie den Kurfürstendamm entlangschlenderten, erzählte er, dass er ein »Schweinegeld« verdiene und nie wieder freiwillig von Berlin weggehen werde, weil es die tollste Stadt überhaupt sei. Hanna studierte Musik und wollte irgendwann als Pianistin und Musiklehrerin ihre Brötchen verdienen.

Sie aßen einen Döner im Gehen, und Anne dachte mit Schrecken an diese Talkshow morgen, bei der sie wunderbar nach Knoblauch duften würde. Die Nacht war angenehm warm, und es war sehr spät, als sie endlich ins Hotel zurückkamen.

»Ich hätte nie gedacht, dass Berlin so schön ist«, schwärmte Marie kurz vor dem Einschlafen. »Eigentlich könnte ich hierbleiben und erst mal bei Jochen und Hanna wohnen, bis ich einen Job gefunden habe.«

»Mach's doch«, murmelte Anne, die schon fast schlief und gar nicht mehr richtig zuhörte.

»Du hast leicht reden«, erwiderte Marie leise und lauschte dem gleichmäßigen Atmen der anscheinend schon schlafenden Freundin neben ihr.

»Man darf nicht immer nur von etwas träumen«, kam noch eine Antwort, »man muss es einfach tun.«

Es war weit nach Mitternacht, als Pit aus der Bar kam und den Aufzug anpeilte. Er hatte sich heute mit den Drinks zurückgehalten und war ziemlich stolz auf sich.

Da hörte er wieder dieses leise Klingeln und wusste sofort, dass *sie* in der Nähe sein musste. Und tatsächlich: Sie stand plaudernd mit einer anderen Frau vor dem Aufzug und trug noch immer diese geflickte Hose. Der Hintern, der darin verpackt war, war gar nicht so übel, stellte er mit Kennerblick fest. Bevor er sich entscheiden konnte, ob er den beiden in den sich öffnenden Fahrstuhl folgen sollte oder nicht, schloss sich die Tür, und Anne Jünger entschwand seinen Blicken.

Nichtsahnend trat Pit Arnold am nächsten Morgen aus dem Aufzug. Es war kurz nach sieben, und er wollte joggen gehen, das tat er manchmal, wenn er mal wieder auf dem Gesundheitstrip war. Er trug einen dunkelgrauen Trainingsanzug und eine Sonnenbrille. So unrasiert, wie er seit drei Tagen war, fühlte er sich wunderbar getarnt. Seit jenem fatalen Zeitungsbericht stand Toms Telefon nicht mehr still, Reporter forderten Exklusivinterviews, Talkshows luden ihn zu Gesprächen ein, und Fotografen lauerten überall auf einen Schnappschuss von ihm. Er war ein gewisses Medieninteresse gewöhnt, aber zurzeit benahmen sich alle wie Schmeißfliegen. Tom war am Durchdrehen und dementsprechend ungenießbar. Also versuchte Pit, ihm so weit wie möglich aus dem Weg zu gehen.

Das war auch der Grund, warum Pit sich entschlossen hatte, zu dieser frühen Stunde zu joggen, die frische kalte Morgenluft würde seinen Kopf frei machen. Oft kamen ihm gerade beim Joggen die besten Einfälle. Und gesund war es noch dazu.

Doch als er gerade das Foyer durchqueren wollte, stürzte sich die Meute der wartenden Reporter auf ihn, Blitzlichtgewitter tauchte den Raum in helles Licht, und er war heilfroh, dass er die Sonnenbrille auf der Nase hatte. Schliefen diese Aasgeier denn nie?

»Herr Arnold, Herr Arnold!«, schrien sie alle auf einmal, und Pit war es unmöglich, aus dem Durcheinander eine einzelne Frage herauszuhören. Am liebsten hätte er sich in einem Mauseloch verkrochen, aber dafür war es jetzt eindeutig zu spät.

Während die unangenehmen Fragen der Reporter auf ihn einprasselten, sah er aus dem Augenwinkel heraus, wie sich die Fahrstuhltür öffnete und eine Frau heraustrat. Er konnte das leise Läuten nicht hören, aber er wusste trotzdem, wer sie war. Und da kam ihm eine spontane Idee, der rettende Strohhalm, der sich ihm mit ihrem Erscheinen bot.

Er winkte und rief über die Köpfe der Reporter und Fotografen hinweg.

»Anne, Liebes!«, schrie er und drückte gegen die Wand

von fragenden Menschen an. »Entschuldigen Sie«, redete er auf die Reporter ein, »dort ist meine Verlobte, lassen Sie mich doch bitte durch! Anne, Anne, warte doch auf mich!«

Anne hielt verwundert inne, als sie ihren Namen hörte, was eigentlich nicht möglich sein konnte, da Marie noch selig schlummernd oben im Hotelbett lag. Sie sah sich um und bemerkte eine Menschentraube, die sich auf sie zubewegte. Winkende Arme tanzten über dem Gewühl, und da war es wieder – irgendwer rief ihren Namen!

»Anne, mein Schatz, ich komme schon!« Ein Mann im teuren Jogginganzug und mit einer Sonnenbrille löste sich aus der Menge und lief strahlend auf sie zu. »Guten Morgen, Liebling!«, rief er viel zu laut, und es klang schrecklich aufgesetzt. Er hauchte ihr einen Kuss auf die Wange, packte sie am Ellbogen und drängte sie energisch in Richtung des Ausgangs. Im Laufen drehte er sich noch einmal um und rief den zurückbleibenden Reportern zu, dass er sich jetzt leider verabschieden müsse, da er einen Termin mit seiner Verlobten wahrnehmen müsse und er ihnen später gern Rede und Antwort stehen werde.

»Du warst meine Rettung«, stieß Pit dankbar hervor, zog Anne mit sich aus dem Hotel und die Straße entlang, bis er endlich stehen blieb und sich prüfend umsah. »Die haben wir abgehängt!«

Anne löste sich aus seinem Griff und trat einen Schritt zurück.

»Auch einen wunderschönen guten Morgen«, bemerkte sie sarkastisch. »Wir sind verlobt? Na, das ist ja mal eine wunderbare Nachricht!«

Verlegen trat der Mann, der sie gerade unsanft aus dem Hotel gezerrt hatte, von einem Turnschuh auf den anderen.

»Tut mir wirklich leid, aber ich hatte keine andere Möglichkeit, diesen Hyänen von Reportern zu entkommen! Ich bin Pit Arnold«, stellte er sich schließlich vor. Er nahm die verspiegelte Brille von der Nase und verbeugte sich höflich.

»Wie ich heiße, scheinst du ja schon zu wissen«, bemerkte Anne ungerührt und blickte in unsagbar blaue Augen. Er sah sogar unrasiert unglaublich gut aus! Wenn Marie wüsste, dass sie hier vier Stockwerke unter ihrem Fenster stand und mit Pit Arnold sprach!

»Ja, das habe ich tatsächlich schon in Erfahrung gebracht.« Er lächelte sie entwaffnend an.

»Gibt es außer unserer Verlobung noch die eine oder andere Kleinigkeit, die ich wissen müsste?«, erkundigte sich Anne spitz. »Haben wir schon Kinder – uneheliche natürlich? Oder gar Enkelkinder?«

»Gott bewahre!«, wehrte er lachend ab. »Alles, nur das nicht. Ich bin aber gern bereit, alles wiedergutzumachen.«

»Da bin ich aber mal gespannt«, brummte Anne und ging weiter. Sie hatte wirklich keine Zeit, sich mit diesem durchgeknallten Schauspieler auseinanderzusetzen.

»Wir könnten heute Abend zusammen essen gehen«, schlug Pit vor und lief neben ihr her.

»Mal sehen – wenn, dann melde ich mich.« Sie ließ ihn einfach stehen und eilte davon – wegen eines Pit Arnold wollte sie nicht zu spät zu ihrem Termin kommen.

»Bist du zur Zeit geistig umnachtet, oder stehst du unter Drogen?« Tom Berger war drauf und dran, die Beherrschung zu verlieren. »Verlobt? Haben dich alle guten Geister verlassen?«

Pit grinste nur und riss die Balkontür auf. Nachdem ihn Anne stehen hatte lassen, war er über eine Stunde lang durch die Gegend gejoggt, und jetzt war er angenehm erschöpft und reichlich durchgeschwitzt. Er wünschte sich nichts als eine Dusche und saubere Klamotten.

»Reg dich doch nicht gleich wieder so auf!« Er zog das

nassgeschwitzte T-Shirt über den Kopf und gönnte Tom den Anblick seines durchtrainierten Oberkörpers. »Ich hab nicht drüber nachgedacht, aber es hat wunderbar funktioniert. Nenn es meinetwegen Schadensbegrenzung.«

»Und wie willst du der Presse erklären, wo diese geheimnisvolle Verlobte herkommt? Das kauft dir doch kein Mensch ab!« Tom betrachtete Pits gut gebauten Körper und bedauerte nicht zum ersten Mal, dass dieser nur dem weiblichen Geschlecht zugetan war – welche Verschwendung!

»Sei doch nicht immer so schrecklich negativ!« Pit ließ die Jogginghose zu Boden gleiten und stand nun in Boxershorts im Raum.

Tom war sich sicher, dass sowohl das T-Shirt als auch die Hose morgen noch genauso herumliegen würden, und übermorgen wahrscheinlich auch, hätten nicht jeden Tag die Zimmermädchen ihren Einsatz gehabt. Pits Körper war ein Traum, seine Unordnung hingegen ein Albtraum.

»Und was hat die Auserwählte dazu gesagt?« Tom Berger konzentrierte sich jetzt wieder voll und ganz auf den Grund ihrer Auseinandersetzung und trat zu diesem Zweck an das große Fenster mit dem wunderbaren Blick auf das Brandenburger Tor.

»Sie nahm es, glaube ich, mit Humor.« Pit verschwand lachend im Bad, und kurz darauf hörte Tom nur noch das Rauschen der Dusche. Zwanzig Minuten später kehrte Pit frisch rasiert, mit nassem Haar und lediglich mit einem Handtuch um die Hüften ins Zimmer zurück.

Tom hatte sich inzwischen einen doppelten Whisky eingegossen, den er gierig austrank. Er hasste Alkohol am frühen Morgen, aber jetzt brauchte er einfach etwas Kräftiges.

»Whisky zu dieser Uhrzeit, was ist denn mit dir los?« Pit rubbelte sich die Haare trocken und hielt sich lieber an den Kaffee, der in einer Thermoskanne auf dem Tisch stand.

»Du bist nur im Suff zu ertragen«, murmelte Tom und

spielte ernstlich mit dem Gedanken, sich einen weiteren Doppelten zu genehmigen. Nach kurzem Ringen stellte er das Glas jedoch weg. »Und wie soll die Sache, bitteschön, weitergehen?«

Pit stand jetzt mit dem Rücken zu ihm und ließ das Handtuch fallen. Er holte sich frische Boxershorts aus dem Schrank und schlüpfte hinein.

Tom hatte kurz den Atem angehalten, dann schnaufte er wieder tief durch. Das tat Pit absichtlich, dieser Mistkerl!

»Ich hab mir beim Joggen alles genauestens überlegt«, verkündete Pit und stieg in eine beigefarbene Leinenhose. »Wir werden diese *Verlobung* vertraglich fixieren: Sie bekommt eine gewisse Summe, kann aber weiter kein Kapital daraus schlagen, und ich habe keinerlei Verpflichtungen. Aber ich bin aufs Feinste rehabilitiert. Und wenn einer von uns es will, dann wird der Vertrag aufgelöst.« Er entschied sich für ein weißes Hemd und zog es über.

Tom sah Pit an, als sei er nicht ganz richtig im Kopf, aber er schwieg. Und je länger er darüber nachdachte, desto eindeutiger kam er zu dem Schluss, dass dieser Schachzug vielleicht gar nicht so übel war.

»Vorausgesetzt, diese Anne Jünger spielt mit«, gab er schließlich zu bedenken. Aber mit einer gewissen Geldsumme müsste das bestimmt zu machen sein, entschied er für sich selbst.

»Vorausgesetzt, sie spielt mit«, bestätigte Pit und band sich gekonnt eine Krawatte um.

Als Anne kurz nach siebzehn Uhr ins Hotel zurückkam, war sie hungrig und wie gerädert. Die in der Kantine des Senders hastig eingeworfene Mahlzeit schien Tage her zu sein. Eigentlich war die Aufzeichnung der Talkshow an sich schnell über die Bühne gegangen, ja, es hatte ihr richtig Spaß gemacht. Ermüdend war der Aufenthalt in der »Maske«

gewesen, wie das so schön hieß. Eine Maskenbildnerin hatte sie geschminkt, was sonst gar nicht ihr Ding war. Man hatte sie außerdem frisurtechnisch gestylt und aufgemotzt – und das gefiel ihr, ehrlich gesagt, sogar recht gut. Nach der Show waren ihr das Studiogelände sowie die einzelnen Hallen und Studios gezeigt worden. Sie hatte viele interessante Menschen kennengelernt, viel geredet und viel gesehen. Alles in allem war es sehr aufregend gewesen.

Jetzt war sie müde. Sie wollte ein heißes Bad nehmen, sich etwas entspannen und Marie bei einem tollen Essen alles haarklein erzählen.

Umso enttäuschter war Anne, als sie das Hotelzimmer verlassen vorfand.

Mir war langweilig – bin deshalb mit Jochen und Hanna unterwegs und mache Berlin unsicher. Es wird nicht so spät, versprochen! Küsschen, Marie.

Wütend zerknüllte Anne den Zettel, den sie auf ihrem Kopfkissen vorgefunden hatte, und ließ Wasser in die Wanne einlaufen. Sie ging dabei nicht gerade sparsam mit dem nach Rosen duftenden Badezusatz um. In den warmen Fluten wurde sie langsam ruhiger und wäre beinahe eingeschlafen.

Als sie endlich abgetrocknet im Hotelbademantel auf dem Bett saß, dachte sie zum ersten Mal wieder an Pit Arnold. Eigentlich hatte sie sich fest vorgenommen, mit diesem Menschen nicht auszugehen, aber als sie sich das vorgenommen hatte, war sie der festen Überzeugung gewesen, heute Abend mit Marie durch die Kneipen zu ziehen. Die Situation war jetzt eine ganz andere, und zudem meldete sich ihr Hunger wieder. Und die Aktion heute Morgen, sich eine Verlobte auszudenken, um der lästigen Presse zu entkommen, zeugte immerhin von einigem Einfallsreichtum.

Ein Abend mit diesem gut aussehenden Mann würde ihre Laune vielleicht heben, und langweilig schien er nicht gerade zu sein. Unschlüssig nahm sie den Hörer ab.

Es war gleich zwanzig Uhr – bestimmt war er gar nicht im Hotel ...

Die Rezeption meldete sich und verband sie ohne Umschweife mit Pit Arnolds Zimmer. Überraschenderweise wurde schon nach dem zweiten Läuten abgenommen, und sie erkannte sofort die angenehme Stimme.

»Ja?«

»Hier ist die Verlobte«, meldete sie sich und war sich plötzlich nicht mehr so sicher, ob sie richtig handelte.

»Anne!« Er klang tatsächlich erfreut. »Schön, dass du dich meldest!«

»Das hatte ich ursprünglich nicht vor, aber ich habe einfach tierischen Hunger«, gestand sie wahrheitsgemäß.

»Das trifft sich gut, ich auch. In einer halben Stunde unten im Foyer?«

»In einer halben Stunde. Bis dann!« Anne legte wie betäubt auf. Ich gehe mit Pit Arnold essen, und Marie wird vor Neid sterben, dachte sie voller Schadenfreude. Geschieht der treulosen Tomate vollkommen recht. Dann betrachtete sie die ramponierten Jeans, die sie vorhin achtlos über die Sessellehne geworfen hatte, und bereute zum ersten Mal, dass sie nichts anderes zum Anziehen mitgenommen hatte.

Als sie zum vereinbarten Zeitpunkt aus dem Fahrstuhl stieg, stand er schon parat. Er begutachtete ihre Flickenjeans von oben bis unten, aber sein Gesichtsausdruck verriet nicht, was er davon hielt. Zumindest an ihrer Bluse konnte er nichts aussetzen – sie war ein edles Designerstück und dementsprechend teuer gewesen!

Er küsste sie zart auf die Wange, obwohl weit und breit niemand von der Presse zu sehen war. Dann legte er den Arm um sie und führte sie hinaus. Ein Porsche blinkte wild, als er die Fernbedienung der Zentralverriegelung betätigte.

Angeberauto, dachte Anne, aber sie stieg kommentarlos ein.

Immerhin war er golden, genauso wie ihr Berlingo!

»Italiener?«, fragte Pit, als er sich neben ihr auf den Sitz gleiten ließ. Er war zu dem Schluss gekommen, dass er mit ihr in diesem Aufzug kein Nobelrestaurant besuchen konnte.

»Egal, ich bin inzwischen in einem Stadium, in dem ich fast alles äße.«

Wenig später saßen sie an einem winzigen Tisch in einer kleinen Pizzeria und studierten die Karte.

»Nehmen wir eine Flasche Wein?«, erkundigte sich Pit, obwohl er lieber ein Bier getrunken hätte.

»Ich nehme ein Hefeweizen«, entschied Anne zu seiner Erleichterung, und er schloss sich dieser Wahl an – und gab ihr dafür einen dicken Pluspunkt. Zufrieden prostete er ihr zu, als der Kellner die Getränke gebracht hatte.

»Ich nehme zuerst die Antipasti, danach eine kleine Insalata Nizza und dann die Spaghetti mit Muscheln«, bestellte Anne.

Pit sah sie amüsiert an und bestellte dann für sich ebenfalls die Antipasti, danach allerdings eine halbe Portion Tortellini Quattro Formaggi und als Hauptgang eine Pizza Calzone.

»Warum hast du mich gerade so belustigt angesehen?«

»Nun, ich bin überrascht, was du alles bestellt hast«, schmunzelte Pit. »Gewöhnlich nehmen die Damen, mit denen ich ausgehe, nur ein paar karge Salatblättchen und ein Mineralwasser zu sich.«

»Dann wird es Zeit, dass du mit einer richtigen Frau ausgehst und nicht mit einem magersüchtigen Model. Wenn du Pech hast, schaffe ich danach sogar noch ein Dessert.«

»Wie alt bist du?«, fragte Pit ebenso unvermittelt wie unhöflich.

»Das fragt man eine Frau doch nicht so direkt!«

»Immerhin sind wir verlobt, oder hast du das vergessen? Rück schon raus mit der Sprache, dann verrate ich dir auch, wie alt ich bin«, ermunterte er sie.

»Demnächst vierzig.«

»Fast so alt wie ich, gerade mal zwei Jahre jünger.«

Die Vorspeise kam, und sie aßen eine Zeit lang schweigend. Anne überlegte, worüber sich zwei wildfremde Menschen, die miteinander verlobt waren, unterhalten könnten. Dabei sah sie immer wieder unauffällig zu ihm hinüber. Er sah wirklich verdammt gut aus – für ihren Geschmack vielleicht ein bisschen zu adrett, aber dennoch recht verlockend.

»Bist du verheiratet?«, fragte er mit vollem Mund.

»Seit heute Morgen verlobt.« Anne musste lachen. »Nein, mal ganz im Ernst: Ich bin im Moment unbemannt. Ich war verheiratet, aber mein Mann hat sich vor ziemlich genau drei Jahren aus dem Staub gemacht.«

»Das tut mir leid!« Pit wischte seinen Teller mit dem letzten Stück Weißbrot sauber und stopfte es sich in den Mund.

»Muss dir nicht leidtun, ist längst vergessen«, beschwichtigte Anne. »Und du?«

Er schob den blank geputzten Teller von sich und lachte sie mit diesen strahlend blauen Augen an. »Ich bin übrigens auch frisch verlobt, ist das nicht ein Zufall? Ansonsten bin ich solo.«

»Und was ist mit diesem geheimnisvollen Mann in deinem Bett?«

Er verdrehte genervt die Augen und stöhnte.

»Jetzt fängst du auch noch damit an! Zu deiner Information: Das war in seinem Bett, und ich kannte ihn überhaupt nicht. Und gelaufen ist da auch nichts – ich mach mir nämlich nichts aus Männern.«

Wäre auch jammerschade, dachte Anne bei sich und betrachtete seine blonde Mähne, das Einzige an ihm, das nicht so akkurat gestylt war und ihn neben den Augen sehr anziehend machte.

»Was treibt dich nach Berlin?«, fragte er und nahm seine Tortellini in Empfang.

»Ich war heute Gast in einer Talkshow.« Mit Genuss verspeiste Anne ihren Salat.

»Ich wusste gar nicht, dass Kochbücher so berühmt machen.« Er hatte sich gerade den Mund vollgestopft, und seine Worte waren mehr als undeutlich.

»Kochbücher? Nein, mein erster Krimi ist vor Kurzem erschienen und verkauft sich ziemlich gut!«

»Krimi? Wie kommt man von Kochbüchern zu Krimis, kannst du mir das verraten?« Er wischte sich die Sahnesoße mit der Serviette vom Kinn.

»Ach, ich habe schon zu den verschiedensten Themen geschrieben, Kinderbücher zum Beispiel, und gelegentlich versuche ich mich sogar als freie Journalistin bei einer Zeitung.«

»Und wo lebst du, wenn du dich nicht gerade in Berlin in Talkshows ausfragen lässt?«

»In Barbelroth.«

Er sah sie ungläubig an.

»Wo bitte? Muss man das kennen?«

Anne lachte. Sie hätte sich schwer gewundert, wenn Pit den winzigen Ort gekannt hätte.

»Wo Frankreich liegt, weißt du so ungefähr?« Als er nickte, fuhr sie fort: »Ich lebe in der Pfalz – und die stößt mit ihrer südlichsten Spitze an Frankreich an, ans Elsass. In dieser Spitze liegt Barbelroth. Von mir aus sind es gerade mal fünfzehn Minuten bis nach Frankreich ... mit deinem Porsche vielleicht ein paar Minuten weniger.«

»Und wie viele Millionen Einwohner hat dieses Barbelroth?«, fragte er interessiert.

»Im Moment um die sechshundertdreißig. Bis zur ersten Million dauert es noch etwas, aber wir arbeiten daran!«

»Du auch?«

»Was – ich auch?« Sie wusste nicht, worauf er hinauswollte.

»Na, arbeitest du auch daran? Sorgst du für neue kleine Barbelrother, um die Million zu erreichen?«

»Ich? Oh, ganz sicher nicht!« Anne winkte lachend ab. »Für kleine Kinder bin ich eindeutig zu alt. Außerdem braucht man für solche Aktivitäten den richtigen Mann. Und für beides habe ich einfach keine Zeit.« Sie wischte sich den Mund mit der steif gestärkten Stoffserviette ab und wechselte schnell wieder das Thema.

»So unbedeutend ist Barbelroth übrigens gar nicht! Als wir damals dorthingezogen sind, hat uns jemand erzählt, dass es von der Lufthansa mal ein Werbeplakat gegeben haben soll, auf dem dick und fett draufstand: ›Wir fliegen auch über Barbelroth.‹«

»Und jetzt lebt auch noch eine bekannte Kochbuch- und Krimiautorin dort.«

Anne wusste nicht recht, ob er das ernst meinte oder ob er sie nur auf den Arm nehmen wollte.

»Na, mein Bekanntheitsgrad hält sich zum Glück noch in Grenzen. Ich möchte nie so im Rampenlicht stehen wie du – da kann man ja nicht mal unbeobachtet in der Nase bohren.«

»Irgendwie gewöhnt man sich daran. Als meine Verlobte musst du das einfach hinnehmen. Aber um noch einmal auf deine Schreiberei zurückzukommen: Hättest du Lust, meine Biografie zu schreiben?« Er sah sie gespannt an.

Anne hielt mitten im Essen inne und betrachtete ihn ungläubig. War das sein Ernst? Was sollte man um Himmels willen über ihn schreiben? Das würde eine Aneinanderreihung von nicht erwähnenswerten Sexabenteuern und allenfalls eine Auflistung seiner Filmchen werden. Was bildete sich der Kerl eigentlich ein? So bekannt war er ja nun auch wieder nicht – bis gestern hatte sie noch nie von ihm gehört.

»Ich schreibe nur über wichtige Themen«, sagte sie schließlich kurz angebunden und aß weiter.

Pit dachte kurz über ihre unfreundliche Antwort nach.

»Ein schlichtes *Nein* hätte vollkommen genügt – bist du immer so giftig?« Als Anne nicht reagierte, fuhr er ruhig fort: »Du meinst also, Bücher über Torten und Schnitzel sind wichtiger?«

Sie sah ihn jetzt offen an. Immerhin hatte er sich über ihre Bücher kundig gemacht! Sie konnte sich ein Lächeln nicht verkneifen.

»Genügt ein schlichtes *Ja*?«

Er schwieg lange. Seine Pizza kam, und verbissen säbelte er daran herum. Endlich blickte er auf und sah sie fast traurig an.

»Du kannst mich nicht leiden, stimmt's?«

Anne stieg eine leichte Röte ins Gesicht, und ihr wurde heiß.

Verdammt, war der Mann direkt, das Erste, was ihr an ihm gefiel – abgesehen vielleicht von den phantastischen Augen und dem schön geschwungenen Mund mit den geraden weißen Zähnen!

»Nicht besonders, stimmt«, gab sie ehrlich zur Antwort.

»Warum, zum Teufel, sitzt du dann mit mir an diesem Tisch? Warum hast du mich angerufen und die Einladung angenommen?« Er knallte das Besteck so heftig auf den Teller, dass es klirrte. Einige neugierige Blicke wandten sich ihnen zu.

Anne räusperte sich und lächelte verlegen in die Runde. Langsam griff sie zum Glas, nahm einen großen Schluck und sah ihm über den Glasrand hinweg geradewegs in die blauen Augen.

»Dafür gibt es verschiedene Gründe«, sagte sie schließlich mit gesenkter Stimme.

»Na, dann lass mal hören – ich bin mächtig gespannt«, zischte er ihr zu.

»Der Hauptgrund ist, dass ich stinksauer auf Marie war. Wir wollten heute Abend zusammen auf die Piste gehen, aber sie zog die Gesellschaft ihres Bruders der meinen vor und hat mich versetzt. Da sie aus unerfindlichen Gründen total für dich schwärmt, hielt ich es für die gemeinste Form der Rache, mit dir auszugehen. Glaub mir: Sie wird vor Neid sterben!«

Seine Züge entspannten sich, und er trank kopfschüttelnd.

»Das klingt schon mal recht plausibel. Aber da deine Marie ein Fan von mir ist, kann ich nur sagen: Du bist ein richtig gemeines Aas.«

Anne lächelte boshaft. »Ich bin eine Frau, kann man da was anderes erwarten?«

Pit schüttelte noch einmal den Kopf und lehnte sich abwartend zurück. Ihr Lächeln gefiel ihm, besonders weil ihre Augen dabei irgendwie mitlächelten. Dunkle Augen, so ganz anders als seine eigenen, dunkelbraun, und im Moment leuchteten sie warm.

»Den nächsten Grund, bitte!«, verlangte er.

»Ich hatte einen Wahnsinnskohldampf und dachte so bei mir, dass ein kostenloses Abendessen mit meinem *Verlobten* eindeutig besser wäre als ein karges Mahl allein im Hotelzimmer.«

»Leuchtet mir ebenfalls ein. Weiter!«

»Außerdem wusste ich, dass ich bei dir sicher wie in Abrahams Schoß wäre.« Sie sah ihn herausfordernd an.

»Sicher? Wie meinst du das? Ich bin schließlich ein Mann ... Und so schlecht sehe ich nun wirklich nicht aus, oder?«

Nein, du eingebildeter Pinsel, dachte Anne, ganz im Gegenteil – du bist mit Abstand das schönste Mannsbild, das mir je über den Weg gelaufen ist. Aber, mein Lieber, Schönheit ist nun mal nicht alles.

»Ich bin einfach nicht deine Preislage.«

Verständnislos zog er die Augenbrauen über den atemberaubend blauen Augen zusammen.

»Zu alt, ich bin viel zu alt für dich«, löste sie schließlich das Rätsel. »Die Mädchen, mit denen du sonst ausgehst, sind allerhöchstens halb so alt wie ich.«

Er lachte ein wunderbares Lachen.

»Dann sind wir ja quitt! Meine Gründe, mit dir auszugehen, sind sozusagen genauso wenig ehrenhaft wie deine: Ich brauchte dringend etwas, das meine Haut vor der Presse rettet – ein Alibi, eine glaubwürdige Verlobte zum Beispiel.«

Er kramte in seiner Jacketttasche und beugte sich schließlich leicht über den Tisch, um ein Kästchen neben ihr Bierglas zu stellen.

»Was soll das nun wieder?« Anne war leicht verwirrt.

Bevor er jedoch antworten konnte, kam der Kellner, fragte, ob es recht gewesen sei, und räumte die leeren Teller ab.

Das Kästchen stand nun vor ihr, und sie drehte es unschlüssig um die eigene Achse.

»Was ist das?«, fragte sie skeptisch. Sie ahnte nichts Gutes.

Pit zuckte nur mit den Schultern und sah sie abwartend an.

Anne öffnete das Schmuckkästchen. Die Situation war wirklich absurd!

»Ein Verlobungsring – nein, wie romantisch!«, rief sie verzückt aus. Sie spielte ihre Rolle perfekt und steckte den Ring an den Finger.

»Oh, zu groß«, stellte sie erleichtert fest, stopfte den Ring zurück in den Schlitz im dicken Schaumstoff und schob das

Kästchen über den Tisch. »Tut mir leid, mein Prinz, du musst dir eine Frau suchen, der der Ring passt. Das ist die gleiche Geschichte wie bei dem armen Aschenputtel!«

»Kein Problem!« Pit zauberte drei weitere identische Kästchen aus seiner Jacke hervor und stellte sie vor Anne auf. »Vielleicht passt ja einer von denen.«

»Du denkst wirklich an alles«, stellte Anne sichtlich beeindruckt fest.

Pit wollte sich jedoch nicht mit fremden Lorbeeren schmücken. »Das war die Idee des Juweliers – ein wirklich geschäftstüchtiger Mann.«

Der letzte Ring passte wie angegossen.

»Bist du nun schwul oder nicht?«, fragte Anne nicht gerade leise, während sie den Ring an ihrem Finger eingehend begutachtete.

»Pssst, nicht so laut!« Jetzt war es an Pit, verbissen nett lächelnd durch die Gegend zu schauen. Als sich endlich wieder alle ihren eigenen Gesprächen zugewandt hatten, sprach er leise, aber sehr bestimmt weiter. »Nein, verdammt noch mal, ich bin alles andere als schwul!«

»Ist schon gut, habe ja nur interessehalber gefragt. Kann mir sowieso egal sein, denn wir sind ja nur rein platonisch verlobt, oder?« Sie sah ihn zutiefst unschuldig an.

»Rein platonisch«, erwiderte er ruhig, obwohl er innerlich kochte.

»Okay, und was habe *ich* von der ganzen Sache? Und bekomme ich noch ein Dessert?« Schon winkte sie dem Kellner.

»Popularität. Dein Buch wird blitzschnell ein Bestseller«, versprach er.

»Mein Buch ist aber schon ein Bestseller, es soll eventuell sogar verfilmt werden. Einmal Tiramisu, bitte!«, orderte sie bei dem herbeigeeilten Kellner. »Für dich auch noch etwas, Liebling?«

»Ich nehme auch das Tiramisu«, sagte er schnell, um den

Ober loszuwerden. »Deine Kochbücher könnten in null Komma nichts Bestseller werden.«

»Sind sie doch schon! Sie sind inzwischen sogar ins Amerikanische, Französische, Ungarische und Spanische übersetzt worden.« Sie sah ihn herausfordernd an. »Bei der Sache muss schon mehr rauskommen.«

»Du lernst alle Stars kennen, kannst auf alle VIP-Partys gehen.« Für seine jungen Begleiterinnen war das immer Anziehungspunkt Nummer 1 gewesen.

»Die VIPs sind mir aber vollkommen schnuppe«, sagte Anne leichthin und spielte mit dem Ring.

»Du könntest eine Menge Spaß dabei haben«, wandte Pit schließlich ein und war innerlich schon fast am Aufgeben. Es war eine Schnapsidee gewesen, das gestand er sich letztendlich ein.

»Na, das hört sich doch gut an!« Anne löffelte genüsslich ihre Nachspeise. »Hm, schmeckt lecker!«

»Noch ein Schlummertrunk?«, erkundigte sich Pit, als sie vor dem Hotel aus dem Porsche kletterten.

»Warum nicht? Ein Schluck Bitzelwasser kann nicht schaden, oder?« Anne hakte sich demonstrativ bei Pit ein, als sie das Foyer betraten.

Seine Suite befand sich im obersten Stockwerk, und der Blick vom Balkon über das nächtliche Berlin war atemberaubend. Atemberaubend fand Anne auch die Suite selbst. Allerdings lag das nicht an der Größe und der luxuriösen Ausstattung, sondern an der sagenhaften Unordnung, die hier herrschte.

»Wow!«, rief sie aus, als sie eintrat und das Licht aufflammte.

»Toll, nicht wahr?«, fragte Pit stolz und ging zum Telefon, um beim Zimmerservice eine Flasche Champagner zu bestellen. »Das sagen alle, die hier reinkommen!«

»Wie kannst du nur in diesem Saustall leben?« Anne sah sich angewidert um. »Das ist ja grauenvoll! Wie bei Hempels unterm Sofa!« Spontan hob sie die Kleidungsstücke auf, die auf dem Boden verteilt herumlagen.

Pit sah sich prüfend um und konnte Annes Meinung überhaupt nicht teilen. »Also, ich finde es ziemlich gemütlich«, befand er schließlich.

Der Schampus wurde gebracht, und Pit öffnete gekonnt die Flasche. Er goss die Gläser voll und brachte sie hinaus auf den Balkon, auf den sich Anne zurückgezogen hatte, um dieses Chaos nicht mehr sehen zu müssen.

»Tom, mein Manager, hat einen Vertrag aufgesetzt. Lies ihn dir in Ruhe durch, bevor du ihn unterschreibst. Vielleicht möchtest du ja das eine oder andere ergänzt oder geändert haben.« Er prostete ihr zu.

»Ein Verlobungsvertrag? Was es alles gibt!«

Er stand jetzt neben ihr, sein Jackett lag irgendwo im Raum hinter ihnen, und seine Krawatte hing am Türknauf. Er sah verdammt gut aus, wie er die eine Hand lässig in der Hosentasche vergraben hatte und mit der anderen das Glas hielt.

Anne schüttelte sich.

»Also, ich weiß nicht, was die Menschheit daran so mag. Gewöhnlicher Sekt schmeckt mir ehrlich gesagt viel besser.«

Pit hob das Glas gegen den Sternenhimmel, als wolle er dem Mond zuprosten.

»Aber Champagner ist einfach schicker als Hefeweizen.«

So leise wie möglich versuchte Anne die Tür aufzuschließen. In ihrem Hotelzimmer war es dunkel, aber als sie gerade die Tür hinter sich schließen wollte, ging eine der Nachttischlampen an. Marie saß senkrecht im Bett und sah sie vorwurfsvoll an.

»Anne, um Himmels willen, wo kommst du denn jetzt her? Ich wollte schon die Polizei rufen!«

»Ach«, sagte Anne so leichthin wie nur möglich und schleuderte die Schuhe von den Füßen. »Ich war nur ein bisschen aus.« Sie kicherte albern und machte sich daran, die unzähligen Knöpfe ihrer Bluse zu öffnen. Das war gar nicht so einfach, denn der Schampus war ihr gehörig in den Kopf gestiegen.

»Mit den Fernsehfuzzis?«, wollte Marie wissen und setzte sich neugierig auf die Bettkante.

Anne wusste genau, dass Marie nicht eher Ruhe gäbe, bis sie alles haarklein erzählt hätte. Sie stöhnte leise, denn ihr war jetzt eigentlich gar nicht nach Reden zumute. Sie war hundemüde – kein Wunder, immerhin lag ein schrecklich langer Tag hinter ihr. Und der Alkohol hatte ihr den letzten Rest Bettschwere beschert. Am liebsten hätte sie jetzt einen heißen Milchkaffee getrunken oder, besser noch, eine große Tasse Cappuccino mit einer dicken Schicht aufgeschäumter Milch und einem Hauch Kakao. Hm, sie konnte ihn fast schmecken! Ob man den Zimmerservice nachts um zwei mit so etwas noch belästigen konnte? Lieber nicht, entschied sie und war endlich beim letzten Knopf angelangt.

»Nur mit einem einzigen Filmfuzzi.« Sie zog die Bluse aus, legte sie ordentlich auf den Sessel und zerrte nun die Jeans von den Beinen. Dabei bedachte sie die Freundin mit einem bedeutsamen Blick und einem geheimnisumwölkten Lächeln.

»Nun sag schon, mit wem, ich platze gleich vor Neugier!«, drängte Marie ungeduldig und setzte sich im Schneidersitz auf dem Bett zurecht.

»Ach, mit diesem Pit!« Anne schlingerte leicht, als sie zum Bad ging.

»Was denn für ein Pit?« Marie hatte ihre langen Beine wieder entknotet, war aufgesprungen und folgte ihr bis an die Tür.

Dort putzte sich Anne schon die Zähne, und ihre Aussprache war äußerst undeutlich.

»It Angol«, nuschelte sie an der Zahnbürste vorbei. Nach dem Ausspülen wiederholte sie es noch einmal: »Pit Arnold.« Zutiefst zufrieden beobachtete sie Maries Reaktion im Spiegel.

»Nee, oder? Du verkohlst mich doch!« Unsicher lächelte Marie über Annes Schulter hinweg in den Spiegel.

Diese cremte sich in aller Ruhe das Gesicht dick ein und entfernte mit mehreren Lagen Klopapier den letzten Rest Filmschminke. Dann hob sie feierlich die Hand zum Schwur. »Ehrenwort! Ich war mit *deinem* Pit Arnold aus.«

Marie starrte sie aus ungläubig aufgerissenen Augen an.

Anne drehte sich schließlich zu ihr um und hielt ihr die Hand mit dem Ring vor die Nase. »Wir haben uns sogar verlobt.«

»Verlobt?«, hauchte die Freundin und ließ sich kraftlos auf den Klodeckel plumpsen. Ihre Gedanken überschlugen sich. Was wäre gewesen, wenn sie nicht mit ihrem Bruder durch Berlin gezogen wäre, wenn sie stattdessen auf Anne gewartet hätte? Hätte *sie* dann vielleicht Pit kennengelernt und nicht Anne? Aber wieso hatten sich die beiden so schnell verlobt? Anne wollte doch auf keinen Fall wieder heiraten – das tönte sie jedenfalls seit Jahren, und überhaupt hatte sie gestern im Auto noch groß und breit gepredigt, wie unmöglich dieser Pit sei. Bestimmt hat sie ihn schon lange gekannt und diese Tatsache vor ihr verheimlicht, um Pit für sich ganz allein zu haben. Sollte Anne eine solch falsche Schlange sein? Sollte sich Marie in ihrer Freundin so getäuscht haben?

»Wirklich verlobt? Ich dachte, du kennst den Typen gar nicht und kannst ihn nicht leiden.«

»Kann ich auch nicht besonders. Aber es hat sich einfach so ergeben.« Während sie zu ihren Kleidern auf dem Sessel zurückkehrte, erzählte sie Marie von dem ersten Zusammentreffen mit Pit am Morgen und dass sie sein spontanes Manöver einfach originell fand. So originell, dass sie seine Einladung zum Abendessen angenommen hatte, zumal sie ja aufgrund von Maries Abwesenheit diesen Abend sonst mutterseelenallein verbracht hätte. Sie hätte nicht sagen können, warum sie nicht die ganze Wahrheit erzählte, nämlich dass sie es gewesen war, die Pit am Abend angerufen hatte. Aber sie kam zu dem Schluss, dass die Geschichte so um einiges besser klang.

»Ach so, ihr habt nur so getan, als ob ihr verlobt wärt, nur für die Presse!« Maries Stimme klang spürbar erleichtert.

»Zuerst ja«, sagte Anne und kostete Maries Spannung aus. Sie goss sich ein großes Glas Mineralwasser ein und trank in aller Ruhe. »Aber im Lokal hielt er mir plötzlich den Ring unter die Nase. Und das hier« – sie kramte den Vertrag unter ihren Klamotten hervor – »hat er mir nach dem Essen beim Schampustrinken unter die Nase gehalten.«

Marie schnappte sich das Papier und setzte sich dicht an die Nachttischlampe, um das Geschriebene zu entziffern.

Als sie fertig gelesen hatte, ließ sie den Vertrag sinken. So was hatte sie noch nie zu sehen bekommen!

»Ihr seid also gar nicht richtig verlobt – nur auf dem Papier!« Erleichterung schwang in ihren Worten mit.

»So sieht's aus: Wir lassen uns gelegentlich zusammen sehen und reichlich fotografieren, und seine Weste ist wieder blütenweiß gewaschen ... Und ich bekomme ein bisschen Schickimicki und Glamour ab!«

»Nicht zu vergessen die hunderttausend Euro«, japste Marie.

»Hunderttausend Euro, wie kommst du denn darauf?« Anne angelte sich den Vertag und las ihn zum ersten Mal Absatz für Absatz durch. »Tatsächlich!«, stellte sie überrascht fest. »Davon war nie die Rede.«

Sie nahm an dem kleinen Schreibtisch Platz, der vor dem Fenster stand, knipste die Lampe an und strich mit dem hauseigenen Kugelschreiber diesen Passus durch. Dann setzte sie schwungvoll ihre Unterschrift darunter.

»Was tust du denn da?« Marie stand hinter ihr und sah ihr neugierig auf die Finger.

»Ich habe unterschrieben.« Sie knipste die Schreibtischlampe wieder aus und stand auf.

»Du hast doch irgendwas durchgestrichen«, bohrte Marie nach.

»Die Sache mit dem Geld – ich will kein Geld dafür.«

»Bist du jetzt ganz doof?« Marie schrie sie fast hysterisch an. »Du hast gerade hunderttausend Euro durchgestrichen?« Sie raufte sich verzweifelt die Haare. »Lieber Himmel, für hunderttausend Euro würde ich mich mit dem Papst verloben – ach, was, schon für die Hälfte! So dicke hast du es ja nun auch wieder nicht.«

»Ich tue das, weil ich bestimmt jede Menge Spaß dabei haben werde, und den schnöden Mammon will ich nicht.« Sie setzte sich auf ihre Seite des Bettes und kroch unter die Bettdecke. »Und jetzt will ich endlich schlafen.«

Marie stand noch einige Zeit unschlüssig im Zimmer, dann ging auch sie ins Bett.

»Hunderttausend Euro, ich fasse es nicht«, murmelte sie kurz vor dem Einschlafen.

Nur fünf Stunden später riss das Telefon die beiden Freundinnen brutal aus ihren Träumen. Marie wusste gar nicht, wo sie war, und meldete sich nicht gerade verständlich. Doch plötzlich fuhr sie hellwach hoch und rüttelte Anne unsanft und aufgeregt an der Schulter.

»Mann, wach auf, dein Verlobter ist am Telefon!«

Verlobter? – Anne brummte irgendetwas Unfreundliches und entwand sich Maries Hand.

»Pit ist am Telefon!« Marie schrie ihr die Worte lauthals ins Ohr.

Pit? – Wer war noch mal Pit? – Oh, Pit! Anne rappelte sich verschlafen auf und übernahm den Hörer.

»Ja?«, sagte sie tonlos, räusperte sich und versuchte es gleich noch einmal. »Ja?«

»Guten Morgen, Sonnenschein«, flötete eine Männerstimme am anderen Ende der Leitung. »Ausgeschlafen?«

»Aufgehört – irgend so ein Trottel hat gerade angerufen und mich geweckt«, gähnte sie zur Antwort.

»Oh, tut mir aufrichtig leid«, lachte Pit, und irgendwie klang das überhaupt nicht aufrichtig. »Morgenstund hat Gold im Mund – ich war sogar schon joggen.«

»Heißt der Spruch nicht ganz anders? Morgenstund hat Blei im Knie, oder so? Neben dem Blei im Knie hab ich ansonsten nur einen ekelhaften Knoblauchgeschmack im Mund«, bemerkte Anne und streckte sich.

»Dann putz dir die Zähne, zieh dich an und komm hoch zum Frühstück. Hier stehen alle Köstlichkeiten, die du dir nur denken kannst: Krabbensalat, geräucherter Lachs, Champagner ...«

»Kein Champagner, bloß das nicht!«, stöhnte Anne.

»Gut, dann eben Kaffee bis zum Abwinken.« Er lachte schon wieder so entsetzlich munter.

»Bin schon unterwegs«, versprach Anne, reichte Marie den Hörer zurück und sank erschöpft in die Kissen. »Wie kann er nur so ekelhaft fit sein? Er hat mindestens genauso viel getrunken wie ich.«

»Das macht die Übung«, stellte Marie fachmännisch fest und sah die Freundin abwartend an.

Anne öffnete vorsichtig ein Auge. »Ich soll zum Frühstück hochkommen«, erklärte sie. Dann richtete sie sich halb auf – und hatte einen Einfall. »Und du kommst mit!« Mit diesen Worten schwang sie sich aus dem Bett, ließ den Kopf mehrmals stöhnend kreisen und schlüpfte ins Bad. Ein spitzer Schrei erklang aus der Dusche, als sich das kalte Wasser über sie ergoss. Minuten später kam sie sauber und hellwach ins Zimmer zurück.

Marie hatte sich wieder unter die Bettdecke gekuschelt, doch Anne zog ihr diese erbarmungslos weg.

»Du bist dran – wir wollen doch nicht stinkend mit deinem Traummann frühstücken!«

»Wie ist er denn überhaupt?«, fragte Marie. Das hatte sie heute Nacht doch glatt zu fragen vergessen.

»Genauso, wie ich schon im Auto sagte: ein Arschloch. Aber trotzdem irgendwie amüsant – ich glaube, es wird nicht langweilig mit ihm.«

»Meinst du, du verliebst dich am Ende noch in ihn?«, rief Marie ihr aus der Dusche zu, bevor sie den Wasserstrahl aufdrehte.

Anne folgte Marie ins Bad, um sich die Haare trocken zu föhnen. »Keine Gefahr«, rief sie gegen das Rauschen an, »er ist überhaupt nicht meine Kragenweite!«

Marie schob die Duschwand zur Seite und angelte sich das Handtuch.

»Dann könnte ich mich doch eigentlich an ihn ranmachen«, bemerkte sie beiläufig.

Komisch, aber irgendwie war das Anne überhaupt nicht recht – warum, konnte sie nicht erklären.

»Du kannst es ja versuchen«, sagte sie trotzdem und hätte sich am liebsten auf die Zunge gebissen.

Eine Viertelstunde später standen sie vor Pits Tür.

»Ich sterbe vor Aufregung«, flüsterte Marie und strich sich zum zigsten Mal die Haare hinter die Ohren.

»Das brauchst du wahrhaftig nicht, er ist ein ganz normaler Mensch: Er isst wie wir, er atmet wie wir, er sch…, na, ganz sicher macht er auch das genauso wie wir.«

»Du kannst mir erzählen, was du willst, gleich wird Pit Arnold diese Tür öffnen, und ich werde mit ihm frühstücken ... Ich fasse es nicht! Ich bringe bestimmt kein Wort über die Lippen.«

»Das möchte ich mal erleben!«, lachte Anne sarkastisch.

Die Tür schwang auf, und ein strahlender Pit Arnold stand da.

Er küsste Anne flüchtig auf die Wange.

»Ach, du bist sicherlich Marie! Hereinspaziert!«

Mehr als ein Nicken, begleitet von einem dümmlichen Lächeln, gelang Marie nicht. Voller Ehrfurcht schüttelte sie Pits Hand und sah sich dann um.

»Wow!«, rief sie aus.

»Siehst du?«, Pit sah Anne siegessicher an. »Ihr gefällt's!«

»Was für ein Schweinestall!«, stöhnte Marie.

»Siehst du?« Nun funkelte Anne Pit triumphierend an. »Ihr gefällt's nicht!«

Pit strich sich verlegen durch das duschfeuchte Haar.

»Setzt euch doch und greift zu!« Irgendwie hatte er den Tisch und die Stühle freigeschaufelt, dafür lagen jetzt mehrere Wäschehaufen auf dem Boden, vereint mit bergeweise Zeitschriften und einzelnen Schuhen. »Ähm, nun, die Zimmermädchen hatten die letzten Tage keine Chance, hier reinzukommen und ein bisschen aufzuräumen. Am besten, ich stecke alles in einen Müllbeutel und kaufe mir neue Klamotten.« Er lachte etwas unsicher.

»Und ich kaufe mir immer ein neues Auto, wenn der Aschenbecher voll ist.« Anne konnte sich diese bissige Bemerkung nicht verkneifen.

Pit warf ihr böse Blicke zu. Er goss Kaffee ein.

»Siehst du, er ist ein Arschloch«, murmelte Anne der Freundin zu, die alles mit offenem Mund verfolgte. Dann legte sie den Vertrag auf Pits Teller.

»Oh, schon unterschrieben? Du brauchst wohl das Geld.« Er warf nur einen flüchtigen Blick auf die Papiere.

»Diesen Passus habe ich übrigens gestrichen.« Anne griff nach einem Brötchen und schnitt es auf.

»Wie – gestrichen?« Pit verstand nicht.

»Ich brauche dein Geld nicht, und deswegen habe ich die Geldverfügung aus dem Vertrag gestrichen. Oh, reich mir doch bitte mal die Butter rüber!«

»Hast du auch gelesen, dass wir gemeinsam einige Interviews geben werden, eventuell auch bei diversen Talkshows vorbeischauen müssen?« Er reichte ihr die Butter. »Leg mir doch bitte drei Scheiben Schinken auf den Teller! Du sitzt näher an der Wurstplatte.«

Anne tat wie verlangt. »Sei so lieb und gib mir ein, zwei Löffel von dem Krabbensalat neben das Brötchen – ich komm da so schlecht ran! Danke.« Sie sog genussvoll den Duft des Salats ein. »Hm, herrlich! Mit Interviews habe ich keine Probleme, ich will nur keine gestellte öffentliche Knutscherei.«

»In Ordnung, da steh ich auch nicht besonders drauf! Tom, also mein Manager, meint, dass wir unbedingt Fotoaufnahmen bei dir zu Hause machen lassen sollten – das bringt Authentizität.« Er hielt ihr den Brotkorb hin. »Willst du noch eins?«

»Danke, gern.« Anne entschied sich für ein Croissant. »Ist auch in Ordnung – *dein* Hotelzimmer kann man schließlich nicht vorzeigen. Bitte die Butter noch einmal!«

»Sag mal, ist deine Freundin stumm?« Pit zeigte mit dem butterbeschmierten Messer auf Marie, die schweigend der Unterhaltung folgte.

Anne betrachtete sie eingehend.

»Sie ist, glaube ich, nur ganz schrecklich beeindruckt von dir. Schließlich frühstückt sie nicht alle Tage mit einem echten Filmstar.«

»Du könntest ruhig auch ein bisschen von mir beeindruckt sein, das wäre gut für mein Ego«, lachte Pit und warf ihr über den Tisch ein blauäugiges Grinsen zu.

»Darauf kannst du lange warten«, kicherte Anne und biss genüsslich in das Hörnchen. »Hast du am Telefon nicht was von Schampus gesagt? Jetzt wäre ich gar nicht mehr so abgeneigt ...«

»Ein Schluck Alkohol könnte wirklich nicht schaden«, stammelte Marie. »Was Starkes und am besten gleich doppelt!«

Anne und Pit wechselten amüsierte Blicke.

»Sie kann tatsächlich sprechen.«

Mit verträumtem Blick lehnte Marie an der Aufzugwand, während sie nach unten fuhren.

»Der Mann ist einfach himmlisch!«, schwärmte sie, und ein seliges Lächeln überzog ihr Gesicht.

»Das einzig Himmlische an dem Frühstück war der Krabbensalat – da hätte ich mich am liebsten reingesetzt. Die Croissants waren aber auch nicht übel«, bemerkte Anne trocken.

Marie strafte sie mit einem ärgerlichen Blick.

»Du bist so schrecklich unromantisch.«

»Ach, Mariechen, für mich war das ein Geschäftsessen, weiter nichts, und Geschäftsessen sind nur in den seltensten Fällen romantisch.«

»Hast du gesehen, wie zärtlich er sein Brötchen mit Butter bestrichen hat?«

Anne konnte kaum glauben, was sie da hörte! »Zärtlich? Sag mal, wie viel Champagner hast du eigentlich getrunken?«

»Und sein Lächeln! Ich hab noch nie jemanden sooo wunderbar lächeln sehen.«

Da musste ihr Anne allerdings recht geben, sein Lächeln

war einzigartig ... und seine Augen lächelten dabei immer gleich mit.

»Wenn du ihn wirklich nicht willst – nun, ich meine, dann könnte ich doch mal mein Glück versuchen.« Maries Blick war immer noch verklärt.

»Vielleicht solltest du das nächste Mal dann aber zwei, drei Worte mehr mit ihm reden.«

Anne war dabei, das Mittagessen zuzubereiten. Laute Musik durchflutete das Haus, und manchmal, wenn die Bässe besonders brutal hämmerten, spürte sie den Boden unter den nackten Füßen vibrieren – das Telefon würde sie auf keinen Fall hören!

Die Tage in Berlin lagen inzwischen eine Woche zurück, und der Alltag hatte sie wieder fest im Griff. Hätte sie inzwischen nicht ein paarmal mit Pit telefoniert, wären ihr die Erlebnisse bestimmt unwirklich vorgekommen. Die Gespräche waren rein organisatorischer Natur gewesen, es war um eine Talkshow im nächsten Monat und um einen gemeinsamen Musicalbesuch in Hamburg gegangen, auf den sie sich ganz besonders freute. Genau das hatte sie sich von der »Verlobung« mit Pit erwartet: tolle Einladungen, tolle Restaurants und tolle Kleider. Sie hielt nicht viel von den Schickimickis und ihrem versnobten Gehabe – aber ein bisschen in die Welt der Berühmten und Möchtegernberühmten hineinzuschnuppern, das war bestimmt sehr unterhaltsam.

In die plötzlich eintretende Stille zwischen dem letzten und dem nächsten Lied ertönte wütendes Hundegebell. Anne trocknete sich die Hände ab und lief zur Küchentür hinaus auf die Terrasse und sah um die Ecke.

Mitten in der Einfahrt stand Bruno mit gesträubtem Nackenfell und fletschte grimmig die Zähne. Er bellte sein tiefstes Bellen, das eher einem Grollen glich und schrecklich gefährlich klang. Und dieses Grollen galt einem völlig eingeschüchterten Mann, der sich ängstlich an das Hoftor presste und offensichtlich am liebsten durch das Schlüsselloch wieder hinausgeschlüpft wäre, wenn er nur gekonnt hätte.

Anne musste bei dem Anblick so sehr lachen, dass ihr die Tränen über die Wangen liefen.

»Sehr lustig!«, schrie der totenblasse Mann, der anscheinend das Schild »Hier wache ich« draußen am Tor übersehen hatte.

Schließlich legte Anne dem Hund beruhigend die Hand auf den Kopf, worauf der sofort mit dem Gebell aufhörte und sich abwartend neben sie setzte.

»Hallo, Pit, schön, dich zu sehen! Darf ich dir Bruno vorstellen?«

»Jetzt weiß ich wieder, warum ich keine Hunde mag!«, fauchte Pit, bekam aber langsam wieder etwas Farbe im Gesicht. »Ich dachte, Kampfhunde sind verboten.«

»Kampfhund? Bruno ist doch kein Kampfhund, der ist ein harmloser kleiner Dalmatiner.« Anne musste schon wieder lachen.

»Sehr harmlos, ich bin entzückt! Weiß *er* das auch?«

Anne tätschelte liebevoll den gefleckten Hundekopf. »Warum hast du denn nicht geklingelt?«

Pit machte keine Anstalten, aus seiner Ecke hervorzukommen, und beobachtete den Hund äußerst skeptisch.

»Ich hab geklingelt – wie ein Wahnsinniger hab ich geklingelt! Mir tut der Finger vom vielen Klingeln weh«, schnaubte er. »Aber bei dem Krach« – er deutete auf das Haus, aus dem ohrenbetäubende Musik zu hören war – »hast du die verdammte Klingel nicht hören können! Und da hatte ich den glorreichen Einfall, über das Tor zu klettern ... Außerdem hast du nie von einem Hund erzählt.«

»Du hast ja auch nie danach gefragt.« Anne nahm Pit bei der Hand und führte ihn an dem Hund vorbei, der jetzt lebhaft mit dem Schwanz wedelte und neugierig an der Hose des Fremden schnüffelte.

»Ich hoffe, er hatte schon Futter!«, schrie Pit gegen die Musik an und machte, dass er ins Haus kam.

»Keine Angst, er frisst nur *gute* Schauspieler.« Anne drehte die Lautstärke radikal zurück. »Kaffee?«

»Extra stark, bitte! Ich muss mein Herz wieder auf Touren bringen, das war bestimmt einige Minuten lang außer Betrieb.« Pit ließ sich erschöpft auf einem Stuhl nieder und sah sich um.

»Ist ja gar nicht so übel«, stellte er kurz darauf fest. »Ich hatte ehrlich gesagt ein mickriges Reihenhäuschen erwartet.« Er stand wieder auf, warf dabei allerdings einen prüfenden Blick auf den Hund, der ihn nicht aus den Augen ließ. »Fällt er mich an, wenn ich mich ein bisschen umsehe?«

»Nein, nur wenn du den Safe knackst oder die Picassos von den Wänden klaust.«

»Da ich Picasso nicht besonders mag, bin ich demnach also ziemlich sicher.« Er schritt durch das große offene Erdgeschoss, behielt Bruno aber immer im Auge. »Bist du Kinofan?« Eigentlich war die Frage angesichts der unzähligen gerahmten Kinoplakate überflüssig.

»Süchtig, aber ich stehe zu meiner Sucht.« Der Kaffee war fertig, und Anne deckte den Tisch.

»Wenn ich das gewusst hätte – Kino wäre mir viel lieber gewesen als dieses Musical. He, *Man in Black*, das sieht super aus! Und *Fluch der Karibik* – du stehst wohl auf Johnny Depp.« Pit setzte sich zu ihr.

»Nein, ich liebe nur die Rolle, die er da spielt – er war einfach wunderbar als dieser ausgeflippte Pirat. Zu schade, dass er dafür keinen Oscar bekommen hat! – Nimmst du Zucker?«

»Ja, bitte. – Das Haus ist echt toll, aber ist es nicht ein bisschen zu groß für dich allein?«

In diesem Moment sprang Bruno bellend auf und rannte in die Diele. Pit war kurzzeitig wieder etwas blass geworden, erholte sich aber recht schnell. Dann war ein Schlüssel zu hören, der im Schloss der Haustür gedreht wurde. Aufgeregtes Wuffen und ein leises Kichern folgten.

»He, Mama, hast du den geilen goldenen Porsche auf der Straße gesehen?« Ein Mädchen, etwa vierzehn, mit langen blonden Haaren kam herein und schmatzte Anne einen überschwänglichen Kuss auf die Wange. »Tag auch«, sagte der langbeinige, dünne Teenager, als er den Gast entdeckte, und streckte ihm wohlerzogen die Hand zum Gruß entgegen. »Bist du nicht der platonische Verlobte meiner Mutter?«

»Tag«, stammelte Pit, nickte nur und starrte Anne verwundert an.

»Erst schockst du mich mit einem wild gewordenen Hund, und dann spaziert auch noch eine Tochter herein! Warum hast du denn kein Wort davon erzählt?«, stieß er schließlich vorwurfsvoll hervor.

»Auch danach hast du mich nicht gefragt«, bemerkte Anne leichthin und stand auf. »Außerdem: Hätte das irgendetwas geändert? Du musst uns drei doch nicht heiraten, wir sind sozusagen nur zu Werbezwecken geliehen. – Sophie, deckst du mal den Tisch? Wir können gleich essen.«

»Isst du mit?«, fragte Sophie den Gast mit einem gewinnenden Lächeln. Als dieser nicht sofort antwortete, fügte sie schnell beruhigend hinzu: »Du kannst ganz beruhigt sein. Meine Mutter schreibt Kochbücher, man kann also alles gefahrlos essen, was sie so fabriziert.«

Pit, der sich nur langsam von dem Schock erholte, nickte verdattert.

»Bleibst du länger?«, fragte Sophie beim Essen neugierig.

»Das hatte ich eigentlich vor, allerdings nur dann, wenn deine Mutter nichts dagegen hat. Morgen kommt ein Fototeam vorbei – das wollte ich eigentlich mit ihr besprechen. Aber vor lauter Hund und Nachwuchs hätte ich das beinahe vergessen!«

»Cool, ein Fototeam bei uns!«, freute sich Sophie.

»Wäre das nicht ein triftiger Grund, endlich mal dein Zimmer aufzuräumen?«, fragte Anne ganz beiläufig. »Und wenn du sowieso schon dabei bist, kannst du gleich noch dein Fahrrad in den Schuppen stellen, deine Büchertasche und die frische Wäsche mit nach oben nehmen und dein Bad in Ordnung bringen.«

Sophie verdrehte genervt die Augen.

»Du wiederholst dich, Mama!« Sie fing Pits mitfühlenden Blick auf.

»Und warum wiederhole ich mich wohl? Weil du nie irgendetwas erledigst, wenn ich es dir sage!«

»Sie ist schrecklich pingelig«, flüsterte Sophie nicht gerade leise in Pits Richtung. »Sei bloß froh, dass du nicht mit ihr zusammenleben musst – es ist manchmal die Hölle.«

Beim Essen erzählte Sophie von der Englischarbeit, die sie am Morgen geschrieben hatte und bei der sie ein »echt gutes Gefühl« habe.

»War wirklich total easy! Aber jetzt bin ich auf einmal total erschöpft und muss noch für Mathe lernen, und außerdem habe ich später Training ...«

Anne durchschaute die Absichten ihrer Tochter sofort: Sie wollte sich vor der Küchenarbeit drücken.

Sophie lachte ausgelassen und zwinkerte ihrer Mutter zu. Dann sprang sie schnell auf und stürmte die Treppe hoch. »Pit kann ja heute abtrocknen!«, rief sie noch, bevor ihre Tür krachend ins Schloss fiel.

»Kinder sind wirklich etwas Wunderbares«, grinste Anne und räumte den Tisch ab.

»Deswegen habe ich keine.« Pit ergriff brav das Geschirrtuch, das sie ihm reichte.

»Wenn ich es mir allerdings recht überlege«, sagte er nach einiger Zeit und polierte gewissenhaft einen großen Pastateller, »ist das mit dem Hund und der Tochter gar nicht so übel, ja geradezu seriös.«

»Eine süße kleine Familie, wie es sich für einen anständigen deutschen Mann gehört«, bestätigte Anne und wischte den Herd ab. »Außerdem hat das einen sozialen Touch: Du gibst einer armen, alleinerziehenden Mutter und ihrer halbwüchsigen Tochter ein Zuhause – wie rührend!«

Pit lachte. »So bin ich nun mal: raue Schale – weicher Kern!«

»Trinkst du einen Espresso mit?«

»Gern.« Er beobachtete, wie sie das Geschirr einräumte. »Wie ist das so – Mutter zu sein?«

Während Anne die Espressomaschine mit Wasser und Kaffeepulver füllte, dachte sie über seine Frage nach.

»Das ist gar nicht so einfach zu beantworten. Eigentlich ist es ein ständiges Wechselbad: Mal ist es wunderbar, im nächsten Moment einfach nur schrecklich. Es ist anstrengend, manchmal zermürbend, und dann wieder macht es über alle Maße glücklich. Morgens liebt man sein Kind abgöttisch, aber schon am Nachmittag möchte man es am liebsten an die Wand klatschen. Kannst du mit diesen Informationen was anfangen?« Die Maschine zischte und brodelte, und wunderbarer Kaffeeduft erfüllte das Haus.

Polternd kam Sophie die Treppe heruntergerannt.

»Mama, kannst du mich schnell ins Training fahren?«, fragte sie mit perfektem Dackelblick.

»Wozu bezahle ich eigentlich jeden Monat die teure Fahrkarte, wenn ich dich trotzdem ständig durch die Gegend karren muss?«

»Ach, Mama, du weißt doch, dass ich donnerstags immer fast zu spät komme und dann vom Rennen schon so fix und alle bin, dass ich kaum noch schwimmen kann! Bitte, bitte!«

»Ich kann sie doch fahren«, schlug Pit vor, und Sophie strahlte übers ganze Gesicht.

»Kann es sein, Tochter, dass du genau das erreichen wolltest? Im Porsche vorfahren, mit einem berühmten Chauffeur am Steuer, du kleine Angeberin?«

Sophie grinste verschmitzt. »Kann schon sein, Mama!«

Sprach's und rannte in den Keller, wo sie rasch ihre Schwimmsachen zusammenpackte.

Gerade als Anne den Espresso einschenkte, stand sie Gewehr bei Fuß und sah Pit erwartungsvoll an. »Können wir?«

Pit warf einen begehrlichen Blick auf seine Tasse.

»Zwei Minuten, gib mir zwei Minuten, ja?« So schnell wie nur möglich trank er den heißen Kaffee. »Okay, wir können!«

Anne sah den beiden kopfschüttelnd nach. Irgendwie schaffte es diese Göre doch immer wieder, einen um den Finger zu wickeln!

Als Pit zurückkam, füllte Anne gerade Benzin in den Rasenmähertank. Sie trug jetzt eine rot-weiß gestreifte Latzhose, die sie anscheinend selbst ein Stück über den Knien abgeschnitten hatte, denn es hatten sich lange Fransen gebildet. Ihre braunen Beine steckten in den obligatorischen klobigen Wanderschuhen. Alles in allem war sie so ganz anders als die Frauen, mit denen er sich sonst abgab, und auch die Art und Weise, wie sie miteinander umgingen, unterschied sich stark von dem Gewohnten. Ehrlicher, stellte er fest, während er auf der Terrasse stand und sie beobachtete. Ja, ehrlicher, das war es, was ihm spontan einfiel – sie sagte ihm schlichtweg ins Gesicht, dass sie ihn und seinen Lebensstil nicht sonderlich schätzte. Das hatte sich noch niemand getraut. Aber wenn sie ihn tatsächlich so wenig mochte, warum warf sie ihn nicht einfach aus dem Haus? Vielleicht mochte sie ihn ja doch ein kleines bisschen und wollte sich das nur nicht eingestehen? Die wenigen Tage und Abende, die sie miteinander verbracht hatten, waren amüsant gewesen, sehr amüsant sogar. Sie war an allem interessiert, war scharfzüngig und hatte einen Humor, den er mochte. Die Stunden mit ihr hatte er wirklich genossen, sie hatten viel gelacht und über Gott und die Welt gequatscht. Wie oft waren seine Verabredungen mit diesen jungen Dingern zum Gähnen langweilig! Zugegeben, dafür endeten sie meistens im Bett – als Entschädigung sozusagen.

»Soll ich?«, fragte er hilfsbereit und lief ihr über den Rasen entgegen. Bruno sprang fröhlich wedelnd um ihn herum.

»Wäre nicht schlecht, dann könnte ich noch was Wichtiges am Schreibtisch erledigen.« Anne übergab ihm den Mäher nur zu gern. Das Grundstück war groß, und ein Mann hat ja bekanntlich viel mehr Kraft …

Pit warf den Motor an und zog energisch seine Runden. Während Anne die letzten Korrekturen an ihrem nächsten Kochbuch vornahm, hörte sie das gleichmäßige Brummen des Mähers. Wenn der Motor zwischendrin immer wieder kurz verstummte, wusste sie genau, dass der Auffangsack voll war und Pit ihn zum Komposter schleppte. Zum Rasenmähen taugte er wenigstens, das war doch schon mal was! Spaß hatten sie eigentlich auch immer, obwohl sie sich ständig neckten und ärgerten – und nachtragend war er ebenfalls nicht, auch wenn sie ihm oft genug verbal eins unter die Gürtellinie gab. Vielleicht war er doch kein solcher Blödmann, wie sie geglaubt hatte …

Eine Stunde später hatte sie das fertig überarbeitete Manuskript in den Umschlag gesteckt und ging nach draußen, um zu sehen, wie weit Pit gekommen war.

Anscheinend war ihm in der prallen Sonne heiß geworden, denn er hatte sein T-Shirt ausgezogen. Anne betrachtete den nackten, gut geformten Oberkörper mit Wohlwollen.

Dort, wo die meisten Männer seines Alters schon einen mehr oder weniger großen Bauchansatz vorzuweisen hatten, entdeckte sie bei ihm nur Muskeln. Ein wirklich leckerer Anblick ...

Sie holte zwei Gläser, eine gut gekühlte Flasche Mineralwasser und setzte sich auf die Terrasse. Von hier aus hatte sie eine wunderbare Sicht auf den mähenden Adonis und genoss die Situation ausgiebig. Viel zu schnell war Pit am Ende des Grundstückes angekommen, leerte ein letztes Mal den Fangsack und stellte den Mäher dann ins Gartenhaus.

»Puh!«, stöhnte er und wischte sich mit dem Shirt den Schweiß von der Stirn. Er trank das Glas Wasser, das sie ihm eingegossen hatte, mit einem Zug leer und begutachtete sein Werk.

»Ist Jahre her, dass ich Rasen gemäht habe«, sagte er noch reichlich atemlos. »Mann, das ist besser als Bodybuilding!«

»Das könntest du bei mir alle zwei Wochen haben – kostenlos«, bot Anne großzügig an.

Auf der Terrasse nebenan wurden Stühle gerückt, und Nachbarin Johanna winkte fröhlich herüber.

»Einen knackigen Gärtner hast du dir da besorgt!«, lachte die ältere Dame und bedachte Pit mit einem nahezu lüsternen Blick.

Anne winkte zurück. »Willst du ihn auch mal haben? Du weißt doch: In kleinen Dingen bin ich großzügig.«

»Ohne mich!«, stöhnte Pit und ließ sich erschöpft auf einem Stuhl nieder. »Ihr könnt mir anbieten, was ihr wollt, ich lehne ab.«

Johanna lachte und verschwand hinter ihrer Zeitung.

»Du warst echt tapfer«, lobte Anne. Sie betrachtete den leicht verwilderten Garten, der jetzt aber dank des gemähten Rasens fast wie ein Park aussah. »Ich schaffe das nie auf einmal – nach der Hälfte mache ich regelmäßig schlapp. Ich finde, du hast dir eine Belohnung verdient.«

»Das finde ich auch«, stimmte Pit zu, der langsam wieder zu Atem kam. »Und du solltest auf keinen Fall pingelig sein.«

»Ich lade dich heute Abend zum Essen in mein Lieblingsrestaurant ein, wie wär's damit?«

»Klingt verlockend.«

»Gut, dann zeige ich dir jetzt das Gästezimmer und das Bad, das du allerdings mit Sophie teilen musst. Ich nehm dich nämlich nur frisch geduscht mit.« Anne stand auf und verschwand in der Küche.

»Wenn ich nicht dusche, kriegen wir aber auf jeden Fall einen Platz!«, rief er ihr nach und trank den letzten Rest direkt aus der Flasche.

»Nein danke, dann reserviere ich doch lieber!«, kam ihre Stimme aus den Tiefen der Küche.

»Überredet«, murmelte Pit, der sich selbst nicht mehr riechen konnte. Ächzend stemmte er sich von seinem Stuhl hoch und betrat das Haus. »Wo bist du denn?«

»Hier oben!«

Er folgte der Stimme in den ersten Stock. Sie bezog gerade sein Bett und deutete auf die Tür gegenüber.

»Das Bad ist gleich dort drüben. Handtücher findest du im Schrank, und den Rücken musst du dir selbst waschen.«

»Schade. Könntest du mir meine Reisetasche aus dem Auto holen? Ich möchte nicht so halb nackt auf der Straße herumlaufen.« Er zog den Autoschlüssel aus der Hosentasche und warf ihn aufs Bett.

»So schüchtern? Du wärst die Attraktion – Johanna hat dich schließlich auch so sehen dürfen, und bestimmt weiß schon die ganze Straße davon!«, lachte Anne und klopfte das Kissen zurecht.

»Ich bin inkognito hier!« Er knöpfte die Jeans auf, stieg heraus und ließ sie samt Socken auf dem Boden liegen. Nur mit seinen Boxershorts bekleidet, ging er mit etwas steifen Beinen ins Bad hinüber.

Anne hob die durchgeschwitzte und teilweise grasgrüne Hose mit spitzen Fingern auf und legte sie über die Sessellehne. An die Socken wagte sie sich nicht heran.

»Bei uns werden die Klamotten nicht auf dem Boden liegen gelassen!«, rief sie ihm nach.

»Dann heb sie doch auf!« Die Duschtür wurde auf- und wieder zugeschoben, dann folgte Wasserrauschen.

»Na, bravo – ein weiterer Schlamper hat mir gerade noch gefehlt!« Sie schob die Socken mit dem Fuß vor den Sessel und ging dann nach unten. Sie musste sich ja auch noch umziehen.

Mit frischen Jeans und strahlend weißem Hemd kam Pit wenig später die Treppe herunter. Anne trug die bunten Flickenjeans, die er schon aus Berlin kannte, und eine ärmellose kurze Bluse. Sie hängte sich gerade die Hundeleine über die Schultern.

»Kommt der Hund etwa mit?«, fragte Pit überrascht.

»Klar, er muss noch mal seine Geschäfte machen. Außerdem finde ich das bisschen Mähen viel zu wenig für ein edles Mahl, da musst du zusätzlich schon noch eine Runde Gassi gehen.«

Als hätte Bruno genau gewusst, worüber sie sprachen, sprang er wie verrückt um sie herum.

»Mir bleibt aber auch nichts erspart, stimmt's?« Er schlüpfte in seine Slipper, die Anne skeptisch betrachtete.

»Mit den Schuhen durch den Wald? Na, ich weiß nicht recht ...«

»Auf Waldwanderungen und Heuernte war ich nun mal nicht eingestellt«, maulte Pit und warf sich das Jackett lässig über die Schultern. »Ich besitze außerdem keine Wanderschuhe.« Er musterte seinerseits Annes unvermeidliche Treter. »Gibt es auch Gelegenheiten, bei denen du diese Schuhe *nicht* trägst?«

Sie dachte einen Moment lang nach und sagte dann kopfschüttelnd: »Mir fällt auf die Schnelle keine ein, ist das schlimm?« Sie schenkte ihm ein treuherziges Lächeln.

»Du bist unmöglich«, sagte er nur und ging nach draußen. Bruno folgte ihm schwanzwedelnd. »In mein Auto kommt der Hund aber nicht!«

»Wir fahren ja auch mit meinem Arme-Leute-Porsche«, klärte sie ihn auf.

In diesem Moment öffnete sich das Hoftor, und Sophie kam herein.

»Hallo, ihr, dreht ihr noch 'ne Runde?«

»Das auch«, klärte ihre Mutter sie auf, »und danach gehen wir in den *Jägerhof* – willst du mit?«

»Kapelle?«, fragte Sophie.

»Genau«, bestätigte Anne und ließ den Hund in den Kofferraum springen.

»Nein danke«, sagte Sophie, und Pit hätte schwören können, dass der Blick, den sie ihm dabei zuwarf, tiefstes Mitleid ausdrückte. »Ich schiebe mir eine Pizza in den Ofen.«

»Auch gut, aber mach nicht wieder so eine Sauerei! Und, Fräuleinchen: Häng deine Schwimmsachen auf!«, befahl sie Sophie, bevor sie ins Auto stieg und den Motor anließ.

Sophie knallte die Absätze zusammen, stand stramm und salutierte gekonnt.

»Wird gemacht, Herr Feldwebel, Sir!«

Pit ließ sich kichernd auf dem Beifahrersitz nieder.

»Bei euch herrschen ja wirklich Zucht und Ordnung.«

»Und kein Erbarmen für Gäste«, drohte Anne und fuhr eine Runde durchs Dorf.

»Verlaufen ist hier schwer möglich«, stellte Pit fest, als sie das Ortsschild passierten.

»Mir ist ehrlich gesagt kein Fall bekannt.«

Sie fuhren durch Oberhausen, an Kapellen vorbei, alles Orte, die kaum größer waren als Barbelroth. Als Nächstes kam Bad Bergzabern.

»Mann, das ist ja im Vergleich eine richtige Großstadt!«, lästerte Pit. »Wohin entführst du mich eigentlich?«

»Nach Birkenhördt.«

»Klingt nach Feld, Wald und Wiese. Bist du sicher, dass man da essen kann und nicht gegessen wird?«

»Dass es in der Pfalz Elwetritsche gibt, weiß ich, aber von Kannibalen habe ich noch nie was gehört.« Sie warf ihm einen spöttischen Blick zu. »Aber wir essen schon mit Messer und Gabel.«

»Beruhigend zu wissen.« Er ließ die Blicke rechts und links über die dicht bewaldeten Berge schweifen. »Natur gibt's hier ja wirklich reichlich.«

»Die Natur heißt übrigens Pfälzer Wald, und jedes Jahr kommen Tausende Touristen angereist, um sich bei uns zu erholen.«

Sie fuhren nach Birkenhördt hinein, und Anne parkte mitten im Ort. Pit sah sich um und deutete auf die Gaststätte genau gegenüber des Parkplatzes.

»*Jägerhof*? Hast du vorhin von diesem Laden gesprochen?«

»Genau – aber erst die Arbeit, dann das Vergnügen.« Sie ließ Bruno heraus und leinte ihn an.

Sie umrundeten das Lokal, und Pit warf einen skeptischen Blick auf eine große Tafel.

»Saure Nierchen und Hirschgoulasch«, las er laut vor. »Das hört sich an wie eine einfache Dorfkneipe – hast du vorhin nicht von einem Restaurant gesprochen?«

Anne zog ihn lachend weiter. »Lass dich einfach überraschen, du alter Nörgler!«

Wenig später waren sie mitten im Wald und kletterten

einen steilen Pfad bergauf. Pit folgte ihr ächzend und stöhnend, während Bruno flink vorausspran g.

»Ich weiß genau, was du vorhast, du gemeines Biest!«, schimpfte er atemlos hinter ihr. »Du jagst mich diesen mörderischen Weg hoch, in der Hoffnung, dass ich jämmerlich krepiere und du dir das Essen sparst.« Es machte ihn wütend, dass sie so locker vor ihm herging und auch noch genügend Puste zum Lachen hatte.

»Du merkst aber auch alles! Jetzt, da der Rasen gemäht ist, kann ich ja gut auf dich verzichten.«

Er kniff sie in das bunt geflickte Hinterteil, worauf sie quiekend davonrannte. Als er endlich den Berg erklommen hatte, sah er sie vor einer kleinen Kapelle auf einer Bank sitzen. Einladend klopfte sie mit einer Hand auf die Sitzfläche neben sich.

»Komm, setz dich und genieß die herrliche Aussicht! Der Blick entschädigt für alle Anstrengungen.«

Laut schnaufend ließ er sich auf die Holzbank plumpsen. Der Blick war wirklich umwerfend, das musste er zugeben.

»Jetzt verstehe ich, warum deine Tochter sich für die Fertigpizza entschieden hat«, murmelte er, als er wieder mühelos durchatmen konnte. »Sie hätte mich ruhig einweihen und ihre Pizza mit mir teilen können.«

Sie tätschelte ihm den Oberschenkel.

»Zurück gehen wir den leichten Weg«, versprach sie gönnerhaft.

»Es gibt einen leichten Weg?« Pits Stimme überschlug sich fast. Diese Frau war nicht zu fassen! »Du jagst mich wie eine Gämse diesen gemeingefährlichen Ziegenpfad hoch, nur um mir dann zu erklären, dass es auch einen leichten Weg gibt? Ich sollte dich umbringen.«

»Und wer zahlt dann dein Essen?« Sie stand auf und lachte ihn übermütig an. »Komm, genug geruht – ich habe Kohldampf!« Sie ergriff seine schlappe Rechte und zog ihn von der Bank. »Du hast die Kondition eines alten Mannes – ich dachte, du joggst regelmäßig!«

»Ja, durch Parks und Straßen – aber ich mache doch keine Hochgebirgstouren!« Brav trabte er neben ihr her. Der Weg schlängelte sich leicht bergab durch den abendlich kühlen Wald, was er sehr angenehm fand. Wären sie diesen Weg hochgegangen, hätte er keinerlei Konditionsschwächen zeigen müssen.

Als sie endlich wieder am *Jägerhof* ankamen, waren über zwei Stunden vergangen, und es wurde dunkel. Anne führte ihn durch ein großes Tor in einen wunderschönen Innenhof, der von einer bunten Lichtergirlande und Windlichtern in ein schummriges Licht getaucht war. Die Plätze waren fast alle besetzt, aber Anne steuerte zielstrebig auf einen kleinen Tisch in einer Nische zu.

Bruno ließ sich stöhnend nieder, und Pit tat es ihm gleich.

Eine junge Frau eilte mit den Speisekarten herbei.

»Ich dachte schon, ihr kommt nicht mehr«, sagte sie und musterte Pit mit prüfenden Blicken. »Na, kein Wunder bei *den* Schuhen! Das ist also der sagenumwobene Verlobte.«

Ein Mann in Kochkleidung gesellte sich zu ihnen, und auch er begutachtete Pit eingehend.

»Hast du ihn zur Kapelle hochgejagt?«, fragte er Anne, und als diese bejahte, erkundigte er sich sogleich, ob sie den kurzen oder den langen Weg gegangen seien.

»Natürlich den kurzen, du kennst mich doch!«, lachte Anne und schlug die Karte auf. »Das sind übrigens Dagmar und Bernd, meine Freunde und Chefs«, stellte sie nebenbei vor.

»Chefs?«, fragte Pit verdutzt.

»Ich hab früher hier fest gearbeitet, jetzt nur noch ab und zu.«

Bernd, der Koch, lachte ein sympathisches Lachen. »Und sie führt uns immer ihre Kandidaten zur Prüfung vor.«

»Aber bis jetzt hat noch keiner bestanden«, bemerkte die Wirtin.

»Wenn du gehört hättest, wie er beim Aufstieg röchelte, hättest du ihn sofort durchfallen lassen.« Anne schlug die Karte zu, sie wusste schon, was sie wollte. »Dafür hat er sich aber beim Rasenmähen sehr geschickt angestellt, was wiederum für ihn spricht. – Zwei Hefe kannst du uns schon mal bringen, denke ich.«

»Wie viele Kandidaten hast du denn schon hierhergeschleppt?«, fragte Pit so beiläufig wie möglich. Er hatte Schwierigkeiten mit der Karte, denn diese Vielfalt hatte er nach der eher schlichten Tafel draußen nicht erwartet.

»Ganz ehrlich? Keinen. In meinem Alter ist man schon recht wählerisch und anspruchsvoll, und irgendwie lerne ich nur kaputte Typen kennen. Und du zählst natürlich nicht – unsere Beziehung ist schließlich rein geschäftlicher Natur. Überhaupt habe ich es längst aufgegeben, einen passenden Partner zu finden – mein Leben ist auch ohne Mann nicht schlecht ... Hast du was gefunden?«

»Eine Partnerin oder was zu essen? Es lacht mich viel zu viel an – bestell doch du einfach für uns beide!«, schlug er vor.

»Du hast aber Vertrauen! Großer Hunger? Kleiner Hunger?«

»Riesenhunger!«

Dagmar brachte die Getränke, und Anne bestellte.

»Du hast als Bedienung gearbeitet?« Pit hörte selbst, dass seine Frage einen abfälligen Unterton hatte.

»Ja, eigentlich schon immer. Mit fünfzehn habe ich meine Karriere in einer Pizzeria gestartet und bin nie wieder von der Gastronomie losgekommen. Es macht mir einfach Spaß, die Kollegen sind meist aus dem gleichen Holz geschnitzt wie ich, und an den Gästen kann ich meine Psychologiekenntnisse austesten. Zudem, was schließlich auch nicht zu verachten ist, verdient man ganz gutes Geld damit. Und vom Schreiben kann man leider nicht immer gut leben.« Sie stießen mit lautem Klirren an. »Hast du nie gejobbt?«

»Doch, ich hab als Junge in den Ferien immer Regale in einem Supermarkt aufgefüllt. Zeitungen hab ich auch schon ausgetragen«, erzählte er stolz.

Die erste Vorspeise kam: Riesengarnelen in scharfer Gemüsesoße. Auf jedem Teller lag eine leuchtend rote, gefährlich wirkende Peperoni als Dekoration.

»Ich hoffe, du magst scharf – Bernd jubelt mir seit Jahren diese gemeinen Dinger unter.«

Pit besah sich seine Pfefferschote. »Du meinst, die ist als stille Drohung zu deuten?«

»Eher als Warnung. Lass es dir schmecken!« Sie schnappte sich eine Scheibe Weißbrot und tunkte die Soße damit auf. »Hm«, stöhnte sie, »da könnte ich mich glatt reinlegen!«

Pit aß tapfer, trank aber zwischendurch mehrmals von seinem Bier.

»Puh, ganz schön feurig! Aber nicht unangenehm, nur die Lippen kribbeln ein bisschen.« Er sah sie auffordernd über den Tisch hinweg an. »Wenn du mich küssen würdest, könntest du es spüren …«

»Du schaffst es wohl nicht, mehrere Stunden mit einer Frau zusammenzusein, ohne sie flachzulegen, oder?« Anne lehnte sich so weit zurück, dass er seine Chance auf einen Kuss gegen null schwinden sah.

»He, ich sprach von einem Kuss, nicht von Sex!«

Dagmar war an den Tisch gekommen, um die bis auf die beiden Peperonischoten leeren Teller abzuräumen.

»Und warum nicht? Beim Essen lässt sich's doch wunderbar über Sex reden«, mischte sie sich in das Gespräch ein.

Trotz des schwachen Kerzenlichts sah Anne, dass Pit leicht errötete.

»Vielleicht nach dem Dessert?«, schlug Dagmar vor und

verschwand lachend in der Küche, um kurz darauf mit der zweiten Vorspeise zurückzukommen: Feldsalat mit geschwenkten Semmelstoppelpilzen.

»Haben Sie noch weitere wunderbare Vorschläge?«, brummelte Pit.

»Bei Gelegenheit ein paar richtige Wanderschuhe«, kam die prompte Antwort. »Oder vielleicht noch ein Hefe.«

»Zu Ihrem ersten wohlmeinenden Vorschlag: Ich *wollte* meine schweineteuren Slipper unbedingt heute ruinieren! Aber Letzteres hört sich gut an – vielleicht lässt sich das alles ja im Suff besser ertragen.«

»Ich bezweifle, ob es so viel Alkohol auf der Welt gibt, dass man Anne ertragen kann.« Bernd war aus der Küche gekommen und setzte sich auf einen freien Stuhl.

»Hast du nicht noch andere hungrige Gäste, um die du dich kümmern solltest?«, fragte Anne mit vollem Mund. »Du könntest auch unseren Hauptgang schon mal vorbereiten, damit alles rechtzeitig fertig ist.«

»Niemand außer dir schafft es, mir so nett zu sagen, dass ich verschwinden soll.« Bernd erhob sich und klopfte Pit wohlwollend auf die Schulter. »Schade, dass Sie nur der *Verlobte* sind – als richtiger Kandidat hätten Sie bei mir echte Chancen, auch wenn Sie Ihre Peperoni nicht gegessen haben.«

»Siehst du, wenigstens einer aus der Jury ist für mich«, triumphierte Pit und tunkte die delikate Salatsoße auf.

Als dann das Lammfilet kam, war es Pit, der vor Wonne stöhnte. »Mann, ist das köstlich – ab sofort darfst immer du bestellen!«

»Du willst tatsächlich wieder mit mir essen gehen?«

Er kaute fertig und prostete ihr zu.

»Klar, aber dann suche ich das Lokal aus.«

»Ich dachte, das Essen schmeckt dir«, wunderte sich Anne.

»Das Essen ist es nicht, das ist Spitzenklasse – aber das Personal ist mir eine Spur zu indiskret!« Verschmitzt zwinkerte er ihr über sein Bierglas hinweg zu.

Schweigend aßen sie weiter.

»Darf ich auch mal indiskret sein?«

»Nur zu!«, ermutigte er sie. »Zurückhaltung von deiner Seite würde mich sowieso verblüffen.«

»Warum ziehst du immer mit diesen blutjungen Dingern um die Häuser? Versteh mich bitte nicht falsch, ich gönne dir das junge Gemüse, aber ich kann mir einfach nicht vorstellen, dass dir das irgendetwas bringt – außer sexuell vielleicht ...«

Er sah sie mit hochgezogenen Augenbrauen abwartend an.

Anne hätte am liebsten einen Rückzieher gemacht, es ging sie im Grunde genommen nichts an, was er tat oder nicht tat, aber nun hatte sie schon A gesagt, jetzt konnte sie auch noch B sagen.

»Nun, was ich sagen will: Die Mädchen sind kaum älter als Sophie, halbe Kinder, auch wenn sie aufgetakelt sind wie die Großen. Sie haben keinerlei Lebenserfahrung, ja, sie haben eigentlich fast noch nicht gelebt ...«

Pit legte sein Besteck auf den Teller und wischte sich mit der Serviette über den Mund.

»Was willst du eigentlich wissen? Du bist doch sonst nicht so zimperlich und rücksichtsvoll. Interessiert es dich, was ich außer Bumsen noch von diesen Beziehungen habe? Warum fragst du nicht geradeheraus und redest um den heißen Brei herum?«

»Nun, so brutal wollte ich es einfach nicht ausdrücken, zumal es diese Mädchen sicherlich ernster meinen als du. Sie himmeln dich an, weil du berühmt bist. Sie erhoffen sich bestimmt auch, dass sie die Auserwählte sind, die du heiraten wirst. Sie träumen von Reichtum und einem glamourösen Leben. Und du, du lässt sie eine nach der anderen wieder fallen wie eine heiße Kartoffel, wenn du das Interesse an ihnen verloren hast.«

Er musterte sie stumm.

»Sie himmeln mich an, das stimmt, aber welchem Mann gefiele das nicht?«

»Die älteren Frauen himmeln dich auch an, aber von denen lässt du die Finger. Ich will dir keine Moralpredigt halten – ich möchte nur den Grund wissen.«

»Nun, junge Frauen sind … unkomplizierter.« Er trank, um Zeit zu schinden und die richtigen Worte zu finden. »Sie genießen einfach die Zeit mit mir, aber sie fordern nicht, sie erwarten nicht irgendwelche Verrenkungen von mir. Sie halten verständnisvoll still, wenn ich keine Zeit habe.«

»Und bleiben mit gebrochenem Herzen zurück«, bemerkte Anne sarkastisch.

»So ist das zwangsläufig bei jeder Beziehung, die auseinandergeht, oder nicht?« Er sah sie fragend an, aber Anne antwortete nicht. »Vielleicht bin ich selbst noch gar nicht reif genug für eine ernsthafte Beziehung«, fügte er schließlich mehr zu sich selbst hinzu.

Die Wirtin brachte das Dessert und setzte sich zu ihnen.

»Marie hat gerade angerufen – sie sucht dich überall. Als ich ihr sagte, dass du hier bist und dass Pit auch dabei ist, war sie ganz aus dem Häuschen. Sie wird wohl gleich auftauchen.«

Mit dieser Nachricht beendete sie das eher unangenehme Gespräch, worüber weder Anne noch Pit besonders traurig waren.

Zwei ältere Damen saßen am Nebentisch und starrten schon seit einiger Zeit neugierig zu ihnen herüber. Schließlich stand eine der beiden auf und trat an ihren Tisch.

»Entschuldigen Sie bitte die Störung, aber könnte ich vielleicht ein Autogramm von Ihnen haben?«, fragte sie fast schüchtern.

»Aber ja, kein Problem, das mache ich doch gern«, entgegnete Pit zuvorkommend und sah Anne hilfesuchend an. »Hast du zufällig was zum Schreiben dabei?«

Die Dame sah ihn verwundert an. »Nicht von Ihnen ... von Frau Jünger hätte ich gern ein Autogramm. *Sie* kenne ich doch gar nicht.«

Anne schenkte Pit ein triumphierendes Lächeln und schrieb ihren Namenszug auf die entgegengestreckte Serviette.

»Danke, danke vielmals«, freute sich die Frau. »Ich backe seit Jahren nur noch nach Ihrem Buch, auch meine Tochter und die Schwiegertöchter!«

»Siehst du, nicht nur du bist berühmt«, stichelte Anne, als die Frau an ihren Tisch zurückgekehrt war. »Sie hat dich nicht mal gekannt ...«, bohrte sie weiter in der Wunde.

»Aber nur, weil es hier so dunkel ist – bestimmt hätte sie mich erkannt, wenn es heller wäre, und dann hätte sie mich auch gleich als Schwiegersohn gewollt.«

»Für ihre Tochter oder einen der Söhne?« Anne zog vorsorglich die Füße weit unter ihren Stuhl, falls er den Drang verspüren sollte, nach ihr zu treten.

»Du bist ein Miststück!«, zischte er ihr zu.

»Stimmt, und deswegen lieben mich alle so«, zischte sie zurück.

Eine halbe Stunde später erschien eine strahlende Marie, verpackt in ein leichtes, sehr kurzes Sommerkleid mit großen Mohnblumen, Spaghettiträgern und einem gewagt tiefen Ausschnitt. Dazu trug sie knallrote, hochhackige Sandalen mit hauchzarten Riemchen, mit denen sie nur unter größter Mühe über das unebene Kopfsteinpflaster heranstöckelte. Anne musste zweimal hinsehen, um es zu glauben. Sie hätte schwören können, dass sie den Inhalt des Kleiderschranks ihrer besten Freundin genauestens kannte – dieses Kleid jedoch hatte sie nie zuvor gesehen, ganz zu schweigen von den Schuhen.

Marie ließ sich auf dem Stuhl neben Pit nieder und gewährte ihm dabei einen tiefen Einblick, Anne vermutete bis zum Nabel. Fassungslos starrte sie Marie an – was sollte diese Vorstellung? Ein Blick auf Pit beruhigte sie allerdings: Er schien von Maries Avancen überhaupt nichts mitzubekommen. Ungerührt erhob er sich und ging zur Toilette.

»Marie, bist du's wirklich?«, fragte Dagmar und musterte Annes Freundin mit gekräuselter Stirn. »Wofür hast du dich denn so verkleidet?«

»Verkleidet?«, entgegnete Marie spitz und leicht verschnupft.

»Kann man sich denn nicht mal hübsch anziehen, ohne dass ihr blöde Kommentare abgebt?«

»Meiner Meinung nach siehst du wie eine Bordsteinschwalbe aus«, bemerkte Dagmar kühl. »Die beherrschen allerdings ihre Stöckelschuhe um einiges besser als du.«

»Was soll denn diese alberne Vorstellung?«, zischte Anne und funkelte die Freundin böse an. »Pit wäre fast in deinen Ausschnitt gefallen – schämst du dich denn nicht?«

Marie beugte sich mit ebenso böse funkelnden Augen über den Tisch.

»Du willst ihn doch nicht – was regst du dich also so künstlich auf? Er jedenfalls steht auf Mädchen in solchen Fummeln.«

»Richtig: auf Mädchen! Aber du bist kein Mädchen mehr, und in diesem Kleid siehst du einfach ... irgendwie ... ordinär aus, eben weil du kein Mädchen mehr bist«, konterte Anne.

»Du bist ja bloß neidisch, weil ich so was noch anziehen kann«, setzte Marie entgegen und war den Tränen inzwischen ziemlich nahe.

»Ach«, winkte Anne schließlich resigniert ab, »von mir aus kannst du anziehen, was du willst! Meinetwegen auch gar nichts – wir sollten deswegen wirklich nicht streiten.«

Und versöhnlich fügte sie hinzu: »Wenn Pit irgendwelches Interesse an dir bekunden sollte, sage ich dir Bescheid.«

Als Pit zurückkam, schwiegen sich die drei Frauen demonstrativ an.

»Hab ich was verpasst?«, fragte er vorsichtig. »Störe ich vielleicht bei eurem kollektiven Schweigen – soll ich lieber zu Bernd in die Küche gehen?«

Dagmar lachte als Erste. Anne schloss sich gleich darauf erleichtert an, und schließlich verzog auch Marie das Gesicht zu einem müden Lächeln.

»Na also, grimmige Gesichter bekommen nämlich eher Falten als freundliche«, verkündete Pit weise und wandte sich erleichtert Bernd zu, der sich mit einem Tablett voller Gläser und einer Flasche Pfälzer Hefebrand zu ihnen gesellte.

Kurze Zeit später war die Stimmung wiederhergestellt, und als Marie sich frierend die nackten Arme rieb, holte Pit tatsächlich sein Jackett aus dem Auto und hängte es ihr gentlemanlike über die Schultern. Anne ignorierte den triumphierenden Blick, den ihr Marie daraufhin über den Tisch hinweg zuwarf.

Es war schon nach Mitternacht, als sie schließlich nach Hause fuhren. Nach mehreren Schnäpsen saß Pit zufrieden auf dem Beifahrersitz.

»Ist gar nicht so schlecht hier«, stellte er irgendwann fest.

»Tut mir leid wegen vorhin«, entschuldigte sich Anne.

»Schon vergessen«, entgegnete Pit gönnerhaft.

»Nein, wirklich, ich mische mich nicht mehr in dein Leben ein. Es geht mich überhaupt nichts an, und du kannst schließlich tun, was du willst.«

»Das ist grundsätzlich richtig, aber wie ich bereits sagte: schon vergessen, okay?«

»Okay.«

»Du müsstest dich wohl eher wegen der mörderischen

Klettertour bei mir entschuldigen, aber das ist nach den vorzüglichen Schnäpsen schon fast vergessen. Die ruinierten Schuhe schmeiße ich am besten gleich im Dunkeln in die Mülltonne, damit ich sie nicht mehr sehen muss und mir eventuell bei dem jämmerlichen Anblick das Herz bricht«, nuschelte er als halbes Selbstgespräch vor sich hin. »Zweihundertfünfzig Euro – futsch mit einmal Rasenmähen und einer Gipfelbesteigung! Nicht zu fassen, wozu du mich alles überredest!«

Anne tätschelte ihm mitfühlend den Oberschenkel.

»Wie hat dir Maries Kleid gefallen?«, fragte sie etwa drei Kilometer später. Eigentlich hatte sie Maries Auftritt mit keinem Wort erwähnen wollen, aber die Neugier war stärker als alle guten Vorsätze.

»Maries Kleid? Hatte sie ein Kleid an?« Angestrengt dachte er nach. »Keine Ahnung, es war nicht hell genug, um was Genaues zu erkennen«, murmelte er müde, was Anne ein breites Grinsen entlockte.

Das Haus war dunkel, als sie heimkamen, Sophie schlief längst.

»Faule Göre!«, schimpfte Anne, als sie zuerst über Sophies Schuhe stolperte, die mitten in der Diele standen, und gleich darauf fast über den Rucksack mit ihren Schwimmsachen gefallen wäre. »Mit dieser Unordnung treibt mich das Kind noch in den Wahnsinn!«

Sie schob die Schuhe unter den Schuhschrank, legte ein Sweatshirt zusammen, das achtlos auf die Holzbank geworfen worden war, und lehnte den Rucksack an die Treppe.

Pit beobachtete sie amüsiert.

»Kann es sein, dass du ein bisschen pingelig bist? Mann, es ist mitten in der Nacht – kann das nicht bis morgen warten?«

»Hast du schon einmal verschimmelte Handtücher ausgepackt, die man gleich wegwerfen kann, weil die Stockflecken nicht mehr rausgehen? Von dem Gestank ganz zu schweigen ... Ich schon, regelmäßig sogar! Seit Jahren kämpfe ich diesen Kampf mit Sophie.« Sie schnappte sich Pits Jackett, das Marie vorhin nur widerstrebend ausgezogen und das er nun über den Treppenpfosten drapiert hatte, und hängte es an die Garderobe.

»Sie ist doch noch ein Kind«, versuchte er, Sophies Ehre zu retten.

»Ein schrecklich schlampiges Kind, aus dem mit Sicherheit eine schrecklich schlampige Erwachsene wird, wenn man es lässt!« So wie du, dachte sie für sich.

»Kann es sein, dass sich dein Mann aus dem Staub gemacht hat, weil du einen krankhaften Ordnungsfimmel hast?«

Es sollte scherzhaft klingen, doch Anne starrte ihn wie vom Donner gerührt an.

»Ich glaube kaum, dass das ein Grund ist, sich das Leben zu nehmen«, sagte sie schroff, schnappte sich Sophies Rucksack und verschwand im Keller.

»Scheiße!« Pit hätte sich wegen seiner blöden Bemerkung ohrfeigen können. Warum hatte er das sagen müssen? Gut, er hatte ein bisschen sticheln wollen, ja, aber er hatte sie nicht verletzen wollen. Sie hatte nie erwähnt, dass ihr Mann Selbstmord begangen hatte, da war er sich völlig sicher.

Als Anne aus dem Keller nach oben kam, fand sie Pit auf der Terrasse. Er hatte es sich in einem Gartenstuhl bequem gemacht und starrte in den reich bestückten Sternenhimmel.

Sie entkorkte die Weinflasche, die sie aus der Speisekammer mitgebracht hatte, holte zwei Gläser aus dem Schrank und ging zu ihm hinaus. Wortlos schenkte sie ein und setzte sich dann neben ihn.

»Was ich vorhin gesagt habe, tut mir schrecklich leid. Aber ich konnte nicht wissen, dass sich dein Mann das

Leben genommen hat. Du hast erzählt, er habe sich aus dem Staub gemacht. Ich … ich dachte einfach, dass er dich verlassen hat …«

»Ist schon in Ordnung, das ist lange her.«

»Warum hast du nichts gesagt?«

»Das ist meist gar nicht so einfach. Hätte ich irgendwann zwischen Hauptgang und Dessert erwähnen sollen: ›Ach, was ich noch sagen wollte – mein Mann hat sich übrigens umgebracht.‹ Oder soll ich mir ein Schild umhängen, auf dem ganz groß *Witwe* steht?« Sie schwieg einen Moment lang und betrachtete den Himmel. »Glaub mir, so leicht kommt einem das nicht über die Lippen! Meiner Freundin in Nürnberg konnte ich es erst ein Jahr später erzählen. Wir schreiben uns regelmäßig zu Geburtstagen, Ostern und Weihnachten – sollte man da ein P. S. dranhängen: ›Mein Mann hat übrigens Selbstmord begangen‹? Ich habe es jedenfalls nicht fertiggebracht. Erst als wir mal telefonierten und sie fragte, wie es ihm gehe, konnte ich mir alles von der Seele reden – fast hätte sie der Schlag getroffen, das kannst du mir glauben.«

»Warum?«, fragte er in die nächtliche Stille hinein.

»Warum er das getan hat?«

Sie konnte im Dunkeln sein Gesicht nicht erkennen, aber sie sah, dass er nickte.

»Schulden. Besser gesagt, Schuldenberge, die ihn – die uns irgendwann erdrückt haben. Er konnte mit Geld nicht umgehen, hat einen Konkurs nach dem anderen gebaut, insgesamt fünfmal. Und auf diese Schuldenberge – als Sahnehäubchen quasi – auch noch dieses Haus gebaut. Ich nenne Paul nur den *großen Ruinator.*«

Sie schwiegen lange.

»Aber du hast es überstanden, alle Achtung!«

»Ja, irgendwie habe ich es bewältigt, irgendwie habe ich fast eine halbe Million Schulden in den Griff bekommen.

Manchmal kann ich es selbst kaum glauben.« Anne lachte trocken.

»Eine halbe Million? Mein Gott, wie hast du das geschafft?«

»Viel Wut hat mir die Kraft gegeben, wie eine Blöde zu schuften. Ich war so wütend auf ihn, weil er mich mit dem ganzen Mist allein gelassen hat! Er glaubte nicht daran, dass wir es gemeinsam packen könnten, aber von mir hat er letztendlich erwartet, dass ich es allein packe. Deshalb habe ich gesagt, dass er sich aus dem Staub gemacht hat, denn nichts anderes hat er getan: Er hat mich einfach sitzen lassen mit dem Müll, den er fabriziert hatte ... und mit Sophie ...«

Am liebsten hätte Pit ihre Hand genommen, um sie zu trösten, aber sie saß zu weit weg.

»Irgendwelche Lebensversicherungen?«, fragte er mit belegter Stimme.

»Ein paar, aber nicht annähernd ausreichend. Da gibt es zum Beispiel die Sache mit der berühmten Dreijahresklausel, was heißt: Die Versicherung muss bei Selbstmord länger als drei Jahre zuvor abgeschlossen worden sein, damit sie zur Auszahlung kommt. Und dann: Hast du gewusst, dass die Versicherungen bis in deine Jugend zurückrecherchieren, was du so alles an Krankheiten hattest, ob du eventuell irgendwann mal depressive Tendenzen an den Tag gelegt hast, vielleicht sogar mit Neigung zum Suizid, welche Medikamente du über wie viele Jahre eingenommen hast? Und dann teilen sie mit, dass du leider versäumt hast, das alles bei Antragstellung im Fragebogen anzugeben. Man nennt das dann übrigens *böswillige Täuschung.*«

»Tatsächlich? Aber warum denn das?«

»Nun, es geht meist um große Summen, und die lieben Lebensversicherungen versuchen natürlich mit allen Mitteln, genau diese Summen nicht auszahlen zu müssen. Und leider haben sie manchmal Glück damit!« Annes Stimme hatte einen bitteren Unterton angenommen.

»Klingt, als ob du einschlägige Erfahrungen damit gemacht hast.«

»Das kann man wohl sagen! Zwei Versicherungen haben nur die lächerlich geringen eingezahlten Beiträge zurückerstattet. Eine dritte konnte ich allerdings erfolgreich einklagen – der Witz dabei war übrigens, dass diese Lebensversicherung bei der gleichen Versicherung abgeschlossen war wie die Rechtschutzversicherung, die dann die Kosten für das Verfahren übernehmen musste.«

»Starker Tobak – aber du hast das Haus noch. Also gehe ich davon aus, dass du das Schlimmste überstanden hast ... Wenn du aber Geld brauchen solltest, musst du es nur sagen«, bot er an und meinte es auch so.

»Du kannst ja richtig niedlich sein!«, kicherte Anne und füllte die Gläser noch einmal nach. »Aber nein, ich habe es wirklich im Griff. Ich konnte damals alle Geschäftsschulden und die Altlasten, die Paul netterweise mit in die Ehe gebracht hatte, mit den Versicherungen tilgen. Das Haus ist noch längst nicht abgezahlt, aber das schaffe ich auch noch.«

»Warum hast du dann das Geld aus unserem Vertrag gestrichen? Das hättest du doch gut gebrauchen können«, wunderte sich Pit.

»Nenn es Stolz – ich will alles allein auf die Reihe kriegen, mit meiner eigenen Hände Arbeit. Marie nennt es allerdings Blödheit ... Vielleicht hat sie sogar recht.«

»Wie lange ist das jetzt her?«

»Pauls Tod? Etwas über drei Jahre.« Es war fast ein Flüstern, als sie antwortete.

Pit wusste nicht recht, was er sagen sollte, ob Schweigen nicht die bessere Antwort war. Aber die Stille, die nun zwischen ihnen schwebte, empfand er als unangenehm.

»Vermisst du ihn?«, fragte er schließlich.

»Nicht mehr, nein. Es geht mir jetzt besser als mit ihm. Damit will ich nicht sagen, dass ich Paul nicht geliebt habe, ganz im Gegenteil … Ich habe ihn wahrscheinlich viel zu sehr geliebt – wenn das überhaupt möglich ist –, denn sonst hätte ich wohl nicht so lange an seiner Seite ausgeharrt. Er war ein liebevoller, liebenswerter Mann, aber mit ihm verheiratet zu sein, war wie ein Tanz auf dem Vulkan: Man wusste nie, was als Nächstes über einen hereinbrechen würde.«

Sie saßen wieder still da, jeder mit seinen Gedanken beschäftigt. Es musste weit nach drei Uhr sein!

»Ich habe manchmal geträumt«, begann sie mit brüchiger Stimme zu erzählen, »dass er plötzlich wieder da ist.« Sie sah zu Pit hinüber, als ob sie sich versichern wollte, dass er ihr auch zuhörte. »Du weißt, wie das in Träumen ist, es ist alles so real, und da stand er plötzlich in meiner Küche und lächelte mich an. Mein Herz schlug wild vor Freude, auch wenn ich genau wusste, dass er eigentlich tot ist. Aber er nahm mich einfach in den Arm, und ich spürte es wirklich, ich fühlte seine Nähe, und für kurze Zeit war alles gut.«

Er hörte, wie sie schluckte und tief durchatmete.

»Dann fiel mir ein, dass er gar nichts mehr zum Anziehen hatte – alle seine Klamotten hatte ich ja zur Kleidersammlung gegeben. Was wird er sagen, wenn er es merkt?, dachte ich. Wird er es verstehen? Und dann war da plötzlich ein anderes Gefühl – Panik. Wenn Paul wieder da wäre, dann müsste ich ja die Lebensversicherungen zurückzahlen. Alles, was ich mühsam erreicht hatte, wäre umsonst gewesen, das ganze Drama finge wieder von vorne an … Und auf einmal wusste ich, dass ich das nicht wollte – dass ich Paul nicht mehr wollte …«

Es dämmerte tatsächlich – ein heller Streifen erhellte den Himmel zur Linken.

»Zuerst habe ich mich schrecklich geschämt, immerhin war er mein Mann, wir hatten ein Kind zusammen, und wir liebten uns …« Anne brach ab.

»Das kann ich sehr gut nachempfinden«, meinte Pit schließlich. »Er hat dich im Chaos zurückgelassen, ganz schön feige finde ich das. Ich verstehe daher deine Wut auf ihn nur zu gut. Dass du ihn nicht zurückhaben willst, weil dann ja alles wieder von vorn begänne, ist genauso verständlich. Ich kann mir auch vorstellen, dass durch diesen sang- und klanglosen Abgang viel von deiner Liebe auf der Strecke geblieben ist. Selbst nach einer normalen Trennung kann man nicht einfach da weitermachen, wo man mal aufgehört hat. Wie soll das dann erst funktionieren, wenn man so viel durchgemacht hat wie du?«

Anne traute ihren Ohren kaum. Konnte ein Mann, der seine Freundinnen wechselte wie andere ihre Unterhosen und der alles tat, um keine feste Beziehung eingehen zu müssen, tatsächlich Verständnis für sie und ihre Gefühle aufbringen? War Pit doch kein so oberflächlicher Mensch, wie sie bisher angenommen hatte?

»Auf jeden Fall ist das alles vorbei«, sagte Anne abschließend und stand auf. »Ansonsten brauche ich jetzt eine Mütze voll Schlaf. Morgen – oder besser gesagt heute – kommen die Fotofritzen, und ich will mit keinen dunklen Ringen unter den Augen abgelichtet werden. Was sollen die geneigten Leser der Klatschzeitschriften sonst von mir denken?« Sie verschwand mit den Weingläsern im Haus, und Pit trug die leere Flasche hinterher.

»Die denken, dass wir ein wildes, ausgefülltes Sexleben haben, freuen sich für uns und sind schrecklich neugierig!« Er bedachte sie mit einem anzüglichen Blick, worauf sie ihn scharf ansah und ihm die Flasche abnahm.

»Ein Grund mehr, schnell ins Bett zu gehen, denn die dunklen Augenringe wären dann ebenfalls böswillige Täuschung.«

Annes Wecker klingelte knapp drei Stunden später laut und erbarmungslos. Sophie hatte Schule, und sie stand fast immer mit ihr auf. Doch heute fiel ihr das unsagbar schwer, und sie hätte wer weiß was dafür gegeben, noch eine oder zwei Stunden liegen bleiben zu dürfen.

Aber da stand doch auch dieser lästige Fototermin ins Haus! Sie wollte noch etwas aufräumen, eventuell staubwischen und auf jeden Fall staubsaugen – schließlich sollte nicht ganz Deutschland Anne Jünger für eine miserable Hausfrau halten.

Also kratzte sie ihre ganze Energie zusammen und kroch hundemüde aus dem Bett. Nach einer kurzen, brutal kalten Dusche und dem gründlichen Zähneputzen fühlte sie sich fast wie neugeboren. Gerade als sie aus dem Bad kam, stapfte Sophie sichtlich lustlos die Treppe herunter – sehr viel frischer als ihre Mutter sah sie auch nicht aus.

»Morgen, meine Süße«, begrüßte Anne ihre Tochter.

»Na, wenn du meinst«, kam die allmorgendliche Antwort. Neugierig spähte das Mädchen zu Annes Schlafzimmertür hinüber, die aber angelehnt war, sodass sie nicht hineinsehen konnte.

Etwas munterer setzte sie sich an den Frühstückstisch und ließ sich mit Cornflakes und Milch bedienen. Während sie löffelte, hatte sie unentwegt die besagte Tür im Auge.

»Pit schläft wohl noch?«, fragte sie schließlich.

»Ich nehm's mal an.«

»Habt ihr gut geschlafen?« Sophie grinste zweideutig.

»Gut, aber viel zu kurz«, gab Anne wahrheitsgetreu zur Antwort, und erst als sie Sophies feixendes Gesicht sah, kapierte sie, wie die Frage eigentlich gemeint war.

Sie musste lachen.

»Du kannst ja mal hochgehen, an der Gästezimmertür klopfen und Pit danach fragen – er freut sich bestimmt ganz schrecklich über dein wohlgemeintes Interesse.«

»Warum schläft er denn im Gästezimmer? Ihr seid doch verlobt«, wunderte sich das Mädchen. »Magst du ihn denn nicht?«

»Die Sache mit der Verlobung habe ich dir doch schon erklärt: Es ist ein Abkommen zwischen Pit und mir. Wir sind nicht wirklich verlobt, Sophie, wir ... nun ... wir tun nur so, weil die Presse und die Leser dieser Klatschzeitschriften das so mögen.«

Sophie schwieg kurz und strahlte Anne dann hoffnungsvoll an.

»Aber vielleicht bleibt ihr ja verlobt – richtig, meine ich – und heiratet. Ihr passt echt gut zusammen, finde ich, und Pit ist doch nett ...« Sie verschluckte den Rest ihrer Rede, als sie die skeptisch zusammengezogenen Augenbrauen ihrer Mutter sah.

»Du magst ihn?« Anne konnte es nicht fassen – seit Jahren wehrte sich Sophie gegen jedes nur annähernd männliche Wesen, das in ihre Nähe kam, aber Pit mochte sie. Ausgerechnet Pit! Einen Playboy, einen Lebemann erster Güte, ohne Verantwortungsgefühl und innere Werte; einen Mann, der Kinder genauso mochte wie lästigen Hautausschlag und der das Heiraten ebenso fürchtete wie der Teufel das Weihwasser. Vorsichtshalber fühlte sie Sophies Stirn, aber ihre Tochter schien kein Fieber zu haben.

»Oder magst du nur seinen Porsche und die Auftritte vor deinen Freunden?«

Entrüstet stand das Mädchen auf und stellte das Geschirr in die Spüle.

»Mama! Ich mag Pit wirklich – er ist lustig und nicht so steif wie die meisten Erwachsenen.« Sie schnappte sich ihren Rucksack und öffnete die Haustür. »Der Porsche ist allerdings auch nicht zu verachten!«, rief sie ins Haus zurück und verschwand kichernd.

Pit wurde nur ganz langsam wach. Stimmen bahnten sich ihren Weg in sein Unterbewusstsein, was ihn zuerst sehr verwunderte, bis er schließlich realisierte, wo er überhaupt war: im Gästezimmer von Annes Haus. Leider nur im Gästebett, dachte er enttäuscht. Dabei waren er und Anne sich letzte Nacht so nahegekommen, so nahe, wie er es eigentlich noch nie bei einer Frau erlebt hatte. Zum ersten Mal verspürte er nicht dieses Gefühl, das ihn in den letzten Jahren so oft beherrscht hatte, das Gefühl, ganz schnell das Weite suchen zu müssen, bevor alles kompliziert wurde. Vielleicht lag es einfach nur daran, dass sie auf dem besten Weg waren, Freunde zu werden. Das allerdings wäre ihm fast zu wenig gewesen, denn er mochte Anne wirklich, bewunderte ihre Kraft, genoss ihren frechen Humor und ihre Ehrlichkeit, fühlte sich wohl in ihrer Nähe ... Verflucht, er war offensichtlich auf dem besten Weg, sich ernsthaft in diese Frau zu verlieben! Und das wäre üblicherweise genau der Grund gewesen, sich schleunigst vom Acker zu machen ... üblicherweise ...

Unten schlug die Haustür zu, der Hund bellte kurz, dann hörte er eine Zeit lang nur noch leises Geschirrklappern. Diese Geräusche empfand er als außerordentlich beruhigend, es war, als wäre er zu Hause bei seiner Mutter, damals, als er noch klein war. Das Gefühl, irgendwo hinzugehören, beschützt zu sein. Wie anonym war dagegen doch ein Hotelzimmer, durch dessen isolierte Tür kein Ton hereinkam oder hinausdrang, wo man abgeschnitten war von den anderen Menschen, unbemerkt. Und wenn man dann auszog, wurde man von niemandem vermisst.

Er schmiegte sich noch einmal kurz in die warme Bettdecke, stand dann aber auf und putzte sich die Zähne. In Shorts und T-Shirt ging er nach unten.

»Schon wach?«, wunderte sich Anne, die gerade das letzte Glas abtrocknete und in den Schrank stellte. »Haben wir dich geweckt?«

Sie stand da in ausgewaschenen, kurzen Jeansshorts und einem ärmellosen Top. Tolle Beine!, stellte er für sich fest, zumal sie ausnahmsweise nicht in diesen grauenhaften Wanderstiefeln steckten.

»Es war schön, euch zuzuhören«, entgegnete er und trat hinaus auf die Terrasse. Obwohl es gerade erst acht Uhr war, schien die Sonne schon warm von einem strahlend blauen, wolkenlosen Himmel herab. Er genoss die Wärme auf dem Gesicht und streckte sich zu seiner vollen Länge. »Ich habe mich kurz wie der kleine Pit gefühlt, der noch bei seiner Mama wohnt.«

»Frühstück, kleiner Pit?«, fragte Anne und deckte den Tisch im Freien.

»Gern«, freute er sich und fuhr sich mit zehn Fingern durch das dichte Haar. »Muss ich mich vorher noch rasieren, oder darf ich mich so an den Tisch setzen?«

Anne musterte ihn eingehend und kam zu dem Schluss, dass er ihr mit Eintagesbart eindeutig besser gefiel als glatt rasiert!

»Meinetwegen musst du dich nicht unbedingt rasieren.«

»Gut, dann dusche ich nur – bin gleich wieder da!«

Als er kurz darauf abermals auf der Terrasse erschien, goss Anne gerade den Kaffee in zwei überdimensional große Tassen. Er trug jetzt frische Boxershorts und ein schwarzes Black-Sabbath-T-Shirt.

»Herrlich!« Strahlend ließ Pit sich nieder und füllte seine Tasse randvoll mit heißer Milch auf. »Ich sterbe für Milchkaffee!«

Anne tat es ihm gleich und musste schmunzeln: Sie hatten also noch eine Gemeinsamkeit.

»Black Sabbath – ist das ein Shirt aus deiner wilden Vergangenheit?«, fragte sie und hielt ihm den Brotkorb unter die Nase. »Vollkornbrot oder Toast?«

»Genau in dieser Reihenfolge.« Er griff nach dem Vollkornbrot und bestrich es großzügig mit Butter. »Manches rettet man doch ins Erwachsensein hinüber.« Er deutete auf das Shirt. »Käse oder Wurst?«, überlegte er dann laut und entschied sich für Käse. Während er den ersten Bissen kaute, lehnte er sich zufrieden zurück und ließ die Blicke durch den frühmorgendlichen Garten schweifen.

»Toller Garten«, lobte er schließlich zwischen zwei Schlucken Kaffee. »Du musst einen begnadeten Gärtner haben – der Rasen ist einfach perfekt gemäht.«

»Eigenlob stinkt!«, lachte Anne und belegte ihr Brot demonstrativ mit Wurst, obwohl sie eigentlich lieber Käse gegessen hätte. Sie wollte einfach nicht noch mehr Gemeinsamkeiten zulassen.

Pit atmete tief durch. »Also, ich rieche nichts!«

Als Nächstes schmierte er sich einen Marmeladentoast, Anne entschied sich deshalb für Nutella.

»Ich glaube, ich habe nicht mehr so früh gefrühstückt, seit ich mit der Schule fertig bin«, bemerkte er kauend.

»Dann kann ich mich ja geehrt fühlen.«

Er nickte heftig. »Die Dreharbeiten fangen meistens in den frühen Morgenstunden an, manchmal schon um sechs Uhr – und davor hockt man noch einige Zeit in der Maske. Das heißt im Klartext: ein labberiges süßes Teilchen zwischen Grundierung und Make-Up-Finishing – und das noch hastig gekaut und mit lauwarmem, miesem Kaffee runtergespült! Ein Wunder, dass ich noch keine Magengeschwüre habe.« Er ließ den Blick über den Tisch schweifen. »Hm, Nutella – hab ich ja ewig nicht mehr gegessen!« Er griff nach dem Glas und bestrich sich den nächsten Toast dick damit. »Himmel«, stöhnte Pit, »das schmeckt noch genauso wunderbar wie vor fünfundzwanzig Jahren!«

Wie Sophie, konstatierte Anne im Stillen. Mehr Nutella als Brot!

»Nun, das Frühstück in deinem Hotelzimmer in Berlin

war auch nicht gerade übel«, gab sie zu bedenken. Sie selbst kam jetzt zu ihrem Toast mit Marmelade.

Er sah sie mit einem merkwürdigen Blick an.

»Stimmt, das war auch nett«, gab er zu.

»Wann kommen die Kameramenschen?«, erkundigte sich Anne, bevor er vor Verzückung endgültig abhob.

»Irgendwann gegen Mittag«, nuschelte er mit vollem Mund und wischte sich mit der Serviette die Nougatcreme aus den Mundwinkeln.

Kaum hatte er den Satz beendet, hielten draußen auf der Straße mehrere Autos, gefolgt von lautem Türenknallen und Stimmengewirr. Aufgeregt bellend rannte Bruno um die Ecke und nahm die Ankömmlinge lautstark in Empfang.

Anne wechselte einen entsetzten Blick mit Pit.

»O Gott, sag, dass das nicht wahr ist!«, rief sie entsetzt aus und wischte Pit noch schnell einen Rest Nutella von der stoppeligen Wange.

»Huhu!«, rief eine unangenehm hohe Stimme, begleitet von Brunos Bellen.

Eine extrem herausgeputzte Blondine kam zu ihnen auf die Terrasse gestöckelt, gefolgt von fünf oder sechs Männern mit allen möglichen Gerätschaften. Keiner schien sich um den aufgeregten Hund zu kümmern, der bellend zwischen ihnen hin und her sprang. Anne bedauerte in diesem Moment wirklich, dass sie den freundlichen Bruno und keinen scharfen Hofhund als Haustier hatte.

»Lassen Sie sich von uns bloß nicht stören!«, flötete die Blonde im exakt sitzenden Jil-Sander-Kostüm und wies einen Mann mit Fotoausrüstung an, gleich an Ort und Stelle mit dem Knipsen anzufangen. »Das ist ja so *wunderbar* authentisch«, schwärmte sie strahlend. »Das glückliche Paar beim gemeinsamen Frühstück – einfach *wunderbar*!«

Anne brachte nur mühsam die Andeutung eines Lächelns

zustande, und der Blick, den sie ihrem »glücklichen Verlobten« schenkte, war eher mörderisch denn liebevoll.

»Ach, ich hoffe, Sie sind nicht böse mit uns!« Der Augenaufschlag der Blonden sollte wohl um Verzeihung heischen. »Das ist mein Geheimrezept für die *wunderbarsten* Reportagen: Komm ein paar Stunden früher, als man dich erwartet, und du erwischst die VIPs, wie sie wirklich sind!« Sie kicherte schrill.

Ob die millionenfache Leserschaft einen unrasierten Pit Arnold in Boxershorts und seine Verlobte im Schlabberlook sehen wollte, bezweifelte Anne allerdings zutiefst. Sie sagte jedoch im Moment lieber nichts, denn sonst wäre sie eventuell unfreundlich, wenn nicht gar ausfallend geworden.

»Und wo ist das reizende Töchterchen?« Blondie sah sich neugierig um.

»In der Schule, wo sie hingehört!« Annes patziger Ton passte nicht unbedingt zu dem Lächeln, das sie Pit über den Tisch hinweg schenkte und Blondie verzückt dahinschmelzen ließ.

»Genau dieser Blick – *wunderbar*!«, jubelte sie.

Für sie schien tatsächlich alles einfach nur *wunderbar* zu sein!

»Könnten wir jetzt vielleicht in Ihr Büro gehen?«, drängte Blondie und trieb Anne und Pit vor sich her ins Haus. Ihr Tross folgte mit Kameras, Lampen und meterweise Kabeln.

Ein Foto von Anne am Computer, Pit hinter ihr stehend, jetzt allerdings mit Jeans und weißem Hemd bekleidet, verliebt lächelnd, versteht sich.

Ein Foto von Anne, eng umschlungen mit Pit vor der Bücherwand, glücklich verliebte Blicke wechselnd.

Ein Foto von Anne und Pit in der offenen Wohnküche, beide einträchtig irgendwelches Gemüse schneidend und dabei verliebte Blicke – wie ermüdend! – wechselnd.

Ein Foto auf dem frisch gemähten Rasen, eng umschlungen, die Blicke verträumt in ungeahnte Fernen gerichtet.

Ein Foto mit Pit und Bruno.

Ein Foto mit Anne, Pit und Bruno – Anne und Pit eng umschlungen, Bruno hechelnd zu ihren Füßen.

Ein Foto vor dem Haus, Anne und Pit tiefe Blicke wechselnd, vom Garten aus fotografiert.

Ein Foto von Anne und Pit im goldenen Porsche, glücklich in die Kamera lächelnd.

Dazwischen immerzu Fragen von Blondie, die alles fleißig mitschrieb, um später einen *wunderbaren* Artikel daraus zu fabrizieren.

Anne fand es schlicht und ergreifend zum Kotzen. Dieses falsche Lächeln und Anhimmeln, die scheinheiligen Fragen und noch scheinheiligeren Antworten! Was Pit wohl bei dem ganzen Theater dachte? Er zeigte jedenfalls keinerlei Regung, sondern spielte einfach eine Rolle – heute eben kurz mal den verliebten Verlobten, das war schließlich sein Job.

»Wie ist Ihr Verhältnis zu der zukünftigen Stieftochter?«

»Wunderbar *(wunderbar!!!)*, es könnte gar nicht besser sein! Sie ist tatsächlich wie eine Tochter für mich.«

Ha, er kannte Sophie gerade einen Tag, hatte sie höchstens zwanzig Minuten am Stück gesehen, sie kurz ins Training gefahren, aber schon war ein *wunderbares* Verhältnis daraus geworden! Dabei wusste er nichts, aber auch gar nichts von ihrem Kind. Wahrscheinlich hätte er sie nicht einmal auf der Straße erkannt, wenn sie an ihm vorbeigegangen wäre! Anne hasste sich selbst dafür, dass sie ja zu diesem Zirkus gesagt hatte! Welcher Teufel hatte sie da nur geritten, dass sie das mit sich und ihrem Leben machen ließ?

Nach drei Stunden und – wie es Anne schien – Hunderten von Fotos und ununterbrochenem gesichtslähmenden

Lächeln war der Spuk endlich vorbei. Erschöpft setzte sie sich an den Tisch, der noch nicht abgeräumt war. Der Kaffee war natürlich kalt, die Wurst war in der Sonne angelaufen und rollte sich. Brot- und Toastscheiben waren knochentrocken, die Butter schmolz dahin und war mit Sicherheit ranzig geworden.

Pit setzte sich ihr gegenüber und schwieg. Er spürte ihren Zorn angesichts des soeben Erlebten und befürchtete, dass ein einziges falsches Wort sie zum Explodieren bringen könnte.

»Das war das erste und das letzte Mal«, versprach ihm Anne mit überraschend ruhiger Stimme. »Das hatte ja was von einer Vergewaltigung.«

»Tut mir aufrichtig leid!«

»Tatsächlich?« Mit verächtlicher Miene trank Anne ihren kalten Kaffee aus.

»Tatsächlich! Aber du warst echt gut, Kompliment!« Er grinste sie entwaffnend an. »Als du mir so tief ins Auge geblickt hast, wurde mir tatsächlich heiß und kalt.« Mehr als das: Er war eifersüchtig auf jeden Mann, den sie jemals so angesehen hatte und den sie jemals so ansehen würde – aber das konnte er ihr natürlich nicht eingestehen.

»Vielleicht sollte ich ja Schauspielerin werden.« Endlich lächelte sie wieder. »Wie wär's jetzt mit einem *wunderbaren*« – sie ahmte Blondies Stimme gekonnt nach – »heißen und vielleicht sogar ungestörten Kaffee?«

»Das wäre einfach *wunderbar*.«

Sophie zeigte sich schwer enttäuscht, als sie aus der Schule kam und die Presseleute schon längst wieder gegangen waren. Zu gern hätte sie einmal ein Foto von sich (und Pit, versteht sich!) in einer Zeitschrift gesehen – von der Wirkung eines solchen Bildes auf ihre Freunde ganz abgesehen! Am schlimmsten war aber die Tatsache, dass sie extra ihr

Zimmer aufgeräumt hatte – und dass diese zeitraubende Aktion nun völlig umsonst gewesen war.

Anne hingegen war im Nachhinein eher froh, dass Sophie nicht dabei gewesen war, so blieb sie für die Öffentlichkeit erst einmal anonym. Und das sollte sich am besten auch nicht ändern. Wozu das Kind ins Rampenlicht zerren, wenn die Verlobung sowieso nicht echt war und in Kürze wieder gelöst würde?

Enttäuscht war auch Marie, die kurz vor Sophies Heimkehr hereinschneite. Auch heute war sie sorgfältig zurechtgemacht, trug allerdings diesmal ein eher züchtiges, schlicht-vornehmes Etuikleid in Hellgrau (und das an einem Freitagmittag!). Außerdem hatte sie sich in hochhackige Pumps gezwängt, die Anne bisher noch nie an Maries Füßen gesehen hatte. Offensichtlich wäre sie gern als gute Freundin des Hauses auf den Fotos verewigt worden. Auf einmal freute sich Anne geradezu, dass die Presse viel zu früh gekommen war, und ihre Laune besserte sich auf Anhieb.

»Hast du ein Vorstellungsgespräch?«, fragte sie daher scheinheilig, während sie das Gemüse für das Mittagessen vorbereitete.

»Vorstellungsgespräch?« Marie starrte sie an, als ob sie nicht ganz dicht sei. »Wie kommst du denn auf den Gedanken?« Mit rot lackierten Fingernägeln angelte sie sich einen Karottenstreifen vom Schneidebrett und knabberte affektiert daran herum.

»Ich wüsste keinen anderen Grund, warum du an einem stinknormalen Werktag so aufgedonnert herumlaufen solltest«, entgegnete Anne und warf die Möhren in das heiße Olivenöl.

Marie sah an sich hinunter.

»Was ist denn dabei, wenn ich anständig angezogen bin? Könnte ja sein, dass meine schlampige Phase endlich vorbei ist«, sagte sie spitz und strich sich an der Hüfte eine imaginäre Falte glatt. »Vielleicht solltest auch du mal anfangen, mehr auf dein Äußeres zu achten.«

»Ich finde mein Äußeres völlig in Ordnung.« Anne spürte den Blick förmlich, mit dem Marie ihre verwaschenen Jeansshorts musterte.

»Wenn du meinst ...«

Brüsk wandte sich Anne zu Marie um.

»Du hast recht!« Sie klopfte mit dem Messer rhythmisch auf das Brettchen. »Vielleicht könntest du mir dein schickes Kleid ausleihen – ich würde heute Nachmittag gern im Garten Unkraut jäten.«

»Blöde Kuh!«, entfuhr es Marie, und sie stöckelte etwas ungelenk hinüber ins Wohnzimmer, wo Pit auf der Couch saß und in eine Zeitung vertieft war. Sie setzte sich neben ihn, angestrengt darauf bedacht, dass das Kleid schön weit über die Knie hochrutschte. Ohne von der Zeitung aufzusehen, rutschte er ein Stück weiter in die äußerste Ecke.

Am liebsten hätte Anne das frisch geschärfte Messer nach der Freundin geworfen.

»Ist Maries Kleid nicht totschick?«, rief sie stattdessen zu Pit hinüber.

Dieser schenkte seiner Couchnachbarin nur einen kurzen Seitenblick.

»*Wunderbar!*«, war alles, was er dazu sagte.

Anne drehte sich schnell um und versuchte das Lachen zu unterdrücken – keine Sekunde zu früh, denn die Möhren wurden schon gefährlich dunkel. Schnell gab sie Zucchinischeiben, Paprikawürfel und Lauchringe dazu.

Im Handumdrehen rührte sie aus Eiern, Milch und Mehl einen flüssigen Teig, und während der erste Pfannkuchen garte, fügte sie Zwiebelringe und kleingehackten Knoblauch zum Gemüse hinzu. Sie backte einen Pfannkuchen nach dem anderen, stellte alles im Backofen warm, würzte das Gemüse großzügig und goss mit Sahne auf.

Pünktlich, als Sophie kam, war der letzte Pfannkuchen fertig.

Marie hatte inzwischen schweigend neben Pit gesessen und verabschiedete sich jetzt.

»Du kannst gern mitessen«, lud Anne sie ein, aber Marie lehnte dankend ab.

Auch gut, dachte Anne und half Sophie, den Tisch zu decken.

»Hat Marie einen neuen Job?«, erkundigte sich Sophie, die sich mit Heißhunger über das Essen hermachte.

»Nein, wieso?«, fragte ihre Mutter.

»Ach, sie sieht so anders aus als sonst, als ob sie jetzt in einer Bank oder in einem Nobelhotel am Empfang arbeiten würde.«

Am späten Nachmittag zogen Wolken auf, und es wehte ein kühler Wind. Das war eine angenehme Abwechslung nach dem heißen Wetter, das die Menschen seit Wochen zum Schwitzen brachte.

»Wollen wir 'ne Runde mit Bruno drehen?«, schlug Pit vor. Der Hund sprang sofort aufgeregt wedelnd durchs Haus, kam aber gleich darauf zu Pit und setzte sich brav neben ihn, um ihn in dieser Haltung anzuhimmeln.

»Du lässt aber auch nichts aus, um meine Familie auf deine Seite zu bringen«, bemerkte Anne sarkastisch. »Willst du deinen teuren Slippern endgültig den Rest geben?«

»Die sind doch sowieso hinüber. Ich kaufe mir ein Paar richtige Wanderschuhe – versprochen!« Sein Blick blieb an Annes abgetragenen Schuhen hängen, die einsatzbereit in der Diele standen. »Vielleicht kriegen wir ja Mengenrabatt, wenn wir dir auch gleich noch ein Paar besorgen.«

Anne folgte seinem Blick und schüttelte energisch den Kopf.

»Vergiss es, das sind meine Lieblingsschuhe!«

»Aber sie haben Löcher.«

»Ich liebe jedes einzelne Loch.«

»Sie werden dir in nicht allzu langer Zeit von den Füßen fallen«, prophezeite er ihr.

»Noch halten sie aber!« Wie um das Gespräch zu beenden, sprang sie auf und hängte sich die Leine um. »Also, was ist denn nun? Erst machst du dem Hund Hoffnungen, und dann bleibst du träge sitzen.«

Sie schlüpfte in die Schuhe, die gerade noch Gesprächsthema gewesen waren, und ging nach draußen. Bruno folgte ihr.

Pit schloss sich den beiden an und verfluchte sich leise, dass er den Vorschlag gemacht hatte. Eigentlich war er müde und hätte sich am liebsten auf der Couch zusammengerollt und ein Nickerchen gemacht. Doch erbarmungslose Blicke folgten jeder seiner Bewegungen, bis auch er endlich das Haus verließ.

Es war tatsächlich angenehm, über die Felder und Wiesen zu streifen. Anfangs schwiegen sie, und jeder hing seinen Gedanken nach. Als sie einen kleinen Wald hinter sich gelassen hatten, breiteten sich endlose Weinberge vor ihnen aus.

»Eine echt tolle Gegend hier«, brach Pit schließlich das Schweigen. »So ganz anders als Berlin oder München.«

»Bist du denn in einer Großstadt aufgewachsen?«

»Ach was, nein! Ich bin ein Landkind, tiefste Provinz war das, wo ich groß wurde. Ich bin regelrecht aus diesem Mief geflohen, weil ich dachte, ich müsste sonst irgendwann ersticken.«

»Und deine Eltern?«

»Mein Vater lebt nicht mehr, aber meine Mutter wohnt immer noch dort. Ich besuche sie übrigens regelmäßig.« Das klang fast stolz, als ob es eine besondere Leistung wäre.

»Ich besuche meine Eltern auch regelmäßig«, entgegnete Anne deshalb scharf.

»Nein, du verstehst mich falsch. Ich bin oft bei meiner Mutter.

Ich verziehe mich regelmäßig zu ihr, wenn ich mich vor der Welt verstecken will. Dann schlüpfe ich bei ihr unter, darf sein, wie ich eigentlich bin, und lasse mich von ihr verwöhnen wie ein kleiner Junge. Manchmal sehne ich mich einfach nach diesem Leben ... Wir können ja mal zusammen zu meiner Mutter fahren.« Er war stehen geblieben und beobachtete die dunklen Wolken, die über die Berge heranzogen und sich über ihnen zusammenballten. Der Wind war auch stärker geworden und blies jetzt unangenehm kalt durch die dünne Kleidung.

Skeptisch betrachtete Anne den Himmel.

»Mist, da braut sich was zusammen! Wir sollten schau'n, dass wir heimkommen.«

Mitten auf dem Feld ereilte sie der Regen. Lachend und klitschnass erreichten sie das Haus. Die dunklen Locken hingen Anne nass und schwer auf die Schultern, die Wangen waren gerötet vom Rennen, und das dünne T-Shirt klebte ihr am Körper. In diesem Zustand zeigte es mehr, als es verbarg. Sie sieht verdammt scharf aus, stellte Pit fest und hätte sie am liebsten geküsst, als sie nebeneinander an der Terrassentür standen und den Weltuntergang beobachteten.

»Wow«, rief Anne nach einem besonders großartigen Blitz, »ein solches Gewitter hatten wir schon lange nicht mehr!«

Gerade als sich Pit mutig zu ihr hinüberbeugen wollte, um ihr einen Kuss auf den wunderbaren Mund zu geben, schrillte das Telefon durchs Haus.

Erschrocken fuhr er herum.

»Bist du schwerhörig? Mann, das ist so laut, dass es Tote aufwecken könnte!«

Anne lachte und ging in die Diele.

»Du weißt doch: Ich höre gern laute Musik.«

Es war Sophie – an die hatte sie überhaupt nicht mehr gedacht! Die Kinder waren gleichfalls vom Unwetter überrascht worden und saßen jetzt im Schwimmbad fest.

»Sophie lässt fragen, ob du sie abholen könntest«, übermittelte Anne den Wunsch ihrer Tochter an Pit, der noch immer fasziniert nach draußen starrte.

»Ich?«

»Ja, du! Sie hat das ausdrücklich gesagt.«

Das Herz hüpfte ihm ein wenig in der durchnässten Brust. Andererseits hätte er sich lieber um die Mutter als um die Tochter gekümmert …

»Also denn, dann fahr ich mal los«, seufzte er schließlich ergeben und riss sich von dem Anblick dieser verlockenden Frau los.

Anne sah ihm nachdenklich nach. Manchmal war er wirklich nett …

Das Gewitter verschwand genauso schnell, wie es gekommen war. Bald schien die Sonne wieder und leckte die Welt trocken.

Sie aßen mit Sophie auf der Terrasse zu Abend, und nachdem diese irgendwann ins Bett verschwunden war, blieben sie noch lange sitzen. Das Unwetter hatte die unangenehme Schwüle vertrieben, ein Stern nach dem anderen erschien am Himmel, und Pit verfolgte fasziniert den lautlosen Flug der Fledermäuse, die um das Haus schwirrten.

Jeder hatte ein halb gefülltes Weinglas in der Hand, und sie spürten eine angenehme Trägheit in sich aufsteigen.

Mit zurückgelegtem Kopf betrachtete Anne den Himmel.

»Dort ist der große Wagen«, erklärte sie, und er versuchte, im Dunkeln dem Verlauf ihres Arms zu folgen, den sie in den Himmel gestreckt hatte. Er fand das Sternbild problemlos, von dem sie sprach, es war sowieso das einzige, das er kannte.

»Kennst du dich damit aus?«, fragte er.

»Mit Sternen? Kein bisschen!«, lachte sie. »Der große Wagen ist das einzige Sternbild, das mir bekannt ist.«

Pit blickte im Dunkeln zu ihr hinüber. Undeutlich sah er ihr Profil, die Konturen der Nase, die eigentlich ein bisschen zu groß geraten war, aber so wunderbar zu ihrem Gesicht passte. Er erahnte die dunklen Locken, die sich nach dem Regen noch wilder kringelten als zuvor. Ihre Stimme, ihr raues Lachen bereiteten ihm eine wohlige Gänsehaut.

»Wir könnten jetzt miteinander schlafen«, murmelte er und hätte sich am liebsten die Zunge abgebissen, weil er laut ausgesprochen hatte, was er dachte.

»Davon steht aber nichts in unserem Vertrag«, murmelte Anne träge zurück.

»Rasenmähen steht auch nicht im Vertrag, ganz zu schweigen von Gassigehen und Kinder-durch-die-Gegend-fahren«, stellte Pit daraufhin nüchtern fest.

Anne schwieg. Sie war müde, es war ein langer, anstrengender Tag gewesen. Dennoch verspürte sie ein leises Kribbeln, als sie über seinen vielleicht gar nicht ernst gemeinten Vorschlag nachdachte. Er hatte verdammt gut ausgesehen, gestern beim Rasenmähen und heute nach dem Gewitter, als sie bis auf die Haut durchnässt zurückgekommen waren. Das Hemd hatte ihm an dem gut geformten Körper geklebt, und am liebsten hätte sie ihm dieses Hemd ganz langsam ausgezogen ... Aber dann hatte das Telefon geklingelt, und der verzauberte Moment war unwiederbringlich zerstört worden. Sie verbannte das Bild aus ihrem Kopf.

»Wir sind offiziell verlobt«, gab Pit zu bedenken, der ihr Schweigen genauso deutete, wie sie es meinte. Aber er wollte nicht so schnell aufgeben. »Wir könnten es also ohne schlechtes Gewissen tun ...«

Anne blieb stumm.

»Aber ich liebe dich nicht«, sagte sie schließlich.

»Ha!« Sein lautes Lachen durchschnitt die Nacht. Eigentlich wollte er nur enttäuscht sein, aber er spürte etwas anderes, etwas Unbekanntes und Beängstigendes: Er war verletzt. Sein Herz zog sich schmerzhaft zusammen, und in diesem Moment wusste er, dass es nicht der Sex war, den er von ihr wollte, es war mehr! ›Ich liebe dich auch nicht!‹, hätte er ihr am liebsten ins Gesicht geschrien, aber er brachte die Worte nicht über die Lippen, denn es wäre wahrscheinlich nicht die volle Wahrheit gewesen. »Du bist ja richtig spießig«, fügte er stattdessen seinem »Ha!« hinzu. Er wollte sich keine Blöße geben, er wollte sie treffen, wie sie ihn getroffen hatte! »Es ist ein lauschiger Abend, der Wein wirkt allmählich, die Sterne funkeln romantisch über uns, und es wäre *die* Gelegenheit, eine tolle Nummer zu schieben – und du faselst tatsächlich was von Liebe?« Er trank sein Glas in einem Zug leer, knallte es auf den Tisch und stand auf.

Das Kribbeln in Anne erstarb schlagartig, fast wäre sie heute schwach geworden, und dafür schalt sie sich ein kleines, dummes Mädchen. Er war ein Weiberheld und würde es immer sein, er versuchte es bei jeder – aber bei ihr würde er auf Granit beißen, das schwor sie sich.

Das Frühstück am nächsten Morgen brachten sie in eisigem Schweigen hinter sich. Sophie saß verdattert zwischen ihnen und verzog sich bald nach oben in ihr Zimmer.

»Tut mir leid«, begann Anne endlich ein Gespräch.

»Das hoffe ich – wir hätten eine schöne Nacht haben können«, meinte er trocken.

Eigentlich bereute sie augenblicklich, dass sie einen Versöhnungsversuch gestartet hatte, ließ sich dann aber nicht beirren. Ruhig sprach sie weiter. »Ich will damit nicht sagen, dass es mir leid tut, nicht mit dir geschlafen zu haben – ganz im Gegenteil. Nach deiner Reaktion war ich ganz sicher, dass ich das Richtige getan habe. Nein, es tut mir leid, dass der Abend so entgleist ist. Das hätten wir verhindern müssen, wir sind schließlich erwachsene Menschen …« Weiter kam sie nicht. Pit stand unvermittelt auf, nahm sein Frühstücksgeschirr und brachte es in die Küche.

»Deswegen haue ich jetzt am besten ab«, sagte er schließlich und sah sie mit einem Blick an, den sie nicht deuten konnte.

»Ich habe schon gepackt.«

Anne nickte nur stumm und sah ihm zu, wie er die Treppe nach oben ging und kurz darauf mit seiner Reisetasche wieder nach unten kam.

»Also denn, ich pack's dann mal.« Er stand etwas unschlüssig in der Diele. Eigentlich wollte er gar nicht gehen … Bruno verließ freudig wedelnd seinen Korb und sprang auf ihn zu.

»Mach's gut, altes Haus!« Liebevoll tätschelte Pit Brunos Kopf. »Wenigstens einer, der mich mag!« Er winkte Anne kurz zu und verließ das Haus. Bruno kam zu ihr gelaufen und blickte sie mit schief gelegtem Kopf fragend an.

»Sieh mich nicht so an!«, murmelte Anne und kraulte ihn gedankenverloren hinter dem Ohr. »Mir tut es ja auch weh!«

Sophie begann zu heulen, als sie erfuhr, dass sich Pit, ohne sich von ihr verabschiedet zu haben, aus dem Staub gemacht hatte.

»Du bist schuld!«, schluchzte sie. »Du magst ihn nicht. Aber ich mag ihn, er ist der netteste Mann, den du nach Papa je angeschleppt hast.« Wütend rannte sie wieder nach oben und ließ sich für den Rest des Tages nicht mehr blicken.

»Meine Rede«, resümierte Anne, »Männer machen einfach immer nur Ärger.«

Um sich abzulenken, beschloss sie, das Gästezimmer in Ordnung zu bringen und das obere Bad zu putzen. Putzen war für sie von jeher eine wunderbare Beschäftigung gewesen, um sich abzureagieren.

Das Gästezimmer war in null Komma nichts aufgeräumt, das Bad war schon eine größere Herausforderung. Als sie zuletzt Sophies Klamottenberg, den die Göre tagelang auf der Holzbank anzuhäufen pflegte, in saubere und schmutzige Wäsche sortierte, entdeckte sie zwischendrin Pits Black-Sabbath-T-Shirt.

Ihr Herz begann heftig zu klopfen. Sie hielt sich das Hemd vor die Nase und nahm den Geruch in sich auf – Pits Geruch –, der noch im Gewebe hing: ein bisschen nach Rasierwasser, ein bisschen nach Seife, ein bisschen nach Schweiß. Überaus männlich. Am liebsten hätte sie das Shirt übergestreift und nie wieder ausgezogen. Letztendlich stopfte sie es schließlich doch in die Schmutzwäschetonne und trug diese in die Waschküche. Bevor sie Pits Shirt jedoch in die Maschine zu der dunklen Wäsche steckte, roch sie noch einmal daran.

»Wie geht's deiner reizenden Verlobten?«, fragte Tom ganz beiläufig, als er Pit ein paar Tage später zum Abendessen traf.

»Keine Ahnung, es herrscht Funkstille zwischen uns.«

»Aha«, entgegnete Tom, ohne die leiseste Ahnung zu haben, was zwischen den beiden vorgefallen war. »Wolltest sie wohl auf die Matratze ziehen«, vermutete er ins Blaue hinein.

»Na und? Was ist so schlimm daran?« Schnaubend schob Pit den Rest des Essens von sich. »Sie hat was – frag mich jetzt bloß nicht, was –, und da bin ich eben schwach geworden.«

»Ich kann dir genau sagen, was sie hat: Sie ist eine richtige Frau – dich verwirrt das natürlich, das ist mir klar!« Tom aß genüsslich weiter. »Und sie hat dich anscheinend von der Bettkante geschubst.« Er grinste sein Gegenüber breit an.

Pit antwortete nicht, aber Tom wusste auch so, dass er ins Schwarze getroffen hatte.

»Braves Mädchen!« Lachend wischte er sich den wohlgeformten Mund mit der Serviette ab. »Trotzdem: Ihr habt einen Vertrag miteinander, den noch keiner von euch gekündigt hat, und somit müsst ihr diesen Vertag auch einhalten – beide!«

Er beugte sich mit ernstem Gesicht zu Pit hinüber.

»Ihr müsst euch wieder zusammen sehen lassen, und zwar bald.« Er lehnte sich auf seinem Stuhl zurück und ließ das Gesagte auf Pit wirken. Dieser schien von dem Gedanken nicht gerade begeistert zu sein.

»Hör zu, mein Junge: Das mit der Verlobung hat die Presse beruhigt. Du bist so gut wie reingewaschen von dem Verdacht, schwul zu sein, und deshalb müsst ihr dieses Spiel einfach noch ein bisschen weiterspielen. Benimm dich in Zukunft ausnahmsweise mal anständig, das kann doch nicht zu viel verlangt sein.« Die letzten Worte hörten sich fast wie eine Drohung an.

»Ist ja gut, großer Meister, was schlägst du also vor?« Pit wusste genau, dass sein Manager recht hatte.

»Fahr mit ihr zu deiner Mutter und lasst euch dort schön fotografieren.«

»Scheiße, muss das sein?« Pit raufte sich die blonde Mähne. »Können wir nicht wenigstens meine arme Mutter aus dem Spiel lassen?«

»Es muss sein, keine Frage!«

»Hallo, hier ist Pit.«

Anne war überrascht, ja, fast freudig überrascht, dass er sich doch wieder bei ihr meldete.

»Was willst du?«, fragte sie und merkte, dass ihre Stimme frostiger klang, als sie es eigentlich beabsichtigt hatte.

»Hör zu, ich will dir nicht lange auf die Nerven gehen. Tom hat mal wieder einen gemeinsamen Termin für uns vereinbart.« Das sagte er fast kleinlaut.

»Ach ja, unser Vertrag! Den hätte ich fast vergessen.« In geschäftsmäßigem Ton fuhr sie fort: »Nun, was müssen wir tun?«

Sie hatte das Gefühl, dass ihr Pit nur ungern sagen wollte, was es damit auf sich hatte.

»Du sollst meine Mutter kennenlernen – mit Pressebegleitung, versteht sich.«

»Ach, wie reizend! Mir tut dabei nur deine Mutter leid.«

»Mir auch, das kannst du mir glauben.«

Anne glaubte es ihm.

»Und wann soll dieses Spektakel stattfinden?«

»Übermorgen – natürlich nur, wenn es dir passt.«

Er ist ja richtig handzahm, freute sich Anne. Sie sah auf den Kalender.

»Das geht.«

»Gut. Du müsstest dann allerdings nach Frankfurt kommen, und wir treffen uns dort. Ist das in Ordnung für dich? Die Fahrtkosten übernehme natürlich ich!«

Als sie sich mit Pit in einer Autobahnraststätte kurz hinter Frankfurt traf, war sie ein bisschen aufgeregt. Um ihn zu ärgern, hatte sie heute Morgen die ausgewaschene und ausgefranste kurze Jeanslatzhose angezogen. Als sie in den goldenen Porsche stieg, verlor er jedoch kein Wort darüber und fuhr sofort mit quietschenden Reifen los.

Sie betrachtete ihn heimlich von der Seite, und ihr Herzschlag beschleunigte sich. Er sah atemberaubend gut aus in seinem etwas verblichenen Holzfällerhemd und den hellen, eindeutig auch schon älteren Jeans.

»Ist das jetzt der richtige Pit oder der verkleidete?«, fragte sie vorsichtig.

Ein scharfer Blick aus blauen Augen traf sie. Ein Blick, der ihr fast den Atem verschlug.

»Kannst du nicht einfach mal mit diesem ewigen Sticheln

aufhören? Wir mögen uns nicht besonders, das wissen wir jetzt. Können wir es nicht dabei belassen und mit einem gewissen Anstand unseren Vertrag erfüllen?« Zornig starrte er auf die Straße und schaltete hart.

»Ist ja gut, es war nicht so gemeint!« Anne überlegte krampfhaft, wie sie die Wogen glätten konnte. »Eigentlich wollte ich dir nur sagen, dass du mir in Jeans und Holzfällerhemd sehr gut gefällst – natürlich nur, soweit es der Vertrag erlaubt.«

»Ein Kompliment aus deinem Mund? Puh, das muss dir aber schwergefallen sein!« Er grinste sie frech an.

Anne lächelte erleichtert zurück.

»Wie viel weiß deine Mama über uns?«, wechselte sie das Thema.

»Das, was in den Zeitungen zu lesen ist, und keinen Millimeter mehr.«

»Sollten wir sie nicht besser einweihen – ich meine, sie wird diesen Zirkus früher oder später doch durchschauen«, schlug Anne vor.

»Das bringe ich nicht übers Herz! Wenn, dann sag du es ihr. Mama freut sich so sehr über unser Glück.« Bei diesen Worten musterte er Anne nachdenklich. »Sie freut sich auf Sophie – dass sie doch noch ein Enkelkind haben wird – und auf dich ... Sie hat ja keine Ahnung, was sie da erwartet ...«

Anne quittierte die freche Bemerkung mit einem kräftigen Schlag auf seinen rechten Oberschenkel. Sie war froh, dass sie sich wieder normal unterhalten konnten.

Eine Handvoll Fotografen erwartete sie schon vor Pits Elternhaus. Mit einem strahlenden Lächeln stieg Anne aus und lief Hand in Hand mit Pit zur Haustür. Eine sympathische grauhaarige Frau, fast so groß wie Anne, öffnete die Tür und drückte beide nacheinander herzlich an sich.

»Anne, mein Mädchen, Pit! Kommt rein und lasst uns den Pressekram schnell hinter uns bringen!«

Sie hatte in der gemütlichen Wohnküche sehr geschmackvoll den Tisch gedeckt, und es roch wunderbar nach Essen. Anne spürte, wie sich ihr leerer Magen regte. Und unentwegt klickten die Fotoapparate und blendeten die Blitzlichter. Doch die Fotografen waren bald befriedigt. Sie zogen ab, und zurück blieb nur noch der Reporter des Blatts, das exklusiv über diesen Besuch berichten durfte.

Nach dem Essen verschwand auch er, und sie konnten sich alle endlich wieder ganz normal benehmen. Pit ließ die Frauen allein, weil er das Grab des Vaters besuchen wollte. Während seine Mutter das Geschirr spülte und Anne abtrocknete, herrschte erst einmal bedrückendes Schweigen.

»Warum tust du das?«, wollte Marianne, Pits Mutter, schließlich wissen.

»Abtrocknen?« Anne wusste nicht, was gemeint war.

»Nein«, lachte Marianne, »das meine ich nicht!« Sie räumte das Geschirr ein. »Vielleicht hält mich mein Sohn schon für so verkalkt, dass ich die Geschichte nicht durchschaue, aber ich bin nicht verkalkt. Also, warum machst du bei diesem jämmerlichen Schauspiel mit?« Sie hatte die Hände auf die kräftigen Hüften gestemmt und blickte Anne erwartungsvoll an.

»Wir haben einen Vertrag abgeschlossen: Ich spiele seine Verlobte, damit er heil aus dieser Schwulengeschichte rauskommt.«

Marianne verdrehte die Augen zur Decke und stöhnte leise – offensichtlich war sie mit ihrem Sprössling Kummer gewöhnt.

»Und was hast du von der Sache?«

»Ganz ehrlich?«

»Ganz ehrlich!«

»Eigentlich nur Unannehmlichkeiten«, gestand Anne und hängte das Geschirrtuch an den Haken.

»Wenigstens ein bisschen Geld?«, hakte Marianne nach.

»Nein, das wollte ich nicht. Ich werde dadurch nur ein Stück bekannter.«

»Ich habe dein Buch gelesen. Es hat mir gut gefallen, und ich denke, diese Art der Bekanntheit hast du überhaupt nicht nötig! Kaffee?«

Als Anne nickte, setzte sie Wasser auf.

»Ich finde es unverantwortlich von meinem Sohn, dass er dich und deine Tochter da reinzieht.« Sie sah Anne wohlwollend an. »Ich mag dich, und ich finde es wirklich schade, dass du nicht wirklich mit Pit verlobt bist. Und ich fühle, dass du genau die Richtige für den Bengel wärst, auch wenn er das nie glauben würde und weiter diesen halben Kindern nachsteigen wird!«

Sie brühte den Kaffee auf und fragte dann unvermittelt: »Willst du Pits Kinderfotos ansehen?«

»Klar, warum nicht?«

Kurz darauf kam Marianne mit drei dicken Fotoalben zurück.

»Er war ein richtiger Wonneproppen«, schwärmte sie und goss für sie beide Kaffee ein.

»Die Betonung liegt auf *war*«, kicherte Anne.

Marianne sah sie kurz an und nickte dann zustimmend.

»Er hat aber auch seine guten Seiten, man muss sie nur entdecken. Dieses Leben im Scheinwerferlicht hat ihn ganz schön verändert, oder sagen wir es mal so: Er spielt auch im Privatleben nur eine Rolle – für das Publikum.« Sie blätterte in den Seiten des ersten Albums.

Pit, wie er krabbelte.

Pit, wie er seine ersten Gehversuche machte.

Pit mit Zahnlücke und einer Schultüte, die fast größer war als er selbst.

»Er war lange einer der Kleinsten seines Jahrgangs. Erst nach der Konfirmation schoss er gewaltig in die Höhe.«

Pit bei seiner Konfirmation mit dunklem Anzug und verlegenem Grinsen – ein Pimpf, der wie ein Erwachsener verkleidet war.

Pit mit Gitarre.

»Gitarre?«, staunte Anne.

»Zuerst Bassgitarre, ja, später noch so 'ne elektronische Gitarre. Er hat wie ein Besessener geübt, als er sich das Ding gekauft hatte. Manchmal hatte er blutige Fingerspitzen. Und der Krach, es war kaum auszuhalten!«

Pit beim Skifahren mit der Schule.

Pit mit Moped.

Pit in einem Kostüm auf irgendeiner Bühne.

»Er hat leidenschaftlich gern Theater gespielt. Ich glaube, damit hat alles überhaupt angefangen.«

Pit mit zerrissenen Jeans und Irokesenschnitt.

»Pit war ein Punk?!« Anne konnte es nicht fassen.

»Grässlich, nicht wahr? Er hat zu dieser Zeit auch in einer Punkband gespielt – ach, der Name fällt mir nicht mehr ein! Es war nur ohrenbetäubender Lärm!«

Pit mit Band.

Anne musste zugeben, dass er sogar halb kahl rasiert schon damals extrem gut aussah.

Pit mit Freundin.

Anne sah genau hin. Er musste damals siebzehn oder achtzehn gewesen sein, und trotzdem fühlte sie so etwas wie Eifersucht in sich aufsteigen.

»Das war seine erste große Liebe, Monika. Ach, war das ein Drama!« Marianne schlug bei der Erinnerung die Hände über dem Kopf zusammen. »Ich dachte wirklich, er überlebt es nicht! Das war aber auch ein Luder, kann ich dir sagen. Zum Glück ist sie ein Jahr später mit einem US-Soldaten nach Amerika gegangen.«

Die Tür öffnete sich, und Pit kam herein.

Nein, mit dieser wilden Mähne sah er doch weit besser aus als im Irokesen-Look.

Er nahm sich eine Tasse und Kaffee und setzte sich auf die andere Seite neben seine Mutter.

»Breitest du jetzt meine tiefsten Geheimnisse vor Anne aus?«

Er zeigte auf das Bild mit Monika.

»Heute ist mir schleierhaft, was ich damals an ihr fand«, sinnierte er und blätterte weiter.

»Kannst du noch Gitarre spielen?«, erkundigte sich Anne.

Pit zuckte mit den Schultern.

»Keine Ahnung, ich hab's ewig nicht mehr versucht.« Er nahm sie bei der Hand und zog sie vom Sofa hoch. »Wollen wir es mal überprüfen?«

Klar wollte Anne und folgte ihm in den Keller.

In einem winzigen Raum standen die Überreste seiner damaligen Musikanlage, an der Wand hingen eine Bass- und eine E-Gitarre.

»Habt ihr hier geprobt?«, erkundigte sich Anne, während Pit an der Anlage herumschraubte.

»Ja«, sagte er schließlich und grinste schief, »und wie du dir unschwer vorstellen kannst, hat der Boden unter Mutters Füßen gebebt.«

Er hängte die E-Gitarre ab und stöpselte sie am Verstärker an. Dröhnend erfüllten die ersten angeschlagenen Akkorde den Raum.

Smoke on the water, erkannte Anne sofort. Als Nächstes folgten *Hells Bells* von AC/DC, *Lady in Black* von Uriah Heep und *Lokomotive breath* von Jethro Tull. Anfangs noch etwas ungelenk, wurde Pit jedoch von Lied zu Lied sicherer.

»Kennst du das?«, fragte er und zupfte drauflos.

»Ja, ich glaube – das ist ein Stück von den *Ramones*, oder?«

»Bingo«, bestätigte Pit und hängte die Gitarre wieder an den Haken. Während sie nach oben gingen, warf er noch einen wehmütigen Blick zurück.

»Ich liebe die *Ramones*«, sagte Anne, als sie wieder auf dem Weg nach Frankfurt waren.

»Das war noch Musik – und meine Mutter ist in dieser Zeit fast verzweifelt. Das waren ganz schön wilde Zeiten damals.«

»Warum hast du aufgehört zu spielen?«

»Ich war einfach nicht gut genug – manchmal habe ich allerdings die fixe Idee, wieder eine Band zu gründen. Bekloppt, findest du nicht auch?«

»Nein, mach es doch einfach! Wenn du Spaß daran hast, warum denn nicht?«

Er forschte in ihrem Gesicht.

»Das war jetzt ernst gemeint? Keine Ironie, kein Sarkasmus?«

»Deine Mutter mag mich«, gab Anne unpassend zur Antwort.

»Das verstehe, wer will«, erwiderte er.

»Mama ist heute Abend im Fernsehen«, plapperte ihm Sophie ins Ohr. Er freute sich über ihren Anruf. Ihre heimlichen Telefonate waren schon zu einer regelmäßigen Einrichtung geworden, und er wusste diese Freundschaft mit Annes Tochter sehr zu schätzen. Sie verstanden sich gut und hatten sich immer etwas zu berichten. Sophie erzählte ihm von Jochen, in den sie ganz schrecklich verliebt war. Das Besondere daran war die Tatsache, dass Anne noch nichts von dieser Schwärmerei wusste – es war Sophies und sein Geheimnis, und er war sehr stolz darauf. Allerdings würde sich Anne irgendwann über die etwas höhere Telefonrechnung wundern und sicherlich Nachforschungen anstellen.

»Im Fernsehen?«

»Ja, diese Talkshow wird gesendet, wegen der sie in Berlin war. Na, damals, als ihr euch kennengelernt habt.«

Pit erinnerte sich nur zu gut daran. Er sah Anne oft im Geist durch die Eingangshalle des Hotels gehen, nein, es war mehr ein Schreiten gewesen, und in seiner Erinnerung schwebte sie sogar manchmal!

»Schaust du dir das an?« Sophie holte ihn in die Wirklichkeit zurück.

»Klar, mal hören, was sie so zu sagen hat!«

Und jetzt saß er vor der Glotze und wartete fast aufgeregt, dass endlich diese Show losging. Er freute sich darauf, Anne zu sehen. Seit dem Besuch bei seiner Mutter hatten sie keinen Kontakt mehr gehabt, und das war über vier Wochen her. Sie fehlte ihm, ihre Sticheleien fehlten ihm. Und ihr Lachen. Wie konnte man Sehnsucht nach jemandem haben, den man eigentlich gar nicht so recht mochte?

Er hatte vor lauter Nachdenken den Anfang der Show verpasst, was aber nicht schlimm war, da zuerst die Talkgäste vorgestellt wurden. Da war sie, da saß Anne neben einem Bankmenschen im strengen Zweireiher, der sie skeptisch musterte. Pit musste grinsen, als Anne den Anzugmann dabei erwischte und ihm ihr strahlendstes Lächeln schenkte. Rechts von ihr saß ein Model, langbeinig, eigentlich für den Anlass etwas zu leicht bekleidet. Mit hoch toupierten Haaren und perfekt geschminkt saß sie stocksteif in ihrem Sessel, ängstlich darauf bedacht, dass ja keine Haarsträhne verrutschte. Doch Anne wirkte weder verschüchtert noch wie eine graue Maus neben ihr. Im Gegenteil, sie wirkte herrlich lebendig neben dieser Schaufensterpuppe. Mit ihrer bunt geflickten Hose saß sie in ihrem roten Ledersessel und scherzte und lachte mit dem Moderator. Dass sie nicht auf den Mund gefallen war, wusste er ja zur Genüge, aber das, was sie hier bot, war einfach grandios. »Kleider machen Leute« war das Thema der Show, und Anne nahm es humorvoll sowohl mit dem weltberühmten Modedesigner als auch mit dem Starfigaro auf, die ebenfalls als Gäste geladen waren. Sie hatte eine Präsenz, von der das Model nur träumen konnte. Hingerissen betrachtete er sie und war maßlos stolz auf sie. Seine Anne, seine Verlobte – auch wenn sie das eigentlich gar nicht war.

»Du warst toll!« Er hatte sie einfach anrufen und ihr das sagen müssen.

»Danke, das ist nett von dir.« Anne war überrascht.

»Wir sollten das Kriegsbeil begraben, zusammen ausgehen und kräftig feiern«, schlug Pit vor und war sicher, dass sie ihm einen Korb geben würde.

»Das klingt gut – was hast du anzubieten?«

Pit gab sich Mühe, seine Verblüffung nicht zu zeigen. Mit allem hatte er gerechnet, nur nicht mit einer Zusage!

»Ich bin im Moment bei Dreharbeiten in Köln – wie wär's, wenn wir Köln unsicher machen würden?«

»Klingt vielversprechend, wann soll ich kommen?«

»Morgen würde es gut passen, samstags hören wir immer etwas früher mit dem Drehen auf.«

Er nannte ihr noch das Hotel, in dem er momentan lebte, und nachdem er schließlich aufgelegt hatte, hüpfte er singend über die Klamottenberge, die den Teppich zierten. Wie ein verliebter Sechzehnjähriger vor seiner ersten Verabredung, konstatierte er und hörte sofort auf zu hüpfen. Stattdessen hob er die Kleidungsstücke vom Boden auf und stopfte sie in Plastiksäcke. Dann ließ er alles in die Hotelwäscherei bringen. Anne würde sich wundern über das ordentliche Zimmer ... gesetzt den Fall, sie käme überhaupt mit nach oben!

Anne kam spät in Köln an. Die Autobahnen waren hoffnungslos verstopft gewesen, und nicht zum ersten Mal hatte sie sich ernsthaft vorgenommen, ab sofort nur noch mit der Bahn zu fahren oder zu fliegen. An der Rezeption ließ sie sich mit Pits Zimmer verbinden.

»Ich hab's geschafft – spät, aber ich bin da. ... Und ich sterbe vor Hunger.«

Als er kurz darauf im Foyer erschien, nahm er sie fest in den Arm und drückte ihr einen dicken Schmatzer auf die Stirn.

Anne sah sich vorsichtig in der Halle um, konnte aber keine Pressemenschen entdecken, für die er diese Show hätte abziehen müssen.

»Mann, ich hab mir echt schon Sorgen gemacht – ich war nahe dran, die Autobahnpolizei anzurufen.« Er drückte sie noch einmal an sich. Dann legte er ihr den Arm um die Schultern und führte sie zum Ausgang.

»Wie wäre es zur Abwechslung mal mit Chinesisch?«, fragte er und ging zielstrebig über die Straße.

»Meinetwegen gegrillte Regenwürmer«, lachte Anne und legte ihm übermütig den Arm um die Hüfte. Das fühlte sich gut an, fand sie.

»Die habe ich beim Chinesen zwar noch nie auf der Speisekarte entdeckt, aber wir können fragen. Vielleicht ist es ja eine heimliche Spezialität, die nur Stammgäste vorgesetzt bekommen.« Er fühlte sich ausgesprochen gut. Anne war wirklich ein toller Kumpel, und es machte unendlich viel Spaß, mit ihr zusammenzusein – wenn sie nicht gerade rumzickte und auf Krieg aus war. Vielleicht sollten sie wirklich nur Freunde sein. Dann müsste er aber irgendwie dieses Kribbeln loswerden, das er in ihrer Nähe verspürte, denn das war definitiv nicht gut für eine rein platonische Freundschaft – und mehr war von ihr wohl nie zu erwarten. Das gab sie ihm ja stets und immer wieder deutlich zu verstehen.

Nachdem sie sich ausgiebig über die chinesischen Namen der Gerichte amüsiert hatten, bestellten sie. Und da Pit ihre Frage, ob er mit Stäbchen essen könne, mit nein beantwortet hatte, bestellte Anne gleich noch Schälchen und Stäbchen für sie beide dazu.

»Hatte ich dir nicht gerade klar und gut verständlich gestanden, dass ich *nicht* mit Stäbchen essen kann?«

Sie schenkte ihm ein wunderbar freches Lächeln.

»Umso interessanter wird das Ganze doch!« Lachend schüttelte sie ihren Lockenkopf.

Pit sah sie sprachlos an – mein Gott, sie war zauberhaft!

Beim Essen stellte sich allerdings heraus, dass sie kein bisschen besser mit den Essstäbchen zurechtkam als er. Sie lachten sich fast kaputt, wenn wieder ein Gemüsestück auf die zartrosa Tischdecke flutschte oder sich ein Cashewkern zurück in die Soße stürzte. Doch Anne war trotzdem um einiges geschickter, wie Pit zu seiner Schande feststellen musste. Wie zum Trost hielt sie ihm eine dicke Hummerkrabbe über den Tisch hinweg entgegen, die sie siegreich zwischen ihre Stäbchen geklemmt hatte.

»Damit du nicht verhungerst«, kicherte sie, und am liebsten wäre er in ihrem Blick versunken. Braune Augen, stellte er im Stillen fest, wunderbar braune Augen. Wie Eva, die Adam verlockend den Apfel hinhält, schoss es ihm durch den Kopf, und er ergriff die dargebotene verbotene Frucht mit den Zähnen, während er ihren dunkelbraunen Blick festhielt, ungeachtet der Folgen, die das für Adam und Eva bekanntlich gehabt hatte.

Anne aß munter plaudernd und kichernd weiter, sie hatte nichts dabei empfunden, doch er wusste jetzt, dass er nie eine normale Freundschaft mit ihr würde führen können.

Es war weit nach Mitternacht, als sie ins Hotel zurückkehrten. Nach einem Schlummertrunk an der Hotelbar verabschiedete sich Anne im Aufzug mit einem Kuss auf die Wange von ihm.

»Danke für diesen wunderbaren Abend«, hauchte sie ihm zu, dann schloss sich die Schiebetür, und der Aufzug fuhr weiter in Pits Stockwerk. Er spürte ihren Kuss, roch ihr Parfüm, dessen Duft die Kabine erfüllte. Am liebsten hätte er die Notbremse gezogen und notfalls im Stehen geschlafen, nur um die Erinnerung an sie nicht in diesem Aufzug zurücklassen zu müssen. Die Aufzugtür öffnete sich im sechsten Stock, und kopfschüttelnd stieg er aus. Was war nur los mit ihm? Er machte sich langsam ernsthaft Sorgen um seinen Geisteszustand.

Beim Frühstück eröffnete ihm Anne, dass sie nach dem Mittagessen wegmüsse.

»Ich habe heute eine Lesung in Düsseldorf, und ich fürchte, dass die Autobahn wieder so zu ist wie gestern.« Sie sah ihn über ihre Kaffeetasse hinweg an.

Die Enttäuschung traf ihn wie ein Schwerthieb. Ihm war plötzlich klar, dass sie anscheinend nur so bereitwillig nach Köln gekommen war, weil es an der Strecke lag. Nicht seinetwegen, nicht weil sie gern mit ihm zusammen sein wollte, nein, weil sie Köln als Zwischenstation nutzen konnte.

»Sonntags wird es schon nicht so doll sein«, gab er leichthin zu bedenken. »Aber du hast recht, es macht keinen guten Eindruck, wenn man zu spät kommt.«

»Ach, jetzt hätte ich fast vergessen, dir die neueste Neuigkeit zu erzählen«, sagte Anne irgendwann geheimnisvoll.

»Bruno ist verliebt«, riet er nicht ganz ernst.

»Davon hat er mir noch gar nichts verraten«, kicherte Anne. »Nein, es geht nicht um Brunos Liebesleben – mein Buch wird demnächst verfilmt.« Sie strahlte ihn glücklich an.

»Wow, das ist ja eine tolle Sache!« Er war wirklich beeindruckt. »Ich hab es übrigens auch gelesen.«

»Tatsächlich?« Anne sah ihn an, als ob sie bezweifelte, dass er lesen konnte. »Und?«

»Es hat mir gut gefallen, wirklich! Dieser Kommissar mit den drei Töchtern ist ein echt netter Typ – ich würde die Rolle gern spielen. Vielleicht kannst du ein gutes Wort für mich einlegen, wenn es um die Besetzung geht.«

»Du? Quatsch mit Soße, das ist doch keine Rolle für dich! Du ... du bist doch viel zu jung dafür.« Sie sah ihn ungläubig an.

»Zu jung? So ein Blödsinn, der Kommissar in deinem Buch ist gerade mal sieben Jahre älter als ich, das ist für die Maske doch überhaupt kein Problem!«, rief er empört.

Sie überlegte einige Zeit, um die richtigen Worte zu finden.

»Du – wie soll ich sagen? – hast einfach nicht die nötige Reife für diese Rolle. Sei mir nicht böse, aber du wärst wirklich nicht die richtige Besetzung.«

Daraufhin kam kein rechtes Gespräch mehr zustande, der Zauber des letzten Abends war endgültig verflogen, und so zog es Anne vor, doch noch vor dem Mittagessen aufzubrechen. Sicher sei sicher, meinte sie und fuhr winkend davon.

Im Handumdrehen war sie in Düsseldorf und wusste gar nicht, wie sie sich die vielen Stunden bis zur Lesung vertreiben sollte. Also setzte sie sich in ein kleines Lokal, um in Ruhe zu Mittag zu essen, aber eigentlich hatte sie weder Hunger noch Appetit. Lustlos stocherte sie in dem bestellten Nudelgericht herum und verfluchte sich, weil sie Pit so fluchtartig verlassen hatte. Dabei hatten sie doch einen wunderschönen Abend miteinander verbracht, und – da war sie sich ganz sicher – hätte er sie letzte Nacht im Aufzug gefragt, ob sie mit ihm schlafen wolle, hätte sie ohne Zögern ja gesagt.

Verflixt! Voller Zorn stach sie auf eine mit Lachs gefüllte

Teigtasche ein, als ob diese an ihrem Dilemma schuld sei: Warum schafften sie beide es einfach nicht, ein paar Stunden friedlich miteinander auszukommen? Immer, wenn sie ihn gerade gar nicht so übel fand, wenn sie das Gefühl hatte, ihn doch irgendwie zu mögen, fingen sie an zu sticheln und sich zu zanken. Sie kannte keinen anderen Menschen, der sie so aus der Fassung brachte, und es machte sie ganz verrückt, dass Pit sie so verrückt machte. Einmal konnte sie ihn partout nicht ausstehen, und ein andermal fühlte sie sich wie eine unerfahrene verliebte Sechzehnjährige – und dieses Gefühl gefiel ihr überhaupt nicht. Er war nicht der richtige Mann – für sie nicht und wahrscheinlich für keine andere Frau. Er meinte es einfach nicht ernst.

Nachdem sie ihr fast unberührtes Essen bezahlt hatte, steuerte sie ein Café um die Ecke an. Sie bestellte sich einen doppelten Espresso und machte sich daran, ihren Text für den Abend noch einmal in Ruhe durchzulesen.

»Ist hier noch frei?«, fragte eine tiefe, angenehme Männerstimme.

Als Anne von ihrem Text aufsah, blickte sie in ein freundlich lächelndes Männergesicht mit zwei hellgrauen Augen, die sie erwartungsvoll musterten.

»Ja«, sagte sie schließlich und, wie ihr schien, nach einer halben Ewigkeit. Schnell raffte sie zusammen, was sie so alles auf dem kleinen Tischchen ausgebreitet hatte. Etwas verwundert stellte sie fest, dass nur wenige Tische besetzt waren.

Der Besitzer der hellgrauen Augen setzte sich ihr gegenüber und winkte der Bedienung. Gut sah er aus, stellte Anne auf die Schnelle fest, sehr gut sogar. Um die Fünfzig, schätzte sie, groß, schlank und sehr gepflegt. An den Schläfen wurde das dunkle volle Haar leicht grau. Er sah George Clooney verdammt ähnlich!

Die junge Kellnerin eilte herbei, und der gut aussehende

Mann bestellte sich ein Kännchen Kaffee. Er schenkte Anne ein Lächeln.

»Für Sie noch einmal das Gleiche? Ich würde Sie gern einladen!«

Anne fühlte, wie ihr der Boden unter den Füßen weggezogen wurde – zum Glück saß sie sicher auf einem Stuhl! Sie brachte nur knapp ein Nicken zustande.

»Ich störe Sie doch hoffentlich nicht bei Ihrer Arbeit.« Er deutete auf ihre Unterlagen, die jetzt auf einem Stuhl Platz gefunden hatten. »Wenn ja, schicken Sie mich einfach weg!«

Anne fand endlich ihre Fassung und ihre Sprache wieder.

»Nein, nein, ist schon in Ordnung, ich lasse mich gern bei der Arbeit stören.«

Der Kaffee kam, und die beiden waren erst einmal mit der Zuckerdose und dem Umrühren beschäftigt.

»Ich spreche gewöhnlich nicht so frech junge Frauen an«, entschuldigte er sich schließlich und legte den Löffel neben die Tasse. »Aber Sie kamen mir so ... so ... na, irgendwie verlassen vor.«

»Tatsächlich?«, fragte Anne überrascht. Obwohl sie sich eigentlich kein bisschen verlassen fühlte, fand sie diesen Mann ausgesprochen nett und zuvorkommend. »Das kommt bestimmt davon, dass ich hier fremd bin«, schlussfolgerte sie und musste lachen. »Sind Sie etwa Psychologe?«

Auch er lachte – ein wirklich nettes Lachen.

»Nein, Lehrer, aber das ist ja fast das Gleiche heutzutage.«

»Ich wollte auch mal Lehrerin werden«, erzählte Anne. »Aber das ist schon Ewigkeiten her.«

»Und was sind Sie stattdessen geworden?«

»Schriftstellerin.«

»Na, das ist doch auch nicht schlecht – vor allem dann, wenn man damit so viel Geld verdient, dass man davon leben kann.« Er schenkte ihr ein weiteres warmes Lächeln. »Können Sie davon leben?«

»Ja, und ich finde das ehrlich gesagt wunderbar.«

»Gratulation, dann müssen Sie wirklich gut sein.« Er hob seine Tasse und prostete ihr anerkennend zu. »Was schreiben Sie denn, wenn ich fragen darf?«

»Kochbücher und Krimis.«

»Eine wirklich interessante Kombination. Meine Mutter war früher eine begnadete Köchin, sie würde Sie bestimmt gern kennenlernen.«

»War? Kocht sie denn nicht mehr?«

Er schüttelte bedauernd den Kopf.

»Nein, sie ist seit Jahren an den Rollstuhl gefesselt, es wäre viel zu mühsam für sie.«

»Das tut mir leid«, sagte Anne und fügte dann mit frechem Grinsen hinzu: »Vielleicht sollte sich Ihre Mutter dann aufs Morden spezialisieren, so wie ich!«

Er sah sie leicht schockiert an.

»Nun, ich denke – besser gesagt –, ich hoffe doch sehr stark, dass meiner Mutter mörderische Neigungen fernliegen.«

Annes Grinsen erstarrte. Gut aussehend, aber humorlos, schlussfolgerte sie, wirklich schade!

Er merkte anscheinend, dass er nicht unbedingt die richtige Antwort gegeben hatte und versuchte zu retten, was zu retten war.

»Und was hat Sie nach Düsseldorf verschlagen?«, erkundigte er sich deshalb, um das Thema zu wechseln.

»Ich halte« – Anne sah prüfend auf die Uhr – »in drei Stunden eine Lesung. Haben Sie Lust zu kommen?«, fragte sie spontan. »Ich lese aber nicht aus meinen Kochbüchern – falls Sie also auch nichts mit *meinen* mörderischen Neigungen anfangen können, sollten Sie sich etwas anderes für den Abend vornehmen.«

Diesmal schien er ihren Scherz richtig verstanden zu haben, denn er strahlte sie begeistert an.

»Ich komme gern – vielleicht kann ich ja noch etwas von Ihnen lernen.«

»Meinen Sie jetzt das Kochen oder das Morden?«

»Mal sehen«, sagte er eindeutig zweideutig und zwinkerte ihr verschwörerisch zu. »Ich heiße übrigens Wagner, Markus Wagner«, stellte er sich vor.

Die Buchhandlung, in der Anne ihr Buch vorstellen sollte, war sehr schön, und sie freute sich auf diese Lesung. Etwa fünfundzwanzig Stühle waren um den Tisch aufgestellt, an dem sie sitzen und lesen würde. Doch schon bald mussten weitere Sitzgelegenheiten herbeigeschafft werden, sodass zum Schluss an die fünfzig interessierte Menschen um sie herumsaßen und sie erwartungsvoll musterten. Einige mussten sogar stehen, nahmen dies aber anscheinend gern in Kauf, nur um ihr zuzuhören. Anne fand das höchst beeindruckend.

Und mittendrin saß Markus Wagner, der ihr an den Lippen hing und sie aus der Menschenmenge heraus anlächelte. Das beflügelte sie, und sie las so gut wie noch nie zuvor, fand sie, und der Applaus am Ende bestätigte ihr dieses Gefühl.

»Sie waren wunderbar!«, verkündete Markus Wagner begeistert, als sie das letzte Buch signiert hatte und der letzte Zuhörer verschwunden war. »Lassen Sie uns irgendwo schön essen gehen und Ihren Erfolg feiern.«

Nichts lieber als das, entschied Anne, und so saßen sie wenig später in einer gemütlichen kleinen Trattoria. Sie säbelte an ihrer wunderbar knusprigen Pizza herum, er war mit einem knackigen Nizza-Salat beschäftigt.

»Sie bringen mir Glück«, nuschelte sie mit vollem Mund.

»Das freut mich! Und wie äußert sich das?«

Herr Wagner nahm einen großen Schluck von seinem angewärmten stillen Wasser. Anne hingegen spülte ihren Mund mit einem wunderbaren Chianti.

»Noch keine meiner Lesungen war so gut besucht.«

Beruhigt stellte sie fest, dass er keinen Ehering trug. Auch kein weißer Streifen war an dem entscheidenden Finger zu sehen, der ihr verraten hätte, dass er den Ring vorübergehend abgezogen hatte. Aber sie wollte trotzdem auf Nummer sicher gehen.

»Was sagt Ihre Frau dazu, wenn Sie so spät nach Hause kommen?«, fragte sie deswegen und hoffte, dass es sich beiläufig anhörte.

»Erstens heiße ich Markus, und ich finde, wir sollten langsam zum Du übergehen.« Er hielt ihr sein Wasserglas auffordernd entgegen.

Anne hob ebenfalls ihr Glas und stieß mit ihm an.

»Einverstanden, Markus«, sagte sie. »Ich heiße Anne.«

Nachdem sie einen Schluck auf das Du getrunken hatten, sah er sie aus seinen schönen grauen Augen ernst an.

»Und zweitens?«

»Und zweitens habe ich keine Frau, die zu Hause auf mich wartet.«

Anne war zutiefst erleichtert.

»Geschieden?«, fragte sie ihn weiter aus und arbeitete geschäftig an ihrer Pizza weiter.

»Nein«, antwortete er brav, »ich war nie verheiratet. Es hat sich – wie soll ich sagen? – nie ergeben.«

»Sei froh!« Anne winkte lachend ab. »Du wärst dann jetzt sowieso schon wieder geschieden. Ich bin der festen Überzeugung, dass aus jeder Beziehung – sei es nun Ehe oder wilde Ehe – spätestens nach sieben Jahren die Luft raus ist!« Sie schob sich einen recht großen Bissen von ihrer Pizza in den Mund und kaute darauf herum. Endlich schluckte sie. »Ich habe das quasi erforscht: im Bekanntenkreis und am eigenen Leib. Sieben Jahre, bis dahin geht es meistens einigermaßen gut, dann fängt es an zu kriseln und zu nerven, und *schwupps* ist die große Liebe dahin, und man trennt sich. Nach meinen Berechnungen könntest du also locker schon zwei- bis dreimal geschieden sein.«

»Äußerst interessant, deine Forschungsergebnisse! Da bin ich ja heilfroh, dass ich diesem zwei- bis dreifachen Desaster bis jetzt entgangen bin ... und was ich an Geld gespart habe!« Er lachte vergnügt.

Anne lachte mit ihm.

»Ach herrje! Den finanziellen Aspekt hatte ich bis jetzt noch gar nicht berücksichtigt. Das kommt natürlich noch erschwerend hinzu!« Sie trank ihr Glas leer und hätte gern den gleichen Wein noch einmal bestellt, aber sie musste an die Heimfahrt denken, und eigentlich war schon dieses eine Glas zu viel gewesen.

»Wo schläfst du?«, fragte Markus, als hätte er ihre Gedanken gelesen.

»Ich fahre nach Hause. Ich habe schon die letzte Nacht in einem Hotel verbracht, da freue ich mich jetzt umso mehr auf mein eigenes Bett.«

»Das kommt gar nicht in Frage!«, rief er leicht empört aus. »Es ist schon spät, und die Fahrt wird ewig dauern.« Er sah sie eindringlich an. »Du hast Alkohol getrunken, da lasse ich nicht zu, dass du dich noch hinters Steuer setzt! Außerdem gebe ich dich nicht so schnell wieder her ...«

Jetzt lädt er mich in sein Bettchen ein, dachte Anne und wusste nicht so recht, ob sie das so bald schon wollte. Obwohl ... er sah ja wirklich lecker aus, dieser George-Clooney-Verschnitt, er hatte Benehmen, war gebildet ... warum eigentlich nicht? Sie lebte schon seit einer halben Ewigkeit ohne jegliche sexuelle Erquickung ... Pit, da war ja noch Pit, auch nicht gerade unappetitlich und zudem noch mit ihr verlobt. Aber der zählte ja eigentlich und überhaupt nicht ...

»Nein, nein, wir suchen dir ein hübsches Hotel, und morgen unternehmen wir in aller Ruhe noch etwas zusammen.«

Einerseits ein wenig erleichtert, dass sie nun doch keinem Gewissenskonflikt ausgesetzt wäre, andererseits auch ein wenig enttäuscht, denn es hätte mit Sicherheit eine aufregende Nacht werden können, bestellte Anne nun doch noch ein Glas Wein.

»Wenn das so ist, kann ich ja noch ein Schlückchen trinken!« Manche Dinge konnte man eben nur im angeheiterten Zustand verdauen.

Markus bedachte sie und ihr wohlgefülltes frisches Glas mit einem missbilligenden Blick – oder bildete sie sich das nur ein? Auch egal, entschied sie, und trank. Der Wein schmeckte köstlich.

Beim Dessert, nach dem zweiten Glas Wein, hatte sich Annes Enttäuschung allerdings schon ein bisschen gelegt – aufgeschoben war ja nicht aufgehoben. Und schließlich bezeugte Markus offensichtlich reges Interesse an ihr. Pit hätte allerdings nicht so lange gefackelt, schoss es ihr durch den Kopf. Pit, wie kam sie nur immer wieder auf Pit? Schnell schob sie ihn und jeglichen Gedanken an ihn weit von sich. Da saß immerhin ein lächelnder Markus vor ihr, ein richtiger Mann, der mit beiden Beinen fest auf der Erde stand, kein solcher Luftikus wie Pit!

Kurz bevor sie aus dem Lokal hinauskomplimentiert wurden, zahlte Markus und brachte Anne zu ihrem Auto.

»Du kannst den Wagen hier stehen lassen. Gleich um die Ecke ist ein Hotel, das auch nicht allzu teuer ist – wir können ohne Weiteres hinlaufen.«

Als Kavalier der alten Schule schleppte er Annes Reisetasche.

»Mann, was hast du denn da alles reingepackt? Wackersteine?«, erkundigte er sich schnaufend und wechselte alle paar Meter die Hand.

»Mein Laptop und ein paar andere wichtige Kleinigkeiten, die frau halt so braucht.«

»Klaust du etwa Tafelsilber und Aschenbecher aus Kristall?«

Sie knuffte ihn in die Seite.

»Na, hör mal, was hältst du denn von mir? Ich bin nur in meinen Büchern kriminell.«

Nach einem kurzen Fußmarsch durch die Fußgängerzone bogen sie in eine kleine Seitengasse ein und standen vor einem winzigen Hotel. Anne zögerte ein wenig, aber Markus ging voran. Sie musste an das *Adlon* denken, und ihr wurde wehmütig ums Herz. Pit hätte ihr diesen Laden ganz sicher nicht zugemutet. Widerstrebend folgte sie Markus an die Rezeption. Insgeheim hoffte sie, dass er nach einem Doppelzimmer fragen würde, aber ihr Gebet wurde nicht erhört: Ein Einzelzimmer im fünften Stock mit herrlichem Blick über das nächtliche Düsseldorf schien nur auf sie gewartet zu haben. Anne ergab sich in ihr Schicksal und nahm den Schlüssel entgegen. Vielleicht wurde sie dafür wenigstens mit einem zärtlichen Abschiedskuss entschädigt …

Doch auch da hatte sie Pech: Markus geleitete sie bis zum Fahrstuhl, hauchte ihr einen flüchtigen Kuss auf die Wange und war schon auf dem Rückzug.

»Schlaf gut, meine kleine Schriftstellerin! Morgen früh um zehn hole ich dich zum Frühstück ab.«

Sprach's, drehte sich um und verschwand.

War das eine Flucht gewesen? Anne grübelte darüber nach, während sie nach oben fuhr. »Eindeutig«, stellte sie laut fest.

Doch wovor war er geflohen? Vor ihr oder vor seiner eigenen Courage?

Ach, was soll's, dachte Anne und schloss auf. Ich bin sowieso viel zu müde für derartige Eskapaden.

Das Zimmer war kaum größer als ein Saunahandtuch,

aber zumindest blitzsauber. Und der Blick, den sie über die Stadt hatte, war wie versprochen umwerfend – auch wenn sie nicht besonders viel davon hatte, denn wenig später lag sie im Bett, und dank der zwei Gläser Wein schlief sie rasch ein.

Punkt zehn Uhr am nächsten Morgen stand sie gestiefelt und gespornt vor dem Hotel. Markus eilte ihr sogleich entgegen und schleppte auch dieses Mal brav die Tasche.

»Wie hast du geschlafen?«, erkundigte er sich.

»Wie ein Stein«, gestand Anne. »Und wohin entführst du mich jetzt?«

»Überraschung!« Mit bedeutungsvoller Miene dirigierte Markus sie zum Parkplatz, wo er seinen Mercedes genau neben ihrem Wagen geparkt hatte. »Fahr mir einfach nach!«

Eine Viertelstunde später hielt er vor einer verklinkerten Vorstadtvilla.

»Ist das dein Haus?«, fragte Anne, als sie durch den Vorgarten zur Haustür gingen. Schön war es ja nicht gerade …

»Nein, es gehört meiner Mutter.«

Na, wunderbar, ein romantisches Frühstück mit Mama! Anne hätte am liebsten auf dem Absatz kehrtgemacht, um auf dem schnellsten Weg nach Hause zu kommen.

»Wie nett«, log sie stattdessen mit säuerlicher Stimme und betrat nach ihm das Haus. Es roch nach Kaffee.

»Keine Angst, sie ist nicht da!«, lachte er, und Anne fiel ein Stein vom Herzen. Aber warum brachte er sie dann hierher – warum waren sie nicht in seine Wohnung gefahren?

»Sie ist zur Zeit auf Kur – noch ganze acht Wochen.« Er ging voran in ein düsteres Esszimmer, wo schon der Tisch gedeckt war. Eine Rose lag auf einem Teller, und Anne schloss daraus, dass es ihr Gedeck war. Wie aufmerksam!

Dann kümmert er sich während ihrer Abwesenheit also nur um das Haus, schlussfolgerte Anne erleichtert. Sie fühlte sich dennoch etwas unbehaglich und griff nach dem Stengel der samtroten Blume.

»Autsch!« Sie hatte sich einen Dorn tief in den Daumen getrieben und leckte mit schmerzverzerrtem Gesicht das Blut ab. Mit gedämpfter Begeisterung steckte sie die Nase in die Blüte. Nichts, diese Rose roch nach gar nichts. Irgendwie hätte eine duftende Rose auch gar nicht in dieses muffige Haus gepasst, konstatierte sie und trat an die breite Fensterfront. Sie blickte in einen herbstlichen Garten, der im Gegensatz zu ihrer Wildnis daheim akribisch gepflegt war. Eigentlich wie geleckt, wunderte sie sich. Exakt geschnittene Buchsbäume und Kirschlorbeerhecken, kurz geschorener Zierrasen, kein Blatt auf den Wegen und überhaupt nichts Blühendes. Alles wirkte steril und düster. Das war kein Garten, in dem man sich wohlfühlen konnte – in dem sie sich wohlfühlen konnte. Nicht einmal Bruno hätte hier freiwillig das Bein gehoben!

Markus kam mit der Kaffeekanne – englisches Porzellan mit einer abscheulichen Jagdszene – aus der Küche.

»Setz dich doch!«, ermunterte er sie und goss den dampfenden Kaffee in die englischen Porzellantassen mit den gleichen hässlichen Motiven.

»Danke«, sagte Anne wohlerzogen und hatte eigentlich gar keinen Kaffeedurst mehr. Verstohlen blickte sie sich im Esszimmer um und musste feststellen, dass der Garten gut dazupasste. Dunkle, schwere, bestimmt sündhaft teure antike Möbel. Bei näherem Hinsehen erkannte sie auch hier geschnitzte Jagdszenen. Mehrere dicke Brücken, bestimmt echte Perser oder Ähnliches, lagen wie lässig hingeworfen auf dem Boden und dämpften die Schritte. Düstere Stiche mit – na, was wohl? – Jagdszenen schmückten dunkel tapezierte Wände. Dazu schwere dunkelgrüne Brokatvorhänge. Anne hatte das Gefühl, keine Luft zu bekommen.

»Bist du hier aufgewachsen?«

»Ja – gefällt es dir?« Er reichte ihr den Brotkorb, in dem ein paar dick geschnittene Scheiben Vollkornbrot lagen. Anne hatte eigentlich mehr an frisch gerösteten Toast gedacht, an ein paar hauchdünne Scheiben Räucherlachs, Parmaschinken, ein klitzekleines Gläschen Sekt ... Sie unterdrückte ein enttäuschtes Seufzen und nahm sich eine Scheibe.

»Wir essen bevorzugt Vollkornbrot, das ist viel gesünder als das inhaltlose Weißbrot«, erklärte er und griff zu. »Deine Verdauung wird es dir danken.«

Na, dann hat wenigstens meine Verdauung was von diesem faden Frühstück, dachte Anne düster, konnte sich aber nicht so recht darüber freuen. Abschätzend sondierte sie das Angebot: eine trockene Ecke Emmentaler, ein kleiner Rest Camembert, ein paar Scheiben gekochter Schinken und ein Glas Quittengelee – die einzige Marmelade, die sie nicht mochte!

Sollte sie ihre Appetitlosigkeit auf die Völlerei des vergangenen Abends schieben? Aber was hatte sie eigentlich erwartet? Dies war der Haushalt seiner Mutter, einer alleinstehenden, gehbehinderten älteren Frau, und es war Sonntag. Wo hätte er da auf die Schnelle frische Sachen besorgen sollen?

An jeder Tankstelle!, flüsterte ihr eine kleine gemeine Stimme ins Ohr.

Wenigstens stand neben der Margarinedose auch noch richtige Butter, stellte sie einigermaßen erleichtert fest und strich sich diese dick auf die angetrocknete Scheibe Brot auf ihrem Teller.

Wieder erntete sie einen missbilligenden Blick, diesmal war sie sich dessen ganz sicher, aber sie ignorierte ihn geflissentlich. Tapfer kaute sie auf der kargen Stulle herum und wünschte sich überallhin, nur nicht in dieses traurige Esszimmer. Sie hätte sogar mit einem dieser Schnellrestaurants aus Plastik vorliebgenommen, die sie sonst so verabscheute ...

»Nach dem Frühstück zeige ich dir das Haus«, versprach Markus begeistert. Er hatte sein Brot mit der Margarine bestrichen und aß mit gutem Appetit.

»Hmm«, machte Anne nur – ihre Begeisterung hielt sich in Grenzen.

»Du bist ja heute Morgen so still! Hast du nach dem vielen Wein vielleicht einen Kater?«, wollte Markus schließlich wissen.

»Von zwei Gläsern Wein? Nein, ganz sicherlich nicht!« Wenn Markus gewusst hätte, dass sie manche Nacht das Doppelte verkonsumierte (und gelegentlich auch ein bisschen mehr, denn so eine Nacht konnte verdammt lang sein, wenn man am Computer saß und bis in den Morgen hinein arbeitete), hätte er sie bestimmt für verrucht und total verkommen gehalten. Viel Gutes gab es über Pit ja wirklich nicht zu sagen, aber er ließ sie zumindest ihr Gläschen Wein oder Bier trinken und hielt zudem noch wacker mit.

»Der Kaffee schmeckt wunderbar«, lobte sie, und das war sogar ehrlich gemeint.

»Koffeinfrei«, verkündete Markus glücklich.

Toll, wie sollte sie da bloß richtig wach werden?

Erst nachdem der Tisch vollkommen abgeräumt und die Küche picobello sauber war, führte er Anne durch das Haus.

Aus der düsteren Küche ging es in ein düsteres Wohnzimmer. Von da aus durch ein düsteres mit Treppenlift ausgestattetes Treppenhaus in den ersten Stock.

»Mamas Schlafzimmer«, führte Markus die Führung fort, wobei Anne gern auf den Anblick von Mamas düsterem Schlafzimmer verzichtet hätte.

»Das Badezimmer.« Dunkelgrüne Nachkriegsfliesen, grauenhaft!

»Das Arbeitszimmer.« Ebenfalls ein düsterer Raum, dominiert von einem riesigen Mahagonischreibtisch, auf dem, o Wunder, ein hochmoderner Computer thronte. Drei Regalwände bis unter die Decke, vollgestopft mit Büchern. Bestimmt war das mal das Arbeitszimmer von Markus' Vater gewesen, vermutete Anne.

»Und zum Schluss: mein Zimmer!«

Mein früheres Kinderzimmer, verbesserte Anne im Geist, als sie die unmoderne Jugendzimmereinrichtung in Augenschein genommen hatte. Auch dieser Raum war erdrückend düster.

»Na, wie gefällt es dir?«, wollte Markus schließlich wissen. Er hatte diese Frage ja vorhin schon einmal gestellt, und sie hatte sich erfolgreich vor der Antwort gedrückt. Jetzt musste sie endlich Farbe bekennen.

»Ein bisschen dunkel das Ganze«, sagte sie vorsichtig.

»Nun ja, früher war das eben schick«, murmelte er leicht verunsichert.

Ja, früher, aber nach dreißig Jahren kann man doch endlich mal was verändern, oder?, dachte Anne für sich. Ohne seine Mutter zu kennen, wusste sie, wie die Frau aussah: genauso düster wie ihr Haus, züchtiger Dutt, strenger Blick und schmaler Mund.

»Mein Elternhaus ist total hell«, antwortete sie stattdessen. »Helles Holz, helle Fliesen.«

Markus legte ihr den Arm um die Schultern und führte sie wieder nach unten.

»Lass uns spazieren gehen«, schlug er vor, und Anne war heilfroh, diesem schrecklichen Haus zu entkommen.

Der Spaziergang war schön. Vielleicht lag es an der frischen, kühlen Herbstluft, vielleicht auch an Markus, der plötzlich eine ansteckende Fröhlichkeit an den Tag legte. Er erzählte witzige Anekdoten aus seinem Lehreralltag und von desaströsen Studienreisen. Anne ihrerseits berichtete von Sophie und über ihre Arbeit.

Nach zwei Stunden gingen sie Hand in Hand, und nach nahezu drei Stunden standen sie wieder vor Markus' Elternhaus. Anne beschloss – schon allein aus Angst, dieses Haus noch einmal betreten zu müssen –, gleich loszufahren. Markus schien ein wenig enttäuscht, nahm sie dann schüchtern in den Arm und drückte ihr zum Abschied einen scheuen Kuss auf den Mund.

»Sehen wir uns wieder?«, fragte er fast ängstlich.

Sie wollte ihn auf jeden Fall wiedersehen, doch am besten weit weg von diesem Haus!

»Gern – am Freitagabend lese ich in Dortmund, vielleicht können wir uns dort treffen und uns ein schönes Wochenende machen«, schlug Anne deshalb vor.

»Dortmund? Ja, warum nicht Dortmund? Das klingt sehr verlockend!«

Anne hatte wildes Herzklopfen, als sie endlich auf der Autobahn Richtung Heimat brauste. Dieser Kuss zum Abschied, so scheu, so harmlos! Sie musste laut kichern – er kam ihr so schrecklich unerfahren vor, so schüchtern und doch so weltgewandt. Er war wie ein Rohdiamant, und es würde Spaß machen, ihm den richtigen Schliff zu geben.

»Er sieht aus wie George Clooney«, schwärmte sie Marie am Telefon vor. »Augen – zum Dahinschmelzen! Der pure Wahnsinn!«

»Und der war noch nie verheiratet oder fest gebunden? Süße, sei da mal schön vorsichtig!«, warnte Marie mit sorgenvoller Stimme. »Der hat doch bestimmt irgendeine Macke, wenn ihn bis dato keine gewollt hat.«

»Ach was, *er* hat eben nicht gewollt – ich habe ja auch ein paar Jahre nicht gewollt.«

»Du hast aber davor schon einmal gewollt, vergiss das bitte nicht, mein Mädchen! Ich gönn dir den Prachtjungen ja von ganzem Herzen, denn ich hege die stille Hoffnung, dass Pit sich dann vielleicht mit mir verloben will … Apropos Pit: Weiß der denn schon von deinem neuen Herzbuben?«

»Natürlich nicht! Es ist noch viel zu früh – es gibt auch noch gar nichts zu erzählen. Ich muss Markus erst einmal richtig kennenlernen«, entschied Anne eindringlich.

»Und Markus – weiß er von deiner Verlobung mit Pit?«

Anne musste schlucken. Puh, daran hatte sie überhaupt nicht gedacht!

»Anscheinend nicht … er wusste ja auch nicht, wer ich bin. Mist, das kann natürlich Komplikationen geben! Ach was«, meinte sie schließlich, »ich lass das erst mal alles auf mich zukommen.«

»Hör einfach auf mich und lass die Finger von dieser Rolle!«

Tom lief ruhelos wie ein Tiger im Zimmer auf und ab. »Wie kommst du überhaupt darauf, so etwas spielen zu wollen?«

Pit stand am Spiegel und schabte sich mit dem Rasierer den letzten Schaum vom Kinn. In aller Ruhe spülte er sich das Gesicht unter klarem Wasser ab und trocknete es mit einem flauschig weichen Handtuch.

»Anne ist schuld daran.« Er unterbrach seine Rede mit lautem Aufstöhnen, denn das Rasierwasser brannte höllisch.

»Anne?«

»Anne! Sie hat mir bei unserem letzten Treffen wieder mal eine reingewürgt. Als sie mir davon erzählte, dass ihr Roman verfilmt wird, sagte ich spaßeshalber, dass ich gern die Hauptrolle spielen würde. Ich hab es eigentlich gar nicht ernst gemeint, aber sie war richtig empört.« Bei der Erinnerung daran schüttelte er den Kopf, schlüpfte in ein frisches Hemd und fuhr sich mit den Fingern durch die Haarmähne.

»Ich hätte nicht die nötige Reife – und weißt du was?« Er sah seinen Manager entschlossen an. »Sie hat vollkommen recht! Ich habe tatsächlich nicht die Reife, diesen Kommissar zu spielen. Ich habe noch nicht einmal die Reife, einen Mann in meinem Alter zu spielen! Und diese Erkenntnis war für mich zutiefst erschreckend.«

Er streifte das Jackett über.

»Wahrscheinlich werde ich noch in zehn Jahren den jugendlichen Liebhaber mimen, wenn ich nicht schleunigst etwas tue und rette, was zu retten ist. Und deswegen will ich diese Rolle haben – um jeden Preis. Ich weiß, dass ich es kann!«

»Mensch, Pit – warum ausgerechnet einen Krebskranken? Du wirst dafür kahlrasiert!« Für Tom war diese Vorstellung unerträglich.

»Na und? Haare wachsen nach – außerdem ist das auch sehr praktisch, sieh's mal von *der* Seite. Hab ich dir eigentlich schon mal erzählt, dass ich in meiner wilden Jugend einen Irokesenschnitt trug? Sah echt fetzig aus. Mein Lieber, von mir aus kannst du dich auf den Kopf stellen und mit den Füßen wackeln: Ich nehme die Rolle an.« Mit diesen Worten verließ er das Zimmer und ließ Tom stehen.

»Des Menschen Wille ist sein Untergang!«, rief dieser ihm noch nach.

»Hallo, meine kleine Schriftstellerin!«

»Hallo, Markus!«, freute sich Anne am Telefon.

»Bist du gut heimgekommen?«, erkundigte er sich.

»Ja, ohne Probleme.«

»Es war ein schöner Tag gestern, nicht wahr?«

»Ja«, hauchte Anne, durfte dabei aber nicht an das Haus seiner Mutter und das kärgliche Frühstück denken.

»Ich bin am Freitag in Dortmund«, versprach er, und Annes Herz hüpfte wild vor Freude.

»Ich freu mich schon darauf!« Das stimmte, aber sie nahm sich fest vor, dafür Sorge zu tragen, dass das Frühstück diesmal anders ausfallen würde …

Die Tage zogen sich wie Kaugummi, so kam es Anne zumindest vor, die den Freitag herbeisehnte. Sie freute sich auf Markus, hatte aber auch ein wenig Angst vor dieser Begegnung. Was, wenn sie endlich vor ihm stand und feststellen musste, dass sie nichts mehr für ihn empfand? Was, wenn die Schmetterlinge im Bauch nicht mehr flatterten und die Knie nicht mehr weich wurden?

Sie merkte schnell, dass alle ihre Befürchtungen unnötig waren: Die Schmetterlinge flatterten munterer denn je, als es endlich so weit war.

Und anscheinend hatte er die gleichen Befürchtungen gehegt, denn er nahm sie, wie sie fand, äußerst erleichtert in den Arm, was sich ausnehmend gut anfühlte.

»Ich habe ein Zimmer genau neben deinem bekommen«, flüsterte er ihr dabei zu, und es hörte sich fast so an, als hätte er etwas schrecklich Unanständiges getan.

Und Anne dachte nur, welche Verschwendung das doch sei, falls es tatsächlich dazu kommen sollte, was ihr seit Tagen ihre Fantasie vorgaukelte: wenn sie nur ein Zimmer benutzen würden!

Auch in dieser Lesung blieb kein Stuhl leer – Annes Glückstheorie schien wirklich zu greifen.

Das Essen danach, zu dem Markus sie einlud, war für Anne ein einziges Prickeln. Sie musste nur in seine wunderschönen George-Clooney-Augen blicken, und es prickelte ihr am ganzen Körper. Wenn sie seinen lächelnden Mund betrachtete, prickelte es genauso. Und wenn er sie leicht mit einer seiner wohlgeformten, sehnigen Hände berührte, stand sie kurz davor, wahnsinnig zu werden.

Nach dem Espresso – er hatte koffeinfreien Kaffee vorgezogen – küsste er sie, nicht so schüchtern wie letzte Woche vor dem Aufzug, nein, richtig. Anne glaubte, die Englein singen zu hören.

Gegen Mitternacht verließen sie eng umschlungen das Restaurant und gingen zielstrebig ins Hotel. Kein Bummeln durch die Fußgängerzone, kein scheuer Abschiedskuss vor irgendeiner Hotelzimmertür. Anne schaffte es gerade noch, die Tür hinter ihnen zu schließen, als Markus schon dabei war, ihr den grob gestrickten Wollminirock von den Hüften zu ziehen. Sie schleuderte ihn mit einem Fuß von sich, schob nun ihrerseits Markus das Jackett von den Schultern und ließ es zu Boden segeln. Markus sah dem Kleidungsstück kurz nach, aber Anne küsste ihn so leidenschaftlich, dass er sich sogleich auf die zahlreichen Knöpfe ihrer Bluse konzentrierte. Anne öffnete ihm inzwischen mit geschickten Fingern die Hose, die ihm erotisierend langsam auf die Füße rutschte. Er schlüpfte aus Schuhen und Beinkleidern und machte Anstalten, sich danach zu bücken. Doch Anne zog ihn an seiner Krawatte wieder nach oben, löste diese gekonnt und zog sie ihm über den Kopf. Sie landete genau auf dem Jackett. Auch Anne entledigte sich ihrer Wanderschuhe, damit Markus ihr ungestört die Seidenstrumpfhose abstreifen konnte, die er jedoch unschlüssig in den Händen behielt. Sie entwand sie ihm und warf sie blindlings dorthin, wo wahrscheinlich auch ihr Rock gelandet war. Hastig knöpfte sie ihm das nach herbem Eau de Toilette duftende Hemd auf und verspürte dabei eine Erregung, wie sie sie seit Jahren nicht mehr erlebt hatte. Markus war nur noch mit seinem Slip bekleidet, Anne trug lediglich noch den BH und einen winzig kleinen Stringtanga, einen Hauch aus Spitze. Sie drängte Markus zum Bett, küsste ihn fordernd, doch irgendwie verhielt er sich plötzlich sehr zögernd. Er drehte sie um, ließ sie sanft aufs Bett sinken und … hob die Wäsche auf, ein Stück nach dem anderen, legte sie sorgfältig zusammen und türmte sie feinsäuberlich als Anne- und als Markus-Häufchen auf dem Sessel auf.

Anne beobachtete ihn fassungslos und schlagartig bar jeder Leidenschaft. Das durfte sie keinem erzählen, nicht einmal Marie – obwohl, die hätte dann wenigstens ordentlich was zu lachen gehabt!

Jetzt zog Markus seinen Slip aus, legte ihn akkurat zusammen und drapierte ihn zuoberst auf seinen Markus-Wäscheturm.

Dann kroch er zu ihr ins Bett, küsste und streichelte sie, und dank seiner Zärtlichkeit war Anne bald der Raserei nahe. Sie wollte nur eins: ihn endlich in sich spüren.

Doch Markus hielt erneut inne, sprang hektisch aus dem Bett, um noch hektischer seinen Wäscheturm umzusetzen und seine Hosentaschen zu durchforsten. Als er anscheinend gefunden hatte, wonach er so verzweifelt gesucht hatte, kam er ins Bett zurück. Am Knistern der Plastikfolie erkannte Anne, was der Grund seines Ausflugs gewesen war: Er hatte mitten im hitzigen Gefecht tatsächlich an ein Kondom gedacht! Was ja einerseits sehr lobenswert und verantwortungsbewusst sein mochte, sich in diesem Fall jedoch als alles andere als lustfördernd erwies. Und so erlebte Anne anschließend genau das, was sie schon so manches Mal erlebt hatte: ganz biederen Nullachtfünfzehn-Sex.

Trotzdem war es schön, neben Markus aufzuwachen, in seine sanften George-Clooney-Augen zu blicken und seine Nähe zu spüren. Sie hatten ja jede Menge Zeit zum Üben, entschied Anne, sie würde einfach in der nächsten Nacht die Zügel selbst in die Hand nehmen. Und wenn sie gleich jetzt nach dem Aufwachen mit dem Üben anfinge …

Doch Markus hatte das starke Verlangen, auf die Toilette

zu gehen, und danach war Annes Verlangen versiegt. Doch aufgeschoben war ja bekanntlich nicht aufgehoben …

Das Frühstück war diesmal ganz nach ihrem Geschmack: ein Gläschen Prosecco, ein Glas frisch gepresster Orangensaft, Krabbencocktail, geräucherter Lachs, verschiedene Schinkensorten, fünf verschiedene Marmeladen zur Auswahl, eine wohlsortierte Käseplatte und ein reichbestückter Brotkorb. Sie ging mindestens viermal ans Büfett.

Markus begnügte sich mit zwei Scheiben Vollkornbrot, einem Ei und magerem gekochtem Schinken, während Anne die ganze Palette genoss. Besonders dem Krabbencocktail konnte sie nicht widerstehen, und komischerweise musste sie sich, als sie sich die zweite Portion auf den Teller schaufelte, an das Frühstück bei Pit erinnern, bei dem dieser etwas ungewöhnliche Verlobungsvertrag abgeschlossen worden war.

Markus sah sie strafend an, als sie an den Tisch zurückkam.

»Du solltest mehr auf das Cholesterin achten – dieser Salat ist die reinste Zeitbombe. Wie kannst du nur so ungesund leben?«

Anne betrachtete begehrlich ihren Krabbencocktail und konnte nur feststellen, dass er einfach unwiderstehlich lecker aussah und zudem auch noch so schmeckte. Wie konnte etwas, das so gut schmeckte, angeblich eine tödliche Zeitbombe sein? Markus hatte in dieser Beziehung definitiv einen Knall, aber sie ließ sich den Appetit auf keinen Fall verderben.

»Weißt du, was zu viel Cholesterin mit deinem Körper anstellt?«, erkundigte er sich, während er mit wissendem Gesichtsausdruck versuchte, eine Messerspitze Butter von einem Ende seiner Brotscheibe bis zum anderen zu kratzen.

Anne schluckte schwer – wollte sie das überhaupt wissen?

»Nein«, sagte sie deswegen ungerührt. »Und soll ich dir mal was sagen? Ich will es auch gar nicht wissen! Das Cholesterin, das sich in diesem Krabbensalat befindet, ist das wunderbarste Cholesterin, das ich in letzter Zeit gegessen habe, ehrlich!« Sie sah ihn treudoof an und schob sich den nächsten Happen in den Mund. »Und soll ich dir noch etwas sagen? Ich liebe die Gefahr – auch wenn sie nur von einem Krabbencocktail ausgeht!«

Die nächste Krabbe, die sie aufgabelte, hielt sie Markus auffordernd entgegen. »Probier doch mal, du wirst begeistert sein«, versprach sie.

Doch er zuckte blitzartig zurück, als ob der Leibhaftige ihm den Bissen dargeboten hätte.

»Du nimmst mich ja gar nicht ernst«, beschwerte sich Markus und biss schmollend in sein karges Butterbrot.

»In dieser Beziehung nicht, da hast du recht. Ich esse für mein Leben gern, ich genieße es zu essen. Essen ist für mich mit das Schönste auf der Welt – und das soll ich mir verkneifen? Nein, danke, mein Schatz. Du kannst gern das Cholesterin für uns beide einsparen, aber rechne nicht mit meiner Mitarbeit.«

Demonstrativ tunkte sie ihren Teller mit ungesundem Weißbrot leer und konnte sich ein fast wollüstiges »Hmmmmm« nicht verkneifen.

»Was wohl dereinst auf meinem Grabstein stehen wird?«, überlegte sie laut: »›Das Cholesterin hat sie dahingerafft.‹ Oder vielleicht auch: ›Ohne Cholesterin wäre das nicht passiert.‹«

Markus war jetzt beleidigt, und Anne fand das komischerweise sehr erregend.

»Ist Sex gut gegen übermäßigen Cholesterin-Genuss?«, fragte sie deswegen unvermittelt.

»Du sollst dich nicht über mich lustig machen«, maulte er gekränkt, und er tat ihr leid.

»Ich mache mich kein bisschen über dich lustig – ich habe einfach wahnsinnig Lust auf dich!«

Als sie schließlich oben im Hotelzimmer ankamen, legte Anne vorsorglich gleich jedes abgestreifte Kleidungsstück über die Sessellehne, und siehe da – es funktionierte alles ganz wunderbar!

»Es hat mich ganz schön erwischt«, berichtete Anne am Montagmorgen.

Marie war ein bisschen neidisch.

»Meinst du, das mit dem Klamottenzusammenlegen ist seine Macke? Mann, so was hab ich ja noch nie gehört!« Sie kicherte.

»Wenn er sonst keine Macken hat! Das mit dem Essen macht mir mehr zu schaffen – ein Gesundheitsapostel hat mir gerade noch gefehlt.«

»Ach, Anne, vielleicht schafft er es ja, dass du weniger trinkst«, kicherte Marie.

»Du tust ja gerade so, als ob ich Alkoholikerin wäre! Eins kann ich dir sagen: Ich kann eher auf Alkohol verzichten als auf Cholesterin. Kannst du dir einen Krabbensalat ohne Cholesterin vorstellen?«

Marie musste lachen.

»Nein, das kann ich nicht. Du musst eben ab sofort die wahren Leckerbissen heimlich essen«, schlug sie vor.

»Vergiss es – niemals!«, lachte Anne und dachte, dass sie dieses Problem mit Pit wohl nicht hätte.

Am nächsten Tag beging Anne einen großen Fehler: Sie fuhr mit Sophies neuen Inlineskates und drehte eine große Runde mit Bruno, der begeistert neben ihr herrannte. Vor dem Haus passierte es dann: Anne stürzte. Sie stürzte nicht nur ein bisschen, sondern sie brach sich bei dieser Gelegenheit gleich noch das rechte Handgelenk.

Marie war sofort zur Stelle, fuhr die Freundin ins Krankenhaus und tröstete sie, als man Anne eröffnete, dass eine Operation unumgänglich sei.

Markus war zwar erschüttert und voller Mitleid, aber er musste Unterricht halten und konnte nicht kommen. Außerdem hatte er seiner armen kurenden Mutter am Wochenende einen Besuch zugesagt und eigentlich gehofft, dass sie, Anne, ihn begleiten würde. Anne hatte vollstes Verständnis dafür und ermunterte ihn, die Mutter auf jeden Fall und gezwungenermaßen ohne sie zu besuchen. Und genau das tat er auch. Obwohl sie ihn dazu ermuntert hatte, seine Mutter statt ihrer zu besuchen, tat es doch ein bisschen weh …

Nach vier Tagen Krankenhausaufenthalt holte Marie sie ab.

»Ich habe eine Überraschung für dich«, sagte sie geheimnisvoll, als Anne neben ihr auf dem Beifahrersitz saß.

»Ist Markus doch gekommen?«, fragte Anne hoffnungsvoll.

»Ich lass mich doch nicht ausfragen!«, antwortete Marie erbarmungslos und fuhr in Richtung Heimat.

Der goldene Porsche vor dem Haus sagte alles.

»Pit?«, fragte Anne ungläubig.

»Einen wirklich treuen Verlobten hast du, das muss ich schon sagen. Sophie hat gestern mit ihm telefoniert, und heute Morgen stand er prompt auf der Matte. Aber erschrick nicht, wenn du ihn siehst!«, warnte Marie und trug Annes Tasche ins Haus. Bruno veranstaltete einen verrückten Begrüßungstanz und kriegte sich gar nicht mehr ein.

Und es roch nach Essen. Nein, diese Wahrnehmung war nicht ganz richtig: Es roch nach verbranntem Essen. Beißender Qualm schlug Anne entgegen, als sie die Küche betrat. Sie riss die Terrassentür auf und zog die Pfanne mit der gesunden Hand vom Herd.

»Was ist denn hier los?«, rief sie entsetzt.

Pit erschien in der Küche, und bei seinem Anblick erschrak sie schier zu Tode.

»Oh, mein Gott, Pit, was ist los mit dir?« Fassungslos starrte sie ihn an. Sein Kopf war kahl geschoren, und er sah schlecht aus. Krank, um ehrlich zu sein, todkrank! War es wirklich schon so lange her, seit sie sich gesehen hatten?

»Ich habe Krebs«, sagte er nur ganz lapidar und betrachtete entsetzt das Essen, das er da fabriziert hatte. »Ich muss wohl noch ein bisschen üben.« Er kratzte sich den kahlen Schädel.

»Krebs?« Annes Stimme überschlug sich, das war einfach zu viel für sie!

»Nicht wirklich«, sagte er geistesabwesend. »Ich bereite mich auf eine Rolle vor – ich spiele einen Krebskranken.« Hilfesuchend sah er sie an. »Was soll ich jetzt damit machen?«

Anne ließ sich auf einen Stuhl plumpsen und atmete erst einmal tief durch. Der Gedanke, Pit könnte todkrank sein, hatte sie fast umgehauen.

»Aber deine Haare, was ist mit deinen Haaren?«, rief sie entsetzt.

»Sind nur rasiert – sieht richtig echt aus, nicht?« Zärtlich streichelte er seine Glatze. »Die wachsen schon wieder, mach dich nicht verrückt!« Er deutete auf die Pfanne und den verkohlten Rest darin. »Mich bewegt jetzt eher die Frage, was wir essen sollen.«

»Chinesisch«, schlug Sophie vor.

»Griechisch«, war Maries Vorschlag.

»Jägerhof«, beschloss Pit.

»Ja, ja, wenn's dem Esel zu wohl wird …« Mit diesen Worten wurde Anne von Dagmar begrüßt.

»Wie kann man bloß so blöd sein und in deinem Alter auf Inliner steigen?«, war Bernds Kommentar.

»So alt bin ich ja nun auch wieder nicht«, beschwerte sich Anne, die ihren Entschluss, mit den Inlinern zu fahren, sowieso schon täglich mehrmals bereut hatte. Aber passiert war nun mal passiert!

»Tja, wer den Schaden hat, braucht für den Spott nicht zu sorgen«, gab nun auch Pit noch seinen Senf dazu.

»Und was ist mit dir passiert?« Dagmar strich Pit über die Glatze. »Früher hat man Leute kahl geschoren, wenn sie Kopfläuse hatten.«

»Ha«, freute sich Anne, »zum Glück auch ein bisschen Spott für dich!«

Während Anne die Karte im Hinblick auf ein Gericht studierte, das sie mit einer Hand essen konnte, erzählte Pit von seinen nächsten Filmplänen.

Sie fand Pits Entscheidung überaus mutig, eine Rolle zu spielen, die seinem Image so sehr widersprach. Bestimmt würden sich viele seiner weiblichen Fans entsetzt von ihm abwenden. Andererseits – sie betrachtete ihn von der Seite – sah er auch kahlköpfig noch verdammt gut aus, markanter und männlicher.

Ihrer momentanen Behinderung zum Trotz bestellte Anne nun doch ein Rumpsteak. Nach dem trostlosen Krankenhausessen brauchte sie dringend etwas Ordentliches zwischen den Zähnen.

»Vielleicht könnte Bernd es für mich klein schneiden …« Sie klimperte mitleidheischend mit den Wimpern. »Ich bin schließlich ein armer kleiner Krüppel.«

»Das mach ich schon«, erklärte sich Pit großzügig bereit. »Immerhin sind wir ja verlobt, und wie heißt es so schön? In guten wie in schlechten Zeiten. Ich kann dich auch füttern, wenn du darauf bestehst …«

Sophie kicherte bei dieser Vorstellung.

Anne schickte kommentarlos böse Blicke über den Tisch. Er hat schöne Ohren, stellte sie bei diesen Blicken fest und versuchte sich die Ohren von Markus vorzustellen, aber darauf hatte sie wohl noch nicht geachtet. Auf jeden Fall waren Pit und Markus zwei Männer, wie sie unterschiedlicher nicht sein konnten. Wenn ich mir einen Mann aus den beiden zusammenmixen könnte – das wäre ideal, kam es ihr in den Sinn. Leider wurde sie bei ihrer Überlegung gestört, welche Eigenschaften sie sich von wem aussuchen würde, denn das Essen wurde serviert.

Pit schnitt ihr tatsächlich das Fleisch in mundgerechte Stücke. Vielleicht wäre er sogar ein recht guter Vater, schoss es ihr unvermittelt durch den Kopf. Und Markus? Diese Überlegung war eigentlich viel wichtiger: Gäbe er einen guten Vater für Sophie ab? Nicht dass sie jetzt schon und überhaupt ans Heiraten dachte, aber sie sollte sich doch beizeiten im Vorfeld über solche Fragen ihre Gedanken machen. Wie würde Sophie auf Markus reagieren? Noch wusste sie nichts von dem neuen Mann in ihrem Leben. Dass sie Pit mochte, war offensichtlich, sie himmelte ihn regelrecht an. Es würde auf jeden Fall interessant werden.

Marie himmelte Pit ebenso offensichtlich an. Während Anne einhändig ihr Essen verspeiste und die anderen wild durcheinanderplauderten, versuchte sie sich die beiden als Paar vorzustellen. Nein, Marie und Pit, das passte genauso wenig zusammen wie sie und Pit, resümierte sie, auch wenn Marie todsicher anderer Meinung war.

»He, Mama, hörst du denn gar nicht zu?« Sophie berührte ihren Arm.

»Oh, ich war in Gedanken gerade ganz woanders«, gestand Anne entschuldigend. »Was hast du gesagt?«

»Ich habe Pit von unserem Haus auf Langeoog erzählt und ihn gefragt, ob er mit uns dort mal Urlaub machen will.«

»Ah ja, und was hat Pit dazu gesagt?«

»Noch nichts«, erklärte Pit. »Ich wollte erst hören, was du davon hältst.«

»Grundsätzlich könnte ich mir das schon vorstellen, aber ich fürchte, du findest es dort schrecklich langweilig«, vermutete Anne. »Auf der Insel ist alles ruhig und beschaulich, also das krasse Gegenteil zum Großstadtleben.«

»Lale Andersen liegt dort begraben«, flötete Sophie dazwischen, in der Hoffnung, die Tatsache, dass eine verstorbene Schlagersängerin auf der Insel ihre letzte Ruhestätte gefunden hatte, könnte Pit für einen gemeinsamen Inselurlaub begeistern.

»Das klingt verlockend«, bemerkte Pit daraufhin. »Ich lasse mir die Sache durch den Kopf gehen.«

»Ein Haus auf einer Insel – wie bist du denn darauf gekommen?«, fragte Pit am Abend, als Sophie schon längst im Bett lag und sie bei einem letzten Glas Wein zusammensaßen.

»Ich liebe die Gegend da oben schon immer – das Meer, den rauen Wind, die herrliche Luft und die Stimmung, die dort herrscht ... ein Haus an der Küste ist bestimmt auch schön, aber eine Insel ist einfach ganz anders.« Anne konnte die salzige Luft förmlich riechen. »Ich habe mit Sophie immer wieder Urlaub an der Nordsee gemacht, und eigentlich wäre ich am Ende immer gern geblieben. Also habe ich mich regelmäßig bei Maklern und Insulanern umgehört, und eines Tages kam ein Fax mit einem recht günstigen Angebot für ein Haus auf Langeoog.« Bei der Erinnerung daran musste Anne lachen. »Es war eine recht primitive kleine Fischerkate mit ein bisschen Grundstück ringsum. Drei oder vier Jahre hatte sie leer gestanden, und keiner wollte sie haben.«

»Nur du«, schlussfolgerte Pit.

»Nur ich, genau! Es war Liebe auf den ersten Blick,

obwohl mir die Nachbarn dort oben heftigst abrieten. Heute bin ich froh, dass ich mich nicht davon habe abbringen lassen, denn es ist wirklich ein entzückendes kleines Schmuckstück geworden.«

»Bist du oft dort?«

»Viel zu selten – zweimal, dreimal im Jahr. Meistens um ein paar Tage völlig ungestört schreiben zu können. Aber irgendwann werde ich ganz hinziehen, da bin ich mir ganz sicher.«

Am nächsten Tag unternahm Pit einen neuen Kochversuch. Er holte Sophie von der Schule ab und ging mit ihr zusammen einkaufen. Zufrieden breiteten sie ihre Schätze auf der Arbeitsplatte aus. Anne begutachtete alles fachmännisch.

»Sieht nach irgendwas mit Spaghetti aus«, stellte sie fest und war gespannt, was nun folgen würde.

»Genau«, bestätigte Sophie und sah Pit auffordernd an. »Was müssen wir jetzt zuerst machen?«

Pit kratzte sich das stoppelbärtige Kinn.

»Keine Ahnung – ich habe noch nicht so sonderlich oft gekocht«, gab er ehrlich zu.

Anne erteilte daraufhin schmunzelnd Anweisungen.

»Ihr braucht einen großen Topf für das Nudelwasser und einen mittelgroßen Topf für die Soße.«

Sophie kramte die gewünschten Töpfe aus dem Schrank hervor.

»Den großen Topf müsst ihr mit Wasser füllen, ein bisschen Salz hineingeben und vorn auf die große Platte stellen. Deckel drauf und das Wasser auf höchster Stufe zum Kochen bringen.«

Pit erledigte diese Aufgabe mit schlafwandlerischer Sicherheit und wartete auf weitere Befehle.

»Den zweiten Topf stellt ihr auf die andere große Platte und dreht sie auf mittlere Hitze.«

Das übernahm Sophie.

»Ein bisschen Fett in den Topf.«

Auch das erledigte Sophie mit Bravour.

»Jetzt eine Zwiebel schälen und in kleine Würfel schneiden.«

Sophie und Pit wechselten fragende Blicke.

»Hat denn keiner von euch beiden jemals eine Zwiebel geschält?«, fragte Anne ungläubig.

»Das mache ich!«, rief Sophie bereitwillig und rückte der Zwiebel mit einem scharfen Messer zu Leibe. Als das vollbracht war, gab sie den Platz am Schneidebrett frei. »Jetzt ist Pit dran!«

Pit ergriff das Messer und traktierte die Zwiebel damit.

»Doch nicht so!« Anne stellte sich neben ihn und entwand ihm das Messer. »Wir wollen die Zwiebel nicht unnötig quälen!«

»Und ich dachte, sie sei schon tot.«

»Wer weiß – deswegen gehen wir lieber auf Nummer sicher. Du hältst die Zwiebel fest, und ich schneide!«

»Schnippel mir bloß nicht die Finger ab!«, flehte Pit und beobachtete zweifelnd, wie sie gekonnt die Zwiebel zerkleinerte, die er halten musste. Dabei stand sie ganz nahe bei ihm, er spürte ihre Körperwärme und roch den ihr so eigenen Duft. Insgeheim bedauerte er zutiefst, dass sie die Zwiebel so rasch in Würfel zerlegte.

Mit Annes weiteren gezielten Anweisungen brachten die beiden tatsächlich ein richtiges Essen zustande. Nur das Würzen am Schluss musste sie übernehmen.

»Das war echt gut«, freute sich Pit, nachdem er mit Genuss sein erstes selbstgekochtes Mahl verspeist hatte. »Warum schreibst du kein Kochbuch für unbedarfte Schauspieler? Da klafft eindeutig eine Marktlücke.«

»Ich denke darüber nach«, versprach Anne.

»Wir sind doch eigentlich ein tolles Team, findest du

nicht auch?« Mit diesen Worten räumte er das Geschirr ab und machte sich ans Abspülen.

»Was hältst du davon?«

Pit hatte Anne das Drehbuch zu lesen gegeben, und sie klappte es gerade seufzend zu.

»Starker Tobak, Mannomann! Warum hast du dir ausgerechnet diese Rolle ausgesucht?«

Pit lehnte sich zurück und rührte seinen Kaffee um.

»Weil mir vor nicht allzu langer Zeit jemand zu verstehen gab, dass ich ein völlig konturenloser Schauspieler sei« – er zwinkerte ihr übermütig zu –, »und weil du tatsächlich recht damit hattest. Ich sehe es als eine wunderbare Herausforderung. Außerdem wollte ich mich in diesen Mann hineinversetzen. Er muss durch die Hölle gehen, und ich will ergründen, wie er sich dabei fühlt.« Er trank einen Schluck. »Je öfter ich das Script durchlese, umso näher komme ich diesem Mann. In mir wächst allmählich ein Gefühl für seine Ängste, für seine Sorge darüber, was nach seinem Tod aus den Kindern werden wird, wie seine Frau, die er so sehr liebt, mit seinem Tod zurechtkommen wird. Ich spüre immer mehr, wie es sich anfühlt, wenn man von allem Abschied nehmen muss, aber gar nicht gehen will, wenn einem schmerzhaft klar wird, dass man nie erfahren wird, welche Berufe die Kinder erlernen werden, wie sie als Erwachsene aussehen werden, ob sie glückliche Menschen sein werden. Es ist grausam, und manchmal könnte ich losheulen.«

Er blickte eine Zeit lang schweigend in den jetzt kahlen Garten hinaus. »Manchmal bilde ich mir sogar ein, die Schmerzen zu fühlen, die dieser Mann hat. Verrückt, nicht wahr?« Dann schenkte er ihr ein Lächeln. »Aber es ist ja zum Glück nur eine Rolle.«

Anne nickte betroffen. So ernsthaft hatte sie Pit noch nie erlebt, es war eine neue Seite an ihm, die ihr sehr gut gefiel.

»Du wirst gut sein«, sagte sie mit dem Brustton der Überzeugung.

Er erforschte ihr Gesicht mit prüfendem Blick, erkannte aber sogleich, dass sie es ernst gemeint hatte.

»Da bist du die Erste, die das sagt ... danke!«

Am Sonntagabend rief Markus an. Er klang besorgt und entschuldigte sich immer wieder, dass er es vorgezogen hatte, seine Mutter zu besuchen. Anne bedauerte es ebenfalls ein bisschen, aber andererseits hatte sie mit Pit auch jede Menge Spaß gehabt. Allein das Kochen war jeden Tag ein Erlebnis für sich gewesen. Und sie hatten bis jetzt noch kein einziges Mal richtig gestritten.

»Aber kommendes Wochenende kümmere ich mich um dich, versprochen! Am Freitag gleich nach dem Unterricht fahre ich los. Wie wäre es, wenn wir dann von Samstag bis Sonntag zu meiner Mutter fahren? Sie ist ja so gespannt auf dich und kann es gar nicht erwarten, dich kennenzulernen. Wir können in ihrem Kurhotel übernachten – man bietet dort Zimmer für Besucher und Angehörige an, und das sogar recht günstig.«

Warum nicht einen Blick auf Mama Wagner werfen? Anne sagte zu, obwohl sie sich auch gut ein Wochenende ganz allein mit Markus hätte vorstellen können.

Von Pit erzählte sie vorsichtshalber nichts, das wollte sie lieber bei Gelegenheit von Angesicht zu Angesicht klären. Andererseits: Wie sollte sie Pit an diesem Wochenende beschäftigen, falls er vorhatte, noch länger zu bleiben? Darüber hatten sie nämlich noch gar nicht gesprochen.

»Wer war das?«, wollte Sophie beiläufig wissen, die mit Pit zusammen vor dem Fernseher saß.

»Markus, ein Bekannter«, erklärte Anne kurz angebunden.

»Kenn ich nicht!« Damit war für Sophie die Sache erledigt, und sie widmete sich wieder ihrer Lieblingssendung.

Pit allerdings sah Anne prüfend an, und sie wusste, dass sie ihm endlich reinen Wein einschenken musste. Als Sophie endlich im Bett war, packte sie den Stier bei den Hörnern.

»Dieser Markus, der vorhin angerufen hat – ich habe ihn bei der Lesung in Düsseldorf kennengelernt.« Das Weiterreden fiel ihr schwer, zumal Pit sie aufmerksam musterte. »Nun, er ist sehr nett, und ich mag ihn ausgesprochen gern ...«

»Du hast dich in den Typen verknallt, willst du mir das sagen?«

Anne brachte nur ein Nicken zustande. Sie fühlte sich unerklärlicherweise wie eine Ehebrecherin.

»Gut, früher oder später musste es ja so kommen«, sagte Pit endlich vollkommen ruhig. »Die Presse wird sich freuen, wenn sie mich endlich mal als den Gehörnten in der Luft zerreißen kann. Eigentlich hätte ich gedacht, dass ich derjenige wäre, der, nun ... der *schwach* wird.«

»Es tut mir wirklich leid, ich hätte gern noch weiter die Rolle der Verlobten gespielt, aber was soll ich Markus sagen?«

»Wir werden uns also entloben.« Seine Stimme klang nun doch ein wenig bitter. »Ich war dir jedenfalls die ganze Zeit über treu.«

Ein bisschen ärgerte sich Anne schon, dass Pit so gelassen reagierte. Wenigstens ein klein wenig hätte er doch enttäuscht sein können, dass ihre – ja, wie sollte sie es eigentlich nennen? – Verbindung, ihre Zweckgemeinschaft, was auch immer, plötzlich beendet war. So unangenehm waren ihre Zusammenkünfte schließlich nicht gewesen. Ihr selbst würde er bestimmt ab und an fehlen, das ahnte sie, und er, er registrierte es einfach ganz ruhig, ohne jegliches Bedauern! Aber was hatte sie eigentlich erwartet? Zwischen ihnen war ja nichts gewesen ...

Am nächsten Morgen reiste Pit ab, und Anne verspürte eine dumpfe Traurigkeit. Es war angenehm gewesen, Pit um sich zu haben wie einen lieb gewordenen großen Bruder oder etwas in dieser Art.

Sophie war untröstlich.

»Bestimmt hast du wieder was Gemeines zu ihm gesagt«, beschuldigte sie ihre Mutter und verschwand heulend in ihrem Zimmer.

Als Nächstes würde sie ihr Kind auf den neuen Mann in ihrem Leben vorbereiten müssen, und ihr grauste schon jetzt davor!

Markus kam freitags am späten Abend an. Annes Nerven waren gespannt wie Drahtseile – wie würden Kind und Mann aufeinander reagieren?

Aber es gab noch eine weitere unbekannte Größe in der Gleichung, mit der sie überhaupt nicht gerechnet hatte: Bruno. Der war nämlich der Erste, der Markus entgegensprang und durch leises Knurren zu verstehen gab, dass der Fremde überhaupt nicht sein Fall war. Markus seinerseits wich entsetzt zurück.

»Von einem Hund hast du aber nie etwas erzählt!«, warf er ihr beleidigt vor.

»Und du hast nie erwähnt, dass du was gegen Hunde hast«, schoss Anne zurück und hielt Bruno am Halsband fest. Na toll, das war nicht unbedingt der beeindruckende Beginn einer Beziehung!

Sophie begutachtete Markus äußerst skeptisch und bemühte sich kein bisschen, nett zu sein. Hätte sie knurren können wie Bruno, hätte sie es mit Sicherheit ausgiebig getan.

»Ich will Pit!«, forderte sie energisch, als Anne ihr gute

Nacht sagen wollte. »Nicht diesen alten Stinker, der keine Hunde und keine Kinder mag!«

»Pit mag auch keine Hunde«, versuchte Anne sie zu besänftigen.

»Aber er mag Bruno.«

Eins zu null für Pit.

»Wie kommst du bloß darauf, dass Markus keine Kinder mag?«

»Er ist Lehrer, Mama.« Sophie verdrehte die Augen ob so viel Unwissenheit. »Kein Lehrer mag Kinder – Lehrer hassen Kinder.«

Darüber wollte Anne mit der Tochter nicht diskutieren, und Erinnerungen an die eigene Schulzeit verdrängte sie vorsorglich.

Die Hoffnung auf einen gemütlichen und vielleicht auch zärtlichen Abend schwand dahin, als überraschend Marie auftauchte. Aufgezäumt wie ein Wiener Droschkengaul erschien sie auf der Bildfläche und war sichtlich überrascht, nicht Pit, sondern einen ihr gänzlich unbekannten Mann auf dem Sofa vorzufinden. Anne stellte die beiden einander vor und beobachtete Maries Reaktion auf Markus sehr genau. Diese überwand ihre Verblüffung ziemlich rasch und plauderte höflich mit Markus.

»Wo zum Henker ist Pit?«, zischte sie Anne zu, als sie kurz allein im Wohnzimmer waren.

»Weg, er musste zu Dreharbeiten.«

»Erzähl mir keinen Quatsch! Die Dreharbeiten fangen erst in vier Wochen an, das hat er mir neulich erst erzählt. Er ist wohl *seinetwegen*« – sie deutete mit dem Kopf in Richtung Gästetoilette, wohin Markus verschwunden war – »früher gefahren.«

»Früher? Wieso früher? Wie lange wollte er denn bleiben?«, erkundigte sich Anne erstaunt.

»Also noch mindestens zwei Wochen.«

Bevor sie weiterflüstern konnten, kam Markus zurück, und sie führten noch etwa eine Stunde lang eine ziemlich zähe Unterhaltung. Anne spürte, dass auch Marie nicht gerade begeistert war von ihrer Wahl.

»Gut sieht er ja wirklich aus«, murmelte die Freundin bei der Verabschiedung vor dem Haus. »Aber findest du ihn nicht ein bisschen ... steif und knöchern? Ich will dir ja nicht auf den Schlips treten, aber dieser Mann passt nicht zu uns.« Sie küsste die Freundin auf beide Wangen und stieg in ihr Auto. »Tja, wo die Liebe hinfällt!«, rief sie noch, bevor die Autotür zufiel.

»... da wächst kein Kraut mehr«, beendete Anne den Satz und kehrte ins Haus zurück.

Das Frühstück verlief sehr ruhig, ganz anders als mit Pit, der sich übermütig einen Nutella-Schnauzbart aufgemalt oder für Sophie Butterbrote mit Marmeladeherzen verziert hatte. Markus gab sich zwar alle Mühe, aber Sophie blieb ihm gegenüber mehr als zurückhaltend. Als Markus sie dann noch fragte, wie es denn in der Schule so laufe, welche Noten sie schreibe und welches ihr Lieblingsfach sei, verschloss sie sich endgültig.

Kurz vor zehn Uhr kam Tina, Sophies Freundin, die oft und gern hier schlief, wenn Anne unterwegs war. Dass die Mädchen dann bis in die Puppen aufblieben, bis zum Umfallen fernsahen und sich von Fertigpizza und Chips ernährten, war Anne natürlich klar, aber sie gönnte es den beiden Gören. Sie konnte sich noch gut daran erinnern, wie toll die elternlosen Wochenenden gewesen waren, als sie und ihre Schwester noch jung waren und zu Hause wohnten. Auch an eine Fete konnte sie sich erinnern, die irgendwann völlig aus dem Ruder gelaufen war, aber daran wollte sie jetzt lieber nicht denken ...

Nach den üblichen Ermahnungen saß sie endlich neben

Markus im Auto und atmete erleichtert auf. Die Aussicht, die nächsten beiden Tage mit Mama Wagner zu verbringen, war auch nicht gerade berauschend, aber eindeutig verlockender als zwei Tage mit einer bockenden und ungenießbaren Sophie und einem unentwegt knurrenden Bruno.

Bad Brückenau liegt in der Rhön, einer eigentlich wunderschönen Gegend. Doch es war ein trüber Spätherbsttag, die Laubwälder waren inzwischen völlig kahl, und es regnete ohne Unterlass. Und so erschien der Kurort überaus düster und ungemütlich. Anne musste unweigerlich an Markus' Elternhaus denken und war sich sicher, dass sich wenigstens Mama Wagner hier wohlfühlte.

So sah die gute Frau aber gar nicht aus: Mit Leichenbittermiene saß sie in ihrem Rollstuhl in der Empfangshalle des Kurhotels und brachte nicht einmal ein Lächeln für ihren Sohn zustande.

»Ihr seid spät«, sagte sie nur mit vorwurfsvollem Blick auf ihre Armbanduhr, und Anne hatte das ungute Gefühl, dass sie ihr dafür die Schuld gab.

Anne reichte sie eine sehr kühle Hand, die von kühlen Blicken begleitet wurde. Abschätzend musterte sie die potenzielle Schwiegertochter und machte keinen Hehl daraus, dass sie nicht begeistert war von der Frau, die ihr da vorgeführt wurde. Dabei hatte sich Anne wirklich Mühe gegeben und sich wild entschlossen gegen ihre geliebten Wanderschuhe entschieden. Zu dem kurzen, groben Strickrock trug sie heute schicke und sündhaft teure Halbschuhe.

Anne ihrerseits war entsetzt, wie sehr das Bild, das sie sich von der alten Dame gemacht hatte, mit der Wirklichkeit übereinstimmte. Nur die Brille mit dem dünnen Goldrand hatte gefehlt, die jetzt auf der Spitze einer sehr hageren Nase thronte und durch die die zusammengekniffenen Äuglein Mama Wagners Anne begutachteten.

Markus drückte seiner Mutter einen ergebenen Kuss auf die fahle Wange und übernahm das Schieben des Rollstuhls. Es hatte aufgehört zu regnen, und so schob er seine Mama durch den triefnassen Park. Dabei erzählte er ihr, was zu Hause vorgefallen, was an Post gekommen und wie es in der Schule gewesen war. Anne lief schweigend hinterher und wünschte sich einen kalten Regenschauer aus dem dunkelgrauen Himmel, der aber leider ausblieb. Mama Wagner schien nun doch einigermaßen zufrieden zu sein und hieß ihren Sohn, rechts abzubiegen, weil man auf diesem Weg zu einem recht guten Restaurant gelange.

Das Essen war wirklich gut, nur die Stimmung war schrecklich. Mürrisch und schweigsam vertilgten Mama Wagner und Sohn Markus ihren gedünsteten Fisch und das blanchierte Gemüse. Anne aß genussvoll aber ebenso schweigsam ihr überkrustetes Schweinekotelett, das ihr in der Küche netterweise mundgerecht zerteilt worden war. Dazu verspeiste sie Speckbohnen und Kartoffelplätzchen. Bei jedem Bissen hatte sie grenzenlose Freude an dem reichlichen Cholesterin und bedauerte die beiden Wagners zutiefst, die sich mit ihrem schlichten Essen selbst kasteiten. Um es sich allerdings nicht ganz mit Mama Wagner zu verscherzen, verzichtete sie auf das Glas Wein und beteiligte sich stattdessen an der Flasche Mineralwasser. Sie lauschte dem Gespräch der beiden, sagte aber selbst fast nichts, da sie sich wie ein Fremdkörper neben diesem eingespielten Team fühlte. Also saß sie schweigend da, kaute andächtig und beobachtete dabei eingehend das Bedienungspersonal, Mama Wagner und natürlich Markus.

Erst jetzt nahm sie den grässlichen Pullunder wahr, den er über ein hellblaues Hemd gezogen hatte. Es war schlichtweg ein grauenhafter Ladenhüter für alte Herren – wie hatte sie das nur übersehen können? Der Mann mit dem spießigen Strickstück hatte kaum noch Ähnlichkeit mit jenem, den sie in Düsseldorf kennengelernt und den sie in Dortmund vernascht hatte. Die Vorstellung, ihm dieses Teil genussvoll auszuziehen – und natürlich noch so einiges mehr –, war allerdings erregend …

»Sie sind also Schriftstellerin?«, begann Mama Wagner nach dem Essen schließlich die Inquisition und lenkte Anne von ihren Überlegungen ab. »Aber finden Sie nicht, dass der Kriminalroman nicht unbedingt das Genre für einen gebildeten Menschen ist?«

»Was ist denn Ihrer Meinung nach das geeignete Genre für einen gebildeten Menschen?«, fragte Anne zuckersüß nach. Sie würde diese Frau nie mögen, das war ihr nach den letzten eineinhalb Stunden klar.

Markus warf ihr einen warnenden Blick zu. Aber wovor wollte er sie warnen?

»Mein Kind, diese Frage ist ja wohl absurd und beantwortet sich von selbst, nicht wahr!« Ein strafender Blick von Mama Wagner.

»Nun, ich weiß schon, worauf Sie hinauswollen, aber ich schreibe nun einmal Krimis und leichte Unterhaltung – daran werde ich in nächster Zukunft nichts ändern. Ich verdiene damit sehr gutes Geld – und was noch viel wichtiger für mich ist: Es macht mir jede Menge Spaß.«

In diesem Moment trat eine Dame mittleren Alters an ihren Tisch.

»Sind Sie nicht Anne Jünger?«, fragte sie und trat verlegen von einem Fuß auf den anderen. »Würden Sie mir netterweise etwas in Ihr Buch schreiben?«

Sie streckte Anne ein Exemplar ihres Krimis entgegen, und diese schrieb liebend gern ihren Namenszug auf die erste Seite.

»Und meine Leser haben auch Spaß daran«, setzte Anne triumphierend hinzu, nachdem die Dame wieder verschwunden war.

Daraufhin orderte sie einen doppelten Espresso, was von Mama Wagner mit einem verständnislosen Blick quittiert wurde.

»Koffein schadet dem Körper, wissen Sie das nicht?«

»Ach«, sagte Anne leichthin und zauberte ein reizendes Lächeln auf ihre Züge, »bei der heutigen Umweltbelastung ist auch das Atmen nicht unbedingt gesund, aber wir können es trotzdem nicht lassen, oder?«

Markus schüttelte nur entsetzt den Kopf, sagte aber nichts. Mama Wagner schwieg ebenfalls.

Welch wunderbarer Ausflug!

»Wie konntest du meine Mutter so vor den Kopf stoßen?« Markus hatte sich wütend vor ihr aufgebaut, sobald sie sich nach dem Abendessen in ihr Zimmer zurückgezogen hatten.

»Aber deine Mutter darf mich vor den Kopf stoßen?« Anne war kurz vor dem Explodieren. »Ich bin neununddreißig, also eine erwachsene Frau. Ich habe eine Tochter großgezogen, zumindest fünfzehn Jahre lang, und ich verdiene gutes Geld mit Büchern, die alle außer deiner zutiefst negativen Mutter gut finden. Ich muss mir nicht bei unserem allerersten Kennenlernen sagen lassen, dass ich Schund schreibe, Müll esse und mich anständig anziehen soll. Was bildet sich diese verbitterte Frau überhaupt ein?«

Wütend ließ sie sich aufs Bett fallen. Sie verspürte nicht die geringste Lust, ihre Tasche auszupacken und sich bettfertig zu machen. Das Einzige, worauf sie Lust verspürte, war ein herrliches kaltes Bier …

»Meine Mutter ist nicht verbittert!«

»Ach, nicht? Wie würdest du dann ihr verkniffenes Gesicht deuten: glückstrahlend?« Anne hatte gute Lust, mit einem Taxi zum Bahnhof und von dort aus mit dem Zug nach Hause zu fahren.

»Sie musste im Leben viel mitmachen«, versuchte er einzulenken.

»Ich auch und der Großteil der gesamten Menschheit ebenso – stell dir bloß mal vor, wir alle wären so wie sie!«

Markus starrte aus dem Fenster in die Dunkelheit hinter der Scheibe und sagte nichts dazu.

»Markus, wir sollten den Tatsachen ins Auge sehen: Sie mag mich nicht. Und ich mag sie auch nicht …«

»Sie mochte auch meine anderen Freundinnen nicht«, murmelte er schwach, mehr zu sich selbst als zu Anne.

»Na, das ist ja endlich mal eine beruhigende Nachricht!«, fauchte sie gereizt.

Markus drehte sich um und sah sie aus seinen sanften George-Clooney-Augen wehmütig an. Mit hängenden Schultern stand er vor ihr und wirkte so traurig, dass sie einfach aufstehen und ihn in die Arme nehmen musste.

»Sie wird sich an dich gewöhnen und du dich an sie – aber du darfst ihr gegenüber nicht so … so aggressiv sein!« Er klammerte sich an sie wie ein Ertrinkender, und so standen sie einige Minuten lang eng umschlungen da.

Dann küsste er sie, sehr leidenschaftlich. Seine Hände glitten unter ihre Bluse und streichelten sie sanft und trotzdem verlangend. Sie liebten sich in dieser Nacht mehrmals, und keiner achtete auf die Kleider, die im Zimmer verstreut herumlagen.

»Und wie ist Mama Wagner?«, wollte Marie als Erstes wissen, als sie am Montag vorbeikam.

»Ein Albtraum – und das ist noch untertrieben.« Anne erzählte der Freundin haarklein von den beiden letzten Tagen.

»Das wäre ja fast Stoff für einen Gruselfilm«, bemerkte Marie und dachte dabei an den Film *Psycho*.

»Aber zum Glück muss ich Mama Wagner ja nicht heiraten – mich interessiert nur ihr netter Sohn.«

»Wenn du dich da mal nicht irrst, meine Liebe«, orakelte Marie.

Das Telefon klingelte, und so musste Anne nicht weiter über Maries Worte nachdenken. Es war Pits Mutter Marianne, die sich besorgt nach Annes Befinden erkundigte.

»Pit war am Wochenende bei mir und hat mir von deinem Malheur erzählt! Kommst du denn einigermaßen zurecht?«

»Ach ja, es geht schon wieder recht gut.« Anne freute sich sehr über den Anruf. »Ich habe dreimal in der Woche Krankengymnastik und kann die Finger schon wieder recht gut bewegen und greifen. Ich bin heute sogar schon mit dem Auto zum Einkaufen gefahren.«

»Ich könnte ein paar Tage kommen und mich um dich und deine Kleine kümmern«, bot Marianne an. »Pit hat keine Zeit mehr, die Dreharbeiten für seinen Film fangen demnächst an.«

Sie weiß also noch nichts von dem aktuellen Stand unserer Beziehung, dachte Anne, brachte es aber nicht übers Herz, Marianne am Telefon reinen Wein einzuschenken.

»Danke, wir schaffen das schon allein, aber lieb, dass du dich so um uns sorgst!« Anne wurde warm ums Herz. Marianne wäre ihre Wunschschwiegermutter gewesen, wenn sie sich eine hätte aussuchen dürfen – an den anderen Drachen durfte sie gar nicht denken. »Sophie hat ja jetzt Herbstferien, da können wir alles ein bisschen schleifen lassen.«

»Wenn du schon wieder Auto fahren kannst, dann komm mich doch mit Sophie besuchen – ich würde sie so gern kennenlernen.«

Das war eine gute Idee, fand Anne. Bei der Gelegenheit könnte sie Marianne schonend beibringen, dass sich Pits und ihre Wege wieder trennen würden.

»Ich bringe aber noch jemanden mit – Bruno, unseren Hund.«

»Auch er soll mir willkommen sein.«

Gleich am nächsten Tag packte Anne Sophie und den Hund ins Auto und fuhr zu Pits Mutter.

Der Empfang war mehr als herzlich. Marianne hörte gar nicht auf, sie zu umarmen, Sophie zu drücken, und selbst Bruno wurde liebevoll getätschelt.

»Ach, ist das schön, dass ihr mich besucht! Pit hat mir schon viel von dieser jungen Dame erzählt, aber nicht, dass sie so hübsch ist.« Sie streichelte Sophie die Wangen. »Aber kommt doch erst einmal rein!«

Die Küche duftete nach frisch gebackenen Pfannkuchen, und sofort erhellte ein Strahlen Sophies Gesicht. Sie langte ordentlich zu, was wiederum Mariannes Gesicht vor Freude strahlen ließ. Und auch Anne genoss die süße Köstlichkeit. Sie war heilfroh, dass in diesem Haushalt verschwenderisch mit Cholesterin umgegangen wurde.

»Schade, dass Pit nicht hier sein kann!«, bedauerte Marianne nach dem Essen. Sie spülte das Geschirr, und Anne schwang das Geschirrtuch. Sophie erforschte zusammen mit Bruno die Gegend.

»Das ist übrigens mein Stichwort: Wir werden unsere Verlobung auflösen«, gestand Anne und trocknete die Pfanne übertrieben gründlich ab, nur um Marianne nicht ins Gesicht sehen zu müssen.

»Das macht mich natürlich sehr traurig, denn ich hatte insgeheim gehofft, dass ihr beiden vielleicht doch noch ein richtiges Paar würdet. Ihr passt nämlich sehr gut zusammen, finde ich. Nun« – sie wischte sich eine kleine Träne aus dem Augenwinkel – »da kann man nichts machen! Hast du jemanden kennengelernt?«

»Ja, einen sehr netten Mann, er wird demnächst fünfzig

und ist Studienrat. Natürlich weiß ich nicht, wie es mit ihm weitergeht, aber ich kann unter diesen Umständen schlecht mit Pit verlobt bleiben, verstehst du?«

Marianne schwieg und sah Anne lächelnd an.

»Ihr besucht mich aber doch trotzdem ab und zu mal, ja? Ich mag deine Kleine – und dich auch, das weißt du ja –, und wer weiß, ob ich jemals in den Genuss von Enkelkindern kommen werde.«

Spontan nahm Anne Pits Mutter in den Arm.

»Aber natürlich bleiben wir in Kontakt, warum denn nicht?«

Beim Spazierengehen sprachen sie über Pits Rolle in dem neuen Film.

»Ich war regelrecht geschockt, als er so kahl geschoren vor mir stand!« Marianne hatte er also genauso erschreckt wie sie selbst. »Er hat noch dazu abgenommen, ganz eingefallene Wangen hat er im Moment und dunkle Augenringe! Wie ein Gespenst. Ich bin froh, wenn er mit dem Dreh fertig ist und wieder unser normaler Pit ist.«

»Aber irgendwie steht es ihm doch auch recht gut – er wirkt auf einmal so reif, so erwachsen. Und schön ist er auch ohne Haare.« Anne musste unweigerlich an die strahlenden blauen Augen denken.

Marianne musterte sie daraufhin eingehend, sagte aber nichts. Allerdings dachte sie sich ihren Teil.

Nach zwei Tagen fuhren Mutter, Tochter und Hund wieder nach Hause. Sophie wäre am liebsten noch geblieben, aber sie musste ins Training.

»Marianne mag ich echt gut leiden«, sagte sie auf halbem Weg. »Ich hätte sie am liebsten als Oma.«

»Ja, sie ist wirklich sehr lieb«, bestätigte Anne.

»Wenn du Pit richtig heiraten würdest, dann wäre sie meine Oma, oder?«

»Das schon, aber da muss ich dich enttäuschen: Pit und ich werden ganz bestimmt nicht heiraten. Wir haben immerzu Zoff, das hast du sicherlich mitgekriegt, und außerdem lieben wir uns ja gar nicht.«

Sophie war da ganz anderer Meinung.

»Ich glaube schon, dass Pit dich liebt!«, stieß Sophie trotzig hervor.

»Ach, findest du? Ist er deswegen immer so schrecklich *nett* zu mir?«, entgegnete Anne. Eigentlich hassen wir uns, dachte sie insgeheim. Sie war sich ganz sicher, dass der einzige Mensch, den Pit liebte, er selbst war ... und vielleicht noch seine Mutter.

»Ich mag Pit viel lieber als diesen komischen Markus.«

»Aber du kennst doch Markus noch nicht richtig! Er ist wirklich nett. Er ist Lehrer, er kann gut mit Kindern umgehen«, versprach Anne ihrer Tochter. »Bestimmt hilft er dir beim Lernen ...«, fügte sie ein wenig unsicher hinzu.

»Na bravo, genau das, was ich mir immer gewünscht habe! Hast du noch mehr so wunderbare Nachrichten?«, schnaubte die Tochter.

»Nein, das war's für den Moment«, versuchte Anne zu scherzen, aber Sophie verzog keine Miene – offensichtlich fand sie das Thema Markus überhaupt nicht witzig.

Zwei Wochen später meldete sich Pit. Er druckste lange herum, bis er endlich mit der Sprache herausrückte.

Er musste sich auf einer Galaveranstaltung sehen lassen, und da sie offiziell immer noch verlobt waren, bat er sie inständig, ihn zu begleiten.

»Das wäre sehr wichtig für mich, Anne. Ich brauche noch ein bisschen gute Presse, bevor der Film ins Fernsehen kommt. Ich spiele einen seriösen Menschen und möchte auch in der Öffentlichkeit zeigen, dass ich mich dahingehend verändert habe.«

»Hast du das denn wirklich?« Ein kahl geschorener Kopf machte ihrer Meinung nach noch keinen neuen Menschen.

»Ich denke schon, aber das könntest du bei dieser Gala ja ausprobieren. Bitte, ein allerletztes Mal, dann lösen wir den Vertrag, versprochen!«, beschwor er sie.

Anne überlegte kurz. Am kommenden Wochenende wollte Markus noch einmal zu seiner Mutter fahren. Es war ihr letztes Kurwochenende, denn die Woche darauf würde sie wieder nach Hause kommen. Und sie hatte wenig Appetit auf Mama Wagner, um nicht zu sagen: gar keinen.

»Gut«, stimmte sie schließlich zu. Es würde ein angenehmer Abend werden, es würde tolles Essen geben, und sie würde interessante Menschen kennenlernen. Und sie würde sich dann nicht mehr so ärgern, dass Markus das Wochenende lieber mit seiner Mutter verbrachte als mit ihr. »Ein allerletztes Mal!«

Samstag kam Anne am späten Vormittag in Köln an. Pit sah wirklich entsetzlich aus, da hatte seine Mutter vollkommen recht gehabt! Er hatte mindestens fünf Kilo abgenommen, und die dunkelgrauen Jeans schlotterten um ihn herum.

»Und du bist sicher, dass du den Kranken nur spielst?«, vergewisserte sich Anne.

»Jetzt fängst du auch noch an, genau wie meine Mutter! Ja, ich bin ganz sicher, dass ich gesund bin. Ja, ich spiele nur einen Kranken. Aber ich kann nun mal keinen sterbenden Menschen spielen, wenn ich dicke rosige Pausbäckchen habe und wie das blühende Leben aussehe.«

Das leuchtete Anne natürlich ein, aber wenn sie ihn so ansah, zog sich ihr das Herz schmerzlich zusammen.

»Wie lange dauert der Dreh noch?«, wechselte sie das Thema.

»Drei, vier Wochen, dann ist alles im Kasten.«

»Und wann kriegt man das Ganze zu sehen?«

»Voraussichtlich Ende Januar«, gab er Auskunft.

»Ich bin schon sehr gespannt.«

Die nächsten Stunden verbrachten sie damit, ein passendes Kleid für Anne zu besorgen. Auf Galaabende war ihr Kleiderschrank nun wirklich nicht eingestellt.

Pit war ein geduldiger Begleiter und erfahrener Berater. Anne spielte Model und stolzierte übertrieben hüftschwingend vor Pits kritischen Blicken auf und ab. Nachdem sie mindestens zwölf Kleider anprobiert hatte, einigten sie sich auf ein schlichtes schwarzes Abendkleid, eng anliegend, bodenlang und mit atemberaubendem Dekolleté.

»Pass nur auf, dass dir da keiner hineinfällt!«, neckte Pit sie.

»Warum denn nicht? Gönnst du mir das etwa nicht?«

Pit antwortete nicht, zahlte aber bereitwillig.

»Fällt unter Arbeitskleidung und wird von der Steuer abgesetzt«, meinte er augenzwinkernd.

Die passenden Schuhe waren schneller gefunden und wurden ebenfalls in der Kategorie Arbeitskleidung verbucht.

Anne verschwand danach in ihrem Hotelzimmer, um sich in Ruhe fertig zu machen. Sie badete ausgiebig und mit viel Schaum und wusch sich die Haare. Zur Feier des Tages legte sie leichtes Make-up auf, obwohl sie das eigentlich überhaupt nicht mochte. Doch sie musste zugeben, dass dieses Kleid geradezu nach ein bisschen Schminke schrie. Sie hatte zum Glück die kurze Perlenkette eingepackt, die sich, wie sie feststellen musste, ausnehmend gut auf ihrem nackten Hals machte. Überhaupt sah sie verdammt gut aus, fand sie, aber irgendetwas fehlte noch. Sie löste eins von den Glöckchen, die an ihrer Tasche hingen, und band es an den Reißverschluss des Kleids. Bei jedem Schritt ertönte nun ein leises Klingeln. Ja, das war es! Sie zog ihre abgeschabte Lederjacke über, die nun wirklich nicht zu dem Kleid passte, und verließ zufrieden das Zimmer, um Pit abzuholen.

Der trat gerade aus der Tür, als sie aus dem Aufzug stieg.

»Tolle Jacke«, lästerte er. Den Rest fand er jedoch atemberaubend.

Zusammen stiegen sie in den Lift und fuhren nach unten, wo schon ein Taxi vor dem Hotel wartete, das sie zu der Veranstaltung brachte.

Schockiert blieb Anne sitzen, als der Fahrer unmittelbar vor dem roten Teppich anhielt. Musste sie wirklich vor den vielen Fotografen und Schaulustigen über diesen langen roten Teppich stöckeln und sich fotografieren lassen?

»Muss ich?«, fragte sie laut und hörbar verzweifelt.

Pit lächelte boshaft.

»Du musst!«

Schon riss ein Livrierter die Tür auf, Pit stieg aus, und Anne krabbelte zögernd hinter ihm hinaus in das Blitzlichtgewitter. Er nahm sie fest bei der Hand und führte sie rasch durch die Menschenmenge, die links und rechts dicht an dicht den Teppich säumte.

War eigentlich gar nicht so schlecht, resümierte Anne, als sie die Halle betraten. Sie fühlte sich unerwartet gut in ihrer Verkleidung und an Pits Seite, der souverän nach allen Seiten grüßte.

Sie wanderten durch pompös geschmückte Räumlichkeiten, wurden von allen Seiten begrüßt, und Pit stellte ihr unzählige Menschen vor, von denen sie die meisten schon aus dem Fernsehen oder vom Kino her kannte.

Ein bekannter Schauspieler mittleren Alters begrüßte Anne überschwänglich. Er hieß Arno Becker und würde die Rolle ihres Kommissars spielen, auf die er sich schon sehr freute, wie er ihr mehrmals versicherte. Pit stand schweigend daneben.

»Was ist?«, erkundigte sich Anne, als Arno Becker sich wieder verflüchtigt hatte. Fühlte er sich nicht gut? Er sah so schrecklich blass aus!

»Ich hab nur was überlegt – du hattest recht«, sagte er schließlich, »ich bin wirklich nicht der Richtige für deinen Kommissar. Dieser Becker ist eindeutig die bessere Besetzung.« Und er sagte das ohne Bitterkeit.

Sie mussten ihre Plätze einnehmen, denn das Programm begann. Schauspieler, Regisseure, Drehbuchautoren, aber auch Sportler und andere wichtige Persönlichkeiten wurden geehrt.

Pit musste ebenfalls kurz auf die Bühne und eine Laudatio halten, was er mit Bravour absolvierte. Er sah toll aus dort oben im Rampenlicht, verpackt in diesen eleganten Anzug, der eindeutig neu sein musste, denn er passte wie angegossen. Er sprach locker und brachte das Publikum zum Lachen, so lässig, als hätte er nie etwas anderes getan. Anne war schrecklich stolz auf ihn.

Gegen drei Uhr kehrten sie ins Hotel zurück. Der Champagner war in rauen Mengen geflossen, und sie hatten beide ganz schön einen in der Krone.

»Gute Nacht, meine schöne Verlobte«, verabschiedete sich Pit und gab ihr, ganz Gentleman, einen Handkuss. Dann verließ er den Aufzug in seinem Stockwerk.

»Gute Nacht, du verrückter Schauspieler!«, rief Anne durch die sich schließende Aufzugtür und fuhr lachend die zwei Stockwerke weiter nach oben. Er war wirklich eine besondere Marke!

Müde aber zufrieden schlüpfte sie aus den hochhackigen Schuhen. Sie zog das wunderbare Kleid aus und legte es über die Sessellehne. Sie musste an Markus denken, der jetzt sehr zufrieden mit ihr gewesen wäre. Zum Trotz schleuderte sie die Seidenstrümpfe und den Slip mitten ins Zimmer – darüber hätte sich wiederum Pit gefreut – und ging ins Bad, um sich die Zähne zu putzen.

Nach einem ausgiebigen Frühstück mit Pit fuhr sie nach Hause. Das Wochenende war genau nach ihrem Geschmack gewesen, und sie wünschte sich noch viele solche Wochenenden. Vielleicht würde es Markus ja auch gefallen? Schließlich könnte er ja am Büfett einen großen Bogen um das Cholesterin machen. Plötzlich packte sie große Sehnsucht nach ihm, und sie konnte es gar nicht erwarten, mit ihm zu telefonieren.

Wenig später eröffnete er ihr dann am Telefon, dass er und seine Mutter beschlossen hatten, dass sie Weihnachten zusammen feiern sollten, er, Mama Wagner, Anne und Sophie.

»Und Bruno?«, wollte Anne wissen.

»Vielleicht eine Hundepension?«, schlug Markus vorsichtig vor.

Am liebsten hätte sie ihn gefragt, ob er eine Meise habe, stattdessen erklärte sie ihm, dass Bruno ein vollwertiges Familienmitglied sei, ihr zweites Kind quasi, und dass er auf keinen Fall in irgendwelche Hundepensionen abgeschoben werden würde.

»Aber meine Mutter will keinen Hund im Haus haben«, insistierte er.

Sie spürte heißen Zorn in sich aufsteigen. Nie wieder würde sie sich von jemandem zu etwas drängen lassen, das sie nicht wollte ... und von Mama Wagner schon gar nicht!

»Nun«, sagte Anne schließlich ganz ruhig, »dann muss deine Mutter eben auf uns alle drei verzichten.« Allein bei dem Gedanken, in der düsteren Wagner-Villa Weihnachten feiern zu müssen, überfiel Anne ein eiskalter Schauer. Im Leben nicht würde sie Sophie und sich selbst so etwas antun!

»Außerdem werde ich wie jedes Jahr Weihnachten auf Langeoog verbringen – mit meiner Tochter und meinem

Hund«, sagte sie schärfer als beabsichtigt. »Du kannst aber gern mit uns feiern«, fügte sie besänftigend hinzu.

Markus schwieg, er steckte eindeutig in einer Zwickmühle!

»Das geht nicht«, sagte er schließlich gepresst, »meine Mutter – ich kann sie nicht allein lassen, gerade zu Weihnachten. Wäre es wirklich nicht möglich, dass ihr …«

»Nein!« Anne ließ ihn nicht ausreden. »Dann sehen wir uns eben erst nach den Feiertagen.« Sie wunderte sich, dass sie so konsequent sein konnte. »Wir verbringen die ganzen Ferien auf der Insel, und du kannst gern nachkommen«, setzte sie noch obendrauf.

Markus schien vor den Kopf gestoßen zu sein, sagte aber nach kurzem Überlegen zu. »Ein paar Tage Urlaub in der guten Seeluft können wirklich nicht schaden.«

Hoffentlich kommt er nicht auf den glorreichen Einfall, seine Mutter mitzubringen, schoss es Anne durch den Kopf – aber das wüsste sie schon zu verhindern. In Gedanken sah sie Mama Wagner allein in ihrem Rollstuhl am Strand stehen, der Wind blies unangenehm scharf und löste Strähne um Strähne den ordentlich hochgesteckten Dutt in Wohlgefallen auf, und die Flut stieg und stieg … Sie musste boshaft über ihre kriminellen Phantasien grinsen – zum Glück mordete sie nur in Gedanken und auf Papier!

Dann dachte sie an Sophie, die würde mit Sicherheit Gift und Galle spucken, wenn Markus ihre gemütliche Zweisamkeit stören würde, aber das musste sie riskieren. Wenn allerdings Pit auf die Insel kommen würde, hätte sie bestimmt keinerlei Einwände.

Dann verabredeten sie sich für das kommende Wochenende. Mama Wagner war ja wieder in ihrem Haus und musste nicht mehr in Bad Brückenau besucht werden. Anne würde also nach Düsseldorf fahren und endlich Markus' Wohnung kennenlernen.

Anne ärgerte sich ein wenig, dass sie sich mit Markus in der Wagner-Villa treffen sollte. Sie wollte das Wochenende mit ihm verbringen – und zwar ausschließlich mit ihm! – und sich die Stimmung nicht von seiner Mutter verderben lassen. Er hatte ein tolles Abendessen vorgeschlagen und Karten fürs Theater besorgt, und sie wollte die Stunden mit ihm in vollen Zügen genießen.

Als sie jedoch vor dem düsteren Haus parkte, sank ihre Euphorie erheblich. Doch Markus riss schon die Haustür auf und eilte ihr freudestrahlend entgegen.

»Endlich bist du da!« Er drückte und küsste sie übermütig, dann nahm er ihre Reisetasche vom Rücksitz und lief ihr voraus ins Haus. Anne wunderte sich ein wenig, schließlich hätte er die Tasche ja im Auto lassen können, bis sie in seine Wohnung gefahren wären.

Mama Wagner saß aufrecht im Rollstuhl und brachte es tatsächlich fertig, ihr die kühle Hand mit dem Anflug eines Lächelns zu reichen.

»Anne, meine Liebe, schön, dass du da bist! Markus war ja gar nicht zu genießen, so ungeduldig hat er dich erwartet.«

Nach einer Tasse Kaffee aus den besagten Tassen mit den Jagdszenen, fragte Mama Wagner, für welche Uhrzeit sie denn den Tisch bestellt hätten. Markus sah erschrocken auf die Uhr und schoss von seinem Stuhl auf.

»Ach, herrje, wir müssen ja los!«, rief er und brachte rasch das Geschirr in die Küche.

Mama Wagner beäugte Anne kritisch.

»Willst du wirklich *sooo* zum Essen gehen?«

Anne sah an sich hinunter. Sie fand an den Nadelstreifenjeans und der aufwendig gearbeiteten Piratenbluse nichts auszusetzen. An den Wanderschuhen sowieso nicht.

»Ja, ich werde *sooo* gehen.«

»Aber einer deiner Schuhe hat ein Loch«, bemerkte Mama Wagner und verzog angewidert das Gesicht.

»Ja, ich weiß.«

Zum Glück kam Markus endlich aus der Küche und drängte zum Gehen.

»Und meine Tasche?«, erkundigte sich Anne, als er die Haustür für sie öffnete.

»Was ist mit deiner Tasche? Willst du sie etwa zum Essen mitnehmen?«

»Kommen wir nach dem Essen denn noch mal her?« Anne fand, dass das nicht unbedingt sein musste – sie hatte genug Mama Wagner für einen Tag genossen.

Markus sah sie verwundert an.

»Natürlich kommen wir wieder her. Wo sollen wir denn schlafen?«

»In deiner Wohnung, dachte ich.« Anne beschlich eine fürchterliche Ahnung.

»Ich weiß nicht so recht, was du meinst – dies hier ist doch meine Wohnung.«

Diese Tatsache traf Anne wie ein Hammerschlag. Markus hatte also nicht acht Wochen lang das Haus gehütet – er lebte hier, hier in diesem düsteren Haus, bei dieser stocksteifen, unfreundlichen Frau, und sie, Anne, müsste heute Nacht auch hier schlafen!

Während sie schweigend neben Markus im Auto saß und er plaudernd in die Düsseldorfer Innenstadt fuhr, musste sie sich eingestehen, dass Maries Argwohn ausnahmsweise berechtigt gewesen war. Sollte Markus eins dieser Muttersöhnchen sein, die nie von ihrer Mama loskamen? Quatsch! Schnell verdrängte sie den Gedanken – dann hätte er sie doch nie seiner Mutter vorgestellt!

»Warum lebst du eigentlich noch bei deiner Mutter?« Anne stocherte appetitlos in ihrer Vorspeise herum. Sie musste den Dingen auf den Grund gehen, eher konnte sie keinen klaren Gedanken mehr fassen.

»Nun, das Haus ist groß – für meine Mutter allein viel zu groß. Warum soll ich also mein halbes Gehalt für eine Wohnung ausgeben, wenn mein Elternhaus zur Hälfte leer steht?«

Er seinerseits verspeiste mit bestem Appetit seinen Salatteller.

»Außerdem braucht Mutter Hilfe, und warum sollen wir eine teure Haushälterin einstellen, wenn ich das machen kann? Ich bin doch alleinstehend, und Mama mag sowieso keine Fremden im Haus.«

»Bist du vielleicht deswegen noch alleinstehend?«, fragte Anne vorsichtig.

Markus überlegte kurz, schüttelte dann aber vehement den Kopf.

»Nein, das glaube ich nicht – außerdem ist es doch sehr gut für uns zwei, dass ich noch alleinstehend bin, oder etwa nicht?« Er zwinkerte ihr über sein Mineralwasserglas hinweg spitzbübisch zu und tätschelte ihr die Hand.

Da hatte er natürlich nicht unrecht.

Gut, Anne sah ein, dass das Zusammenleben sowohl für Markus als auch für seine Mutter praktisch war. Seine Sparsamkeit und sein Verantwortungsgefühl in allen Ehren, aber wie würde der Drache reagieren – rein theoretisch natürlich nur –, wenn Markus sich entscheiden würde, zu heiraten und auszuziehen? Dann müsste sie sich zwangsläufig doch eine Haushälterin ins Haus holen. Aber das sollte nicht Annes Sorge sein.

Mit etwas mehr Appetit verspeiste sie ihr fast blutiges Rinderfilet, das sie nach der verschmähten Vorspeise serviert bekam. Allerdings durfte sie nicht an die Nacht denken, die vor ihr lag und die sie Wand an Wand mit Mama Wagner verbringen würde.

Vorsichtshalber trank sie etwas mehr Wein als gewöhnlich, vielleicht war das alles ja mit einem kleinen Schwips besser zu ertragen.

Kurz nach Mitternacht schlichen sie die Treppe hinauf, um Mama Wagner ja nicht aufzuwecken. Während Markus sich im Bad bettfertig machte, betrachtete sie sein Zimmer etwas genauer. Es war tatsächlich noch sein Jugendzimmer, da hatte sie sich bei der ersten Besichtigung nicht getäuscht! Wie konnte sich ein erwachsener Mann nur darin wohlfühlen?

Dann war sie an der Reihe, ins Bad zu gehen. Die düster grünen Fliesen ließen sie frösteln. Schnell putzte sie sich die Zähne und wusste schon jetzt, dass sie am nächsten Morgen sicherlich keinerlei Lust verspüren würde, hier zu duschen!

Sie kroch zu Markus ins angewärmte Bett, was sie als sehr tröstlich empfand, besonders als er das Licht gelöscht hatte und sie nichts mehr von der Einrichtung sah. Eng aneinandergekuschelt schliefen sie schnell ein. Obwohl sich Anne so auf ihn gefreut hatte, nicht zuletzt auf seinen Körper – in dieser Umgebung und mit der Gewissheit, dass Mama Wagner nebenan alles mithören konnte, verspürte sie keinerlei Verlangen, mit Markus zu schlafen. Er machte allerdings und Gott sei Dank auch keine Anstalten, ihr sexuell näher zu kommen.

»Kein bisschen Sex?«, fragte Marie mitleidig nach, als Anne ihr telefonisch das vergangene Wochenende schilderte.

»Kein bisschen, dafür aber jede Menge Mama Wagner. Der Höhepunkt war der Theaterabend – ich dachte, ich sehe nicht recht, als sie aufgezwirbelt und abfahrbereit in ihrem Rollstuhl in der Eingangshalle saß und ungeduldig darauf wartete, dass Markus sie ins Auto verfrachtet«, empörte sich Anne.

Marie kicherte am anderen Ende der Leitung.

»Ich weiß gar nicht, was du hast – du durftest doch auch mit.«

»Na bravo, danke für dein Mitgefühl! Mama Wagner saß

während der Vorstellung übrigens zwischen uns und hat unentwegt über die Inszenierung geschimpft.«

»War sie denn so schlecht?«

»Keine Ahnung, ich hab vor lauter Frust und wegen ihres ewigen Gemeckers fast nichts davon mitbekommen«, schnaubte Anne – sie war immer noch auf hundertachtzig.

»Seid ihr danach wenigstens noch schnuckelig essen gegangen?«

»Ach woher! Mama Wagner war der Meinung, dass man schon mehr als genug für die Schundaufführung ausgegeben habe, und lockte uns mit der Aussicht auf ein Gläschen Wein und trockene Brezeln nach Hause!«

»Oh, wie wunderbar!«, flötete Marie. »Ich sehe schon, es wird echt Zeit, dass wir beide mal wieder einen ausschweifenden Mädchenabend veranstalten. Ein bisschen Trost muss sein.«

... oder ein Abend mit Pit, das wäre auch unterhaltsam, fügte Anne in Gedanken hinzu. Und das sogar, wenn Pits Mutter dabei wäre!

»Anne, da musst du beizeiten etwas unternehmen, sonst zappelst du am Ende auch noch in Mama Wagners Spinnennetz«, mahnte Marie.

Marie hatte vollkommen recht – wehret den Anfängen! Es würde keine verklemmte Nacht mehr im Hause Wagner geben und auch kein Wochenende mit Mama Wagner.

Das stellte sie als Erstes klar, als Markus sie abends anrief.

»Aber das verstehe ich nicht ganz«, stotterte Markus verdattert. »Es war doch ein wunderschönes Wochenende!«

»Vielleicht für deine Mutter – für mich jedenfalls nicht. Ich will mit dir zusammen sein, allein, ohne deine Mutter. Ich will dich nachts lieben können, notfalls mehrmals und ohne die Angst, dass deine Mutter im Zimmer nebenan alles mithört.«

»Nun, mir war diese Tatsache ja auch ein bisschen unangenehm«, gestand er schließlich.

Na also, er hat verstanden – war doch gar nicht so schwer, dachte Anne erleichtert.

»Wir werden uns alle mit der Zeit aneinander gewöhnen«, beendete Markus seine Rede.

Anne glaubte ihren Ohren nicht zu trauen. Sollte das nun ein Versprechen oder eine Drohung sein?

»Ich will und werde mich nicht daran gewöhnen«, fauchte sie ungehalten. »Wenn du dich also wieder mit mir treffen willst, dann hier bei mir oder in einem Hotel, egal, ob in Düsseldorf oder in Timbuktu, auf alle Fälle weit weg von deiner Mutter!«

»Aber sie mag dich.«

»Sie mag mich nicht, und das weißt du ganz genau. Sie erträgt mich dir zuliebe. Aber ich werde es *sooo* nicht ertragen!«

Markus schwieg so lange, dass Anne schon befürchtete, er habe aufgelegt.

»Gut«, sagte er schließlich doch noch. »Was schlägst du also vor?«

»Wir treffen uns am Wochenende in Wiesbaden, denn da muss ich am Samstag lesen.« Ihr fiel die Sache mit der Verlobung ein, die sie ja auch schnellstmöglich klären musste. »Ich habe übrigens etwas sehr Wichtiges mit dir zu besprechen.«

Zögernd willigte Markus ein. Begeistert schien er von ihrem Vorschlag nicht gerade zu sein. Wahrscheinlich wusste er nicht, wie er es seiner lieben Mutter schonend beibringen sollte, und Anne hatte unvermittelt wieder den Rollstuhl am Strand und die herannahende Nordsee vor Augen. Sie glaubte fast, das Wasser rauschen und die Möwen schreien zu hören.

Die Lesung war ungewöhnlich früh angesetzt, schon um 18 Uhr, und sie würde sich erst danach mit Markus treffen. Auch gut, so konnte sie sich wenigstens voll und ganz auf die Lesung und ihre Zuhörer konzentrieren. Umso größer war die Überraschung, als sie Pit unter den Gästen entdeckte, der ihr zwischen zwei Sätzen zuwinkte. Was wollte der denn hier?

»Ich habe ein langes freies Wochenende und dachte, wir könnten vielleicht schön zusammen essen gehen«, erklärte er ihr nach der Lesung. Genau in diesem Moment erschien Markus, kam strahlend auf sie zu und küsste sie auf die Wange.

Na bravo, das würde ein wunderbarer Abend werden!

»Markus«, sagte Anne mit schrecklich ungutem Gefühl, »darf ich dir Pit vorstellen? Pit ist ein guter Freund von mir.«

Bei diesen Worten sah sie Pit ernst an, und er schien sofort zu kapieren, worum es ging. Er streckte Markus die Hand entgegen und begrüßte ihn freundlich.

»Möchten Sie vielleicht mit uns essen gehen?«, fragte Markus, zuvorkommend, wie er war.

Bitte, sag nein!, flehte Anne insgeheim, aber Pit sagte allen Hoffnungen zum Trotz erfreut zu.

Kurze Zeit später saßen sie also zu dritt in einem Restaurant, betrieben verhalten Konversation und bestellten ihr Essen.

Markus tat sich an einer gedünsteten Forelle gütlich, während Anne und Pit sich für den frittierten Fischteller entschieden hatten.

»Seit ich Anne kenne, versuche ich sie davon zu überzeugen, dass sie sich gesünder ernähren soll – das viele Fett ist ja gar nicht gesund«, begann Markus das Gespräch und schielte dabei auf den fettgebackenen Fisch auf den Tellern der anderen beiden.

»Und, haben Sie Erfolg damit?«, erkundigte sich Pit und wischte sich mit seiner Serviette einen Tropfen Öl vom Kinn.

»Nicht im Geringsten«, beschwerte sich Markus.

Pit lachte und zwinkerte Anne verschwörerisch zu.

»Das habe ich mir fast gedacht – Anne hatte schon immer ihren eigenen Kopf.« Er beugte sich nach vorn und raunte: »Aber mal ganz im Vertrauen: Sie sieht doch trotz der falschen Ernährung einfach zum Anbeißen aus, oder?«

Markus errötete leicht und wusste nicht so recht, wie er darauf reagieren sollte. Unsicher sah er von Pit zu Anne und wieder zu Pit.

Dieser grinste zufrieden und zog schnell die Füße unter seinen Stuhl, nach denen Anne zu treten versuchte.

»Ach, übrigens, haben Sie schon Dagmar und Bernd kennengelernt?«, fragte Pit mit Unschuldsmiene. Er erntete einen bösen Blick von Anne und letztendlich doch noch einen schmerzhaften Tritt ans Schienbein.

»Dagmar und Bernd? Nein, sollte ich die kennen?«, fragte Markus höflich, er schien sich auch nicht besonders wohlzufühlen. »Sind das Freunde von dir?«, wandte er sich an Anne.

»Ach, nicht so wichtig, war nur so 'ne Frage«, murmelte Pit.

Nach dem Essen entschuldigte sich Markus, um auf die Toilette zu gehen.

»Was findest du bloß an diesem Langweiler?«, mokierte sich Pit, kaum dass Annes Freund den Tisch verlassen hatte. »Gut sieht er aus, das muss ich zugeben, aber er ist so schrecklich humorlos.«

»Er ist überhaupt nicht humorlos«, widersprach Anne trotzig, die es nach wie vor absurd fand, diese beiden Männer nebeneinander sitzen zu sehen. »Vielleicht liegt es daran, dass du heute Abend kein bisschen witzig warst. Er fühlt sich wahrscheinlich unwohl in deiner Gegenwart. Es ist aber auch eine seltsame Situation, findest du nicht auch?«

»Überhaupt nicht – ich wundere mich nur, dass du mich für einen solchen Langweiler sitzen lässt!«, zischte Pit.

»Ich lasse dich nicht sitzen – und wenn ich dich daran erinnern darf: Wir hatten noch nie was miteinander!«, zischte Anne zurück.

»Hast du gesehen, was er isst und trinkt? Krankenkost! Kalorienarm, fettarm, kein Alkohol – und damit willst du glücklich werden? Sein Hauptgesprächsthema sind Cholesterin und ungesundes Essen!«

»Er darf essen, was er will, und ich esse, was ich will, wo liegt da bitte das Problem?«

»Ist er beim Sex auch so kärglich wie beim Essen?« Pit wusste, dass er damit eine Grenze überschritten hatte, die jenseits des guten Geschmacks lag.

»Zu deiner Information: Auf diesem Gebiet gibt es keinerlei Klagen. Er ist einfach spitze«, antwortete sie zu seiner Überraschung.

»Er ist humorlos, darüber kann dir auf Dauer auch der beste Sex nicht hinweghelfen.«

»Ich will ja gar nicht den Rest meines Lebens mit Lachen verbringen. Markus ist gebildet und an allem, was mit Kultur zu tun hat, sehr interessiert.«

Warum verteidigte sie ihn eigentlich so vehement – sie konnte schließlich machen, was sie wollte – auch wenn es Pit nicht passte!

»Nur mit der Esskultur hapert es ... Warum zerrst du mich zum Männertest in den *Jägerhof* und diesen komischen Vogel nicht?«

»Es gibt gar keinen Männertest!«

»Den würde dieser Typ auch gar nicht bestehen. Ha, Bernd ließe ihn mit seiner Cholesterinphobie durchrasseln, ohne mit der Wimper zu zucken!«

»Weder Dagmar noch Bernd haben zu entscheiden, wen ich liebe.«

Pit sah sie stumm an.

»Und was sagt Sophie zu dem Kerl?«, fragte er schließlich.

»Es ist vollkommen egal, was Sophie von ihm hält: Hier geht es ausnahmsweise nur um mich und mein Leben. Sie wird ihn schon mögen, wenn sich die beiden näher kennengelernt haben.«

»Glaubst du das wirklich?«

Sie blieb ihm die Antwort schuldig. Herrgott, wo blieb Markus nur so lange? Sie wollte dieses absurde Gespräch endlich beenden.

»Dir wäre es also am liebsten, wenn ich mich vom Acker machen würde«, sagte Pit schließlich und sah sie … ja, wie sah er sie an? Traurig? Enttäuscht? Verzweifelt?

»Ehrlich gesagt? Ja!«, gestand Anne. »Ich gehe gern mit dir aus, wirklich, aber nicht als Trio!«

»In Ordnung, nach dem Espresso verziehe ich mich, versprochen!«

Markus kam wieder, sie führten ihr angespanntes Gespräch noch ein bisschen weiter, bis Pit schließlich vorgab, er müsse am nächsten Morgen früh raus und deswegen jetzt nach Hause fahren. Anne blieb mit Markus allein zurück. Aber auch jetzt kam kein rechtes Gespräch mehr zustande.

»Ist dieser Pit krank?«, war alles, was Markus von dem anderen Mann wissen wollte. »Er sieht sehr schlecht aus, wie ein Krebskranker im letzten Stadium.«

»Er ist kerngesund.«

»Ach, tatsächlich?«, wunderte sich Markus. »Dann sollte er unbedingt seine Ernährung umstellen. Er ist ein wenig seltsam, findest du nicht auch? Ich hatte das Gefühl, er nimmt nichts und niemanden ernst. Sind alle Schauspieler so – hm, wie soll ich sagen – so oberflächlich?«

Anne zuckte nur mit den Schultern, sie hatte nicht die

geringste Lust, nun auch noch Partei für Pit zu ergreifen. Sie fühlte sich plötzlich erschöpft und müde.

Als sie dann endlich im Hotel ankamen, trug Markus wortlos das Gepäck zum Aufzug. Während sie nach oben fuhren, studierte Anne sein gut geschnittenes Gesicht, und als er sie dabei erwischte und ihr direkt in die Augen sah, durchfuhr es sie wie ein Blitz: George Clooney ist ein Dreck dagegen! Schließlich schenkte er ihr doch ein Lächeln, das nach so langer Enthaltsamkeit direkt in ihrem Unterleib zu landen schien.

Und so fiel sie, kaum dass sie das Hotelzimmer betreten hatten, über ihn her, wobei sie aber vorsichtshalber darauf achtete, dass die Kleider auf einem Sessel und nicht auf dem Boden landeten – sie wollte keinerlei Verzögerungen riskieren!

»So ist es wirklich besser«, sagte Markus schließlich. Er hatte sich auf einem Arm abgestützt, drehte eine ihrer dunklen Locken zwischen den Fingern und betrachtete sie genüsslich von oben bis unten und wieder zurück. »Ohne meine Mutter«, fügte er erklärend hinzu.

»Wie hat sie es denn aufgenommen?«

»Nun, ich bin sehr ... behutsam vorgegangen. Ich hab ihr gesagt, dass ich zu einer Lehrerfortbildung muss ...«

»Sie weiß also gar nicht, dass du mit mir zusammen bist?«

»Nein.«

»Wie alt bist du? Siebzehn oder gar erst sechzehn?«, fragte Anne höhnisch. Sie setzte sich unvermittelt auf und zog Markus' Hemd über.

»Sei nicht so sarkastisch! Ich wollte sie einfach nicht belasten.«

»Belasten?« Anne sah ihn ungläubig an. »Du bist ein erwachsener Mann, du kannst tun und lassen, was du willst – auch wenn es Mama Wagner nicht passen sollte. Du bist doch nicht ihr Leibeigener!« Sie stand auf und ging zum Telefon. »Darauf muss ich erst einmal was trinken.«

Kurz darauf brachte der Zimmerservice den bestellten Champagner. Anne goss die beiden Gläser voll und setzte sich zu Markus aufs Bett. Sie stieß mit ihm an und war der Überzeugung, dass jetzt genau der richtige Moment war, um mit ihrem Geständnis aufzuwarten.

»Hab ich dir eigentlich schon gesagt, dass ich verlobt bin?« Sie sagte es ganz beiläufig.

Markus verschluckte sich gleich beim ersten Schluck.

»Verlobt?«, krächzte er, nachdem er den Hustenanfall einigermaßen überstanden hatte.

»Nicht richtig, nur auf dem Papier.« Anne erzählte die ganze Geschichte – nun, nicht tatsächlich die ganze Geschichte, nur das, was Markus unbedingt wissen musste.

»Das heißt, Gott und die Welt glauben, dass du mit diesem Pit verlobt bist, der vorhin mit uns zusammen gegessen hat?« Es klang so, als ob er sich vergewissern wollte, dass er auch wirklich alles richtig verstanden hatte.

Anne nickte.

»Echt Klasse«, entfuhr es ihm. »Wie kannst du mich nur so einer peinlichen Situation aussetzen?«

»Ich konnte doch nicht wissen, dass er kommt – er stand plötzlich vor mir«, versuchte Anne zu retten, was zu retten war, aber es schien Markus kein bisschen zu beruhigen.

»Und? Was gedenkst du jetzt zu tun?«

»Pit weiß schon, dass ich mich in dich verliebt habe. Wir werden also den Vertrag auflösen, ganz einfach.«

»Hast du … ähm, ich meine, hast du …?«

»Mit Pit geschlafen?« Anne fand es niedlich, wie er so erschüttert neben ihr saß und es nicht wagte, ihr diese zutiefst intime Frage zu stellen. »Nein, ich habe nicht mit ihm geschlafen. Er ist nämlich überhaupt nicht mein Typ«, gestand sie und ergriff Markus' Hand. »Im Gegensatz zu dir.«

»Davon darf um Himmels willen meine Mutter nichts erfahren! Versprich mir das!«

»Ich werde schweigen wie ein Grab – wenn sie es nicht beim Friseur aus den Klatschblättern erfährt«, gelobte sie. »Aber das ist ja nicht unbedingt das Genre, mit dem sich deine Mutter beschäftigt, oder?«

Letztendlich und trotz aller Befürchtungen wurde es doch noch ein schönes Wochenende, und es fiel Anne verflixt schwer, sich am Sonntagabend von Markus zu trennen.

Sie bummelten Arm in Arm über den Weihnachtsmarkt, und sie konnte ihn sogar zu einer ungesunden Currywurst überreden, die er mit bestem Appetit verspeiste.

»Und du willst Weihnachten ganz bestimmt nicht mit uns verbringen?«, fragte Markus ein letztes Mal. Sie standen schon neben ihren Autos und zögerten den Abschied immer wieder hinaus.

»Nein, ganz bestimmt nicht. Mit dir von Herzen gern, aber nicht mit deiner Mutter. Sei mir nicht böse deswegen, aber es käme mit Sicherheit zum Eklat.«

»Na gut, wie du meinst – Mutter wird es sicher nicht verstehen.«

Anne küsste ihn zärtlich. Wenn du wüsstest, wie egal mir das ist!, dachte sie insgeheim.

»Sag ihr einfach, dass ich mit meinen Eltern feiern muss, das wird sie einsehen.«

»Das wäre aber gelogen …«

Anne lachte schallend.

»Ach, das sagt ausgerechnet einer, der dieses Wochenende angeblich auf einer Fortbildung verbracht hat!«

Markus wurde rot und betrachtete verlegen seine Schuhe.

»Erwischt«, murmelte er und grinste wie ein Schuljunge.

»Komm bald nach, ja?« Anne stieg in das kalte Auto.

»So bald wie möglich«, versprach er.

»Ich will aber nicht mit auf die Insel!« Sophie verschränkte die Arme energisch vor der Brust. »Ich habe keine Lust auf deinen komischen Markus.«

»Er kommt doch erst später nach! Ich finde, es wäre die beste Gelegenheit für euch beide, euch näher kennenzulernen.«

»Ich möchte aber lieber zu Oma und Opa fahren.«

»Meinetwegen«, gab Anne schließlich nach. Es würde das erste Weihnachten ohne ihre Tochter sein, seit diese das Licht der Welt erblickt hatte, und ihr wurde wehmütig ums Herz. Wie alt war sie selbst eigentlich gewesen, als sie sich von ihren Eltern löste? Auch fünfzehn wie Sophie – oder doch ein bisschen älter? Sie betrachtete die Tochter, die ja wirklich kein Kind mehr war. So schnell ging das also, gerade hat man noch die Windeln gewechselt, und auf einmal, *schwupps*, wurde man nicht mehr gebraucht.

Markus erzählte sie nichts von Sophies Entscheidung, er hätte sie sonst nur dahingehend bearbeitet, dass sie doch zu ihm und seiner Mutter kommen sollte. Ein paar Tage ganz allein wären vielleicht gar nicht so schlecht. Sie würde mit Bruno viel Zeit draußen verbringen, kannenweise Ostfriesentee vor dem gemütlichen Kamin trinken, ein bisschen arbeiten und in aller Ruhe über Markus und die Zukunft nachdenken. Sie freute sich tatsächlich auf die einsamen Tage.

Am Abend, bevor sie Sophie zu ihren Eltern und von dort aus Richtung Norden fahren wollte, rief Markus noch einmal an.

»Ich wollte dich nur noch mal bitten, vorsichtig zu fahren«, schärfte er ihr ein. »Und von Mutter soll ich dich grüßen und dir ausrichten, wie sehr sie es bedauert, dass du nicht herkommen kannst.«

»Feigling!«, rief sie ihm fröhlich ins Ohr und hatte plötzlich schreckliche Sehnsucht nach ihm.

»Ich werde mich bessern«, gelobte er. »Lass mir einfach ein bisschen Zeit. Diese Situation ist schließlich Neuland für mich. Ach, und dann möchte ich dir noch etwas sagen …«

Er machte eine dramatische Pause, bevor er weitersprach.

»Du könntest in den nächsten Tagen mal darüber nachdenken, ob du mich heiraten willst.«

Anne stockte der Atem.

»Was? War das etwa ein Heiratsantrag?«

»So was in der Art, ja.«

Anne wusste nicht, was sie dazu sagen sollte. Das Herz pochte ihr aufgeregt gegen die Rippen.

»Ist es nicht ein bisschen früh, übers Heiraten zu reden?«, fragte sie schließlich.

»Du sollst ja nicht hier und jetzt ja oder nein sagen – du sollst nur darüber nachdenken, mein Schatz.«

Puh, darüber würde sie mit Sicherheit nachdenken, vom Aufwachen bis zum Einschlafen – wenn sie überhaupt noch schlafen konnte!

Es war gut, endlich wieder einmal auf der Insel zu sein – wie hatte sie es nur so lange ohne Meer und Möwen ausgehalten? Aber diese Frage stellte sie sich eigentlich immer, wenn sie die Tür zu ihrem Häuschen aufschloss, Feuer machte und den Koffer auspackte.

Als es im Kamin gleichmäßig vor sich hin prasselte, zog sie sich warm an und ergriff die Leine. Bruno bellte freudig, denn darauf hatte er seit der Ankunft schon gewartet: auf einen Rundgang um die Insel.

Obwohl ein starker, eiskalter Wind vom offenen Meer her über die Insel blies, ging Anne zum Strand, der bei diesem Wetter menschenleer war. Ausgelassen lief sie mit Bruno um die Wette, wobei sie wie immer den Kürzeren zog, und warf Stöckchen, bis sie beide müde waren. Erschöpft kamen sie zu Hause an, Bruno rollte sich zufrieden brummend in seinem Korb zusammen, und Anne goss sich eine große Kanne Tee auf.

Komisch, dass der Tee hier immer ganz anders schmeckte als daheim. Woran das wohl lag?

Sie wollte sich an den Computer setzen, ein bisschen arbeiten, ins Feuer schauen und genießen, dass die Zeit hier auf der Insel stillstand. Gleich morgen früh würde sie einkaufen gehen, denn bis auf ein paar Konservendosen waren die Schränke leer. Morgen war Heiligabend, und sie würde sich vielleicht ein kleines Festmahl kochen – vielleicht aber auch nur Rührei mit Krabben.

So saß sie entspannt am Kamin, trank duftenden Tee, und der Computer blieb aus. Stattdessen übermannte sie relativ früh die große Müdigkeit, und sie ging zu Bett. Dass die Seeluft sie in den ersten Urlaubstagen immer so aus den Latschen hauen musste!

Sie schlief traumlos, war aber schon sehr früh am Morgen hellwach. Draußen war es noch dunkel, und so kuschelte sie sich noch einmal tief ins warme Bettzeug.

Markus wollte sie heiraten – darüber musste sie unbedingt nachdenken. Wollte sie überhaupt wieder heiraten? Bis jetzt hatte sie den Gedanken weit von sich geschoben, die Frage hatte sich ja in den letzten Jahren auch nie gestellt. Doch jetzt wurde es ernst, immerhin dachte Markus darüber nach, und das brachte sie völlig durcheinander. Dabei fand sie ihr Leben, so wie es war, eigentlich schön: Sie konnte tun und lassen, wozu sie Lust hatte, musste niemandem Rechenschaft ablegen, und – nicht zu vergessen – sie konnte essen, was sie wollte! Sie kicherte in ihr Kissen hinein – die Cholesterinpredigt, die Markus ihr ganz zu Anfang ihrer Beziehung gehalten hatte, war wirklich unvergleichlich gewesen, sie sollte sie in einem ihrer nächsten Romane unbedingt mit einbauen. Und wie besorgt er sie dabei angesehen hatte!

Apropos Cholesterin: Sie musste unbedingt einkaufen gehen, und sie wusste gar nicht, wie lange die Geschäfte auf der Insel heute geöffnet hatten.

Also stand sie auf und marschierte ins Bad. Bruno schien das kein bisschen zu beeindrucken, er erhob sich zwar, aber nur, um sich kurz zu recken und zu strecken. Dann drehte er sich ein paarmal um die eigene Achse und ließ sich dann wieder brummend in seinem Korb nieder, um weiterzuschlafen. Erst als sie fertig angezogen in die Küche ging, um sich eine Tasse Kaffee zu kochen, riskierte er einen vorsichtigen Blick über den Korbrand.

»Na, du stinkfauler Hund«, sagte sie zu ihm und tätschelte ihm das gepunktete Hinterteil, »raus aus den Federn, wir müssen Proviant für die nächsten Tage erbeuten!« Doch er machte keine Anstalten, der Aufforderung nachzukommen.

»Hast wohl schon aus dem Fenster gesehen?« Ein Blick nach draußen, wo es langsam hell wurde, brachte sie auf diese Vermutung. Es war sehr stürmisch, und dunkle Regenwolken jagten über den düster grauen Morgenhimmel.

»Tolles Weihnachtswetter, muss ich schon sagen«, murmelte sie zwischen zwei Schlucken Kaffee. »Da kriegt man jede Art von Stimmung, nur keine weihnachtliche.«

Nichtsdestotrotz schlüpfte sie in ihre Jacke, zog sich die Kapuze weit über den Kopf und zurrte sie mit dem Schal fest.

»Was ist nun mit dir? Willst du mich etwa allein da draußen rummarschieren lassen?«

Bruno folgte jeder ihrer Bewegungen mit Argusaugen, aber alles, was sich bewegte, war sein Schwanz, der rhythmisch wedelnd an den Korb klopfte.

»Hopp jetzt, raus aus der Kiste! Wenn du nicht mitkommst, kaufe ich nur für mich ein. Kein Hundefutter, das sag ich dir – nur leckere Sachen für mich, und du darfst dann zugucken, wie ich sie genüsslich verdrücke«, drohte sie, aber der Hund machte keine Anstalten, sich zu erheben.

Erst als sie die Leine vom Haken nahm, sprang er mit einem Satz heraus, dehnte und streckte sich ausgiebig und stand dann erwartungsvoll neben ihr.

»Wusst ich's doch, dass ich dich rumkriege!« Anne öffnete die Tür, und Bruno stürmte an ihr vorbei ins Freie. »Hast wohl noch nie was davon gehört, dass man seinen Menschen bei diesem Wetter nicht vor die Tür jagt, was?«, rief sie ihm nach.

Nicht gerade begeistert folgte sie ihm. Da es noch so früh war, spazierte sie erst einmal zum Strand. Von hier aus konnte man das Wetter viel besser erleben, hautnah und ungefiltert. Es war gerade Flut, und die Wellen rollten schwer und teerschwarz heran, schwappten weit über den Sand, fast so, als ob sie nach ihren Füßen greifen wollten. Fasziniert beobachtete sie dieses Naturschauspiel und war dankbar, nicht auf irgendeinem Schiff da draußen sein zu müssen. Beim Gehen musste sie sich schwer gegen den Wind stemmen, um überhaupt vorwärtszukommen. Bruno schien das alles nicht zu stören, er tobte den Strand entlang, schnappte nach den Wellen, die ihn unverschämterweise an den Pfoten erwischten, und verbellte die Möwen, die sich aber nicht um ihn kümmerten. Anscheinend hatten sie alle Flügel voll zu tun, um mit dem Wind zurechtzukommen.

Gut durchgeschüttelt erreichte sie den kleinen Supermarkt und war froh, ins Ladeninnere schlüpfen und so dem Sturm entkommen zu können. Der arme Bruno musste allerdings draußen bleiben, und so wartete er mit hängendem Kopf und hängenden Ohren vor der Tür, bis sie ihre Einkäufe getätigt hatte.

Annes Lust, sich heute etwas besonders Gutes zu kochen, war nur gering. So kaufte sie lediglich das Nötigste, Eier, Milch, Toastbrot, Butter, verschiedene Käsesorten und ein bisschen Wurst. Zwei Äpfel, ein paar Mandarinen, zwei Zwiebeln wanderten ebenfalls in den Einkaufskorb, dazu eine große Dose Hundefutter und eine kleine Dose Krabben. An der Tiefkühltheke blieb sie längere Zeit stehen und entschied sich dann für eine Pizza. Und zu der Pizza gehörte eindeutig eine Flasche Rotwein, entschied sie, vorsichtshalber lieber zwei Flaschen!

Schwer bepackt verließ sie den Laden und ärgerte sich, dass sie den Handwagen daheim gelassen hatte. Jetzt musste sie alles mühsam nach Hause schleppen – und das bei diesem miesen Wetter! Vielleicht hätte eine Flasche Wein ja auch gereicht ... Frohe Weihnachten!, dachte sie bitter und stapfte los.

»Du könntest wenigstens deine Dose selbst tragen!«, rief sie Bruno hinterher, der schon wieder aufgeregt schnüffelnd und leichtfüßig vor ihr hersprang.

Als sie endlich die Tür aufschloss und in die warme Diele ihres Hauses flüchtete, klingelte das Telefon. Es war Sophie.

»Hallo, Mama! Wo warst du denn die ganze Zeit? Ich hab es schon zweimal versucht.« Es war schön, die Stimme der Tochter zu hören, obwohl sie leicht vorwurfsvoll klang.

»Dir auch einen wunderschönen Morgen, mein Kind!« Ächzend ließ sich Anne in einen Sessel fallen und zog die Schuhe aus. »Ich war einkaufen und hab mich halb zu Tode geschleppt – ich glaube, meine Arme sind jetzt zehn Zentimeter länger als vorher.«

»Wie ist das Wetter da oben?«

»Beschissen wäre untertrieben.«

»Bei uns schneit's – schon die ganze Nacht. Opa hat den alten Schlitten von dir rausgekramt, und ich gehe nach dem Frühstück zum Rodeln«, zwitscherte Sophie munter drauflos. »Ich ruf dich aber heute Abend ganz bestimmt noch mal an«, versprach sie und fügte noch »Grüße von Oma und Opa!« hinzu, bevor sie auflegte.

Anne saß noch immer im Sessel, eingepackt in die dicke

Jacke und den Schal, und presste den Hörer an die Brust. Es war das erste Weihnachtsfest ohne Sophie, und sie fehlte ihr. Am liebsten wäre sie jetzt auch im verschneiten Bayern gewesen, um mit ihr zusammen die Hänge hinunterzurodeln. Auf einmal fühlte sie sich schrecklich einsam.

Bruno legte ihr den Kopf auf den Schoß und blickte sie wissend an. Das war zwar irgendwie tröstlich, aber so ganz vertrieb es ihren Kummer doch nicht.

»Tja, mein Guter, keiner will uns«, murmelte sie schließlich und stemmte sich hoch, um sich endlich auszuziehen. Aber das stimmte ja nicht ganz – Markus hätte sie schon gewollt und angeblich ja auch seine Mutter! Ihre Eltern hätten sich ebenfalls über ihren Besuch gefreut, das war klar, wahrscheinlich sogar Marianne.

Sie ging wieder ans Telefon und wählte ihre Nummer. Sie musste einfach mit jemandem sprechen!

»Anne, meine Liebe, schön, dass du dich meldest!«, freute sich Marianne. »Ich habe schon bei euch angerufen, aber da ist anscheinend nur der Anrufbeantworter zu Hause.«

»Und, was hast du ihm alles erzählt?«

»Frohe Weihnachten und den ganzen Kram, aber er war doch recht kurz angebunden, geradezu unhöflich, hat mich mitten im Satz unterbrochen.«

Anne musste lachen. »Ich weiß, an seinen Umgangsformen muss ich noch ein bisschen feilen.«

»Wo treibt ihr euch rum?«

»Sophie ist bei meinen Eltern, und ich hab mich mit Bruno auf meine Insel verzogen«, erzählte Anne.

»Ist dein neuer Freund auch dabei?«, erkundigte sich Marianne.

»Nein, ähm, er kommt in ein paar Tagen nach.«

»Du hörst dich nicht gerade glücklich an«, stellte Pits Mutter fest.

»Ach, mach dir keine Sorgen, ich bin es nur nicht gewohnt, so ganz allein zu sein. Aber ich bin auch nicht besonders unglücklich.«

Sie plauderten noch ein wenig, wünschten sich frohe Weihnachten und verabschiedeten sich dann. Anne war wieder allein und dachte wehmütig daran, dass Marianne vielleicht mit Pit zusammen Weihnachten feiern würde, und war schrecklich neidisch.

»Lass uns was essen«, schlug sie Bruno vor, um sich abzulenken, und der folgte ihr begeistert wedelnd in die kleine Küche. Sie füllte seinen Napf und sah ihm zu, wie er auch die letzten Reste noch ausleckte. Dann kochte sie sich Kaffee, hatte aber keinen Appetit.

Da sie die Stille im Haus nicht mehr ertragen konnte, schaltete sie das Radio ein. Doch egal, welchen Sender sie einstellte, überall erklang Weihnachtsmusik, und die machte sie irgendwie traurig und melancholisch. Deshalb legte sie eine CD ein – *Rammstein*, nicht gerade weihnachtlich, aber voll aufgedreht das Beste für ihre Stimmung!

Am Nachmittag wurde das Wetter fast noch trüber und mit ihm auch Annes Stimmung. Warum hatte sie eigentlich Marie nicht gefragt, ob sie mitkommen wollte? Sie hätten bestimmt viel Spaß gehabt, ein schönes Essen zubereitet und das eine oder andere Gläschen gekippt. Das war überhaupt eine gute Idee, entschied Anne und köpfte die erste Flasche. Mit Decke und ihrem Laptop bewaffnet, machte sie es sich im Wohnzimmer gemütlich und begann zu arbeiten. Na, das war doch gleich viel besser, als Trübsal zu blasen!

Nachmittags überwand sie nur mühsam den inneren Schweinehund, der am liebsten vor dem warmen Ofen sitzen geblieben wäre, und drehte noch eine kurze Runde mit Bruno.

Es herrschte Weltuntergangsstimmung, fand sie, und das passte genau zu ihrer Gemütslage.

Sophie rief wie versprochen am Abend an, erzählte von

ihrem tollen Tag im Schnee, von einem riesigen blauen Fleck auf der rechten Popobacke, von den tollen Geschenken und dem tollen Essen.

Und gerade als sie sich vorzustellen versuchte, wie wohl der Heilige Abend bei den Wagners verlaufen mochte, rief Markus kurz nach zweiundzwanzig Uhr an.

»Kannst du etwa Gedanken lesen?«, freute sich Anne und merkte mit Schrecken, dass sie leichte Schwierigkeiten mit dem Sprechen hatte. Etwa eine halbe Stunde lang plauderten sie und bekundeten abwechselnd, wie sehr sie den anderen vermissten.

Nach diesem Telefonat fühlte sich Anne noch grässlicher. Zum Trost schenkte sie sich kräftig nach und musste kurz nach Mitternacht feststellen, dass auch die zweite Flasche zur Neige ging. Gegen zwei beschloss sie dann endlich, ins Bett zu gehen und dem nicht gerade berauschenden Tag ein Ende zu setzen. Berauscht war sie allerdings umso mehr ...

Der nächste Morgen war kein guter Morgen. Nicht nur das Wetter zeigte sich von seiner miesesten Seite, auch Annes Gesamtzustand war mehr als bescheiden. Der Schädel brummte ihr gewaltig, vor allem beim Bücken, und der Magen schlug Kapriolen, allerdings nicht nur beim Bücken. Sie brachte mit Müh und Not eine Tasse starken Kaffee hinunter, an Essen durfte sie nicht einmal denken.

Das kommt davon, wenn man so billiges Zeug trinkt, schalt sie sich selbst. Aber vielleicht lag es ja gar nicht am Wein selbst, sondern vielmehr an der Menge. Aber egal, wovon und warum: ihr war schrecklich elend! Da half erfahrungsgemäß nur eins: Bewegung an der frischen Luft, und zwar viel davon.

Bruno war das gerade recht. Er rannte fröhlich davon, und Anne schlich ihm mit wackligen Knien hinterher. Es war kalt heute, kälter als tags zuvor, und die Kälte schien langsam aber sicher Annes Kreislauf auf Touren zu bringen. Die Kopfschmerzen ließen ebenfalls nach, und sie fühlte sich zunehmend besser. Sie hörte das Nebelhorn der Fähre und beschloss, Richtung Hafen zu wandern. Das Beste wäre gewesen, wenn sie gleich heute Morgen ihre Koffer gepackt hätte, dann hätte sie jetzt mit der Fähre aufs Festland fahren und die Heimreise antreten können. Dafür war es jetzt aber zu spät.

Wenn das die Fähre war, dann musste es schon nach Mittag sein – sie war also schon fast zwei Stunden unterwegs! Als sie sich gerade umdrehen wollte, sah sie eine vermummte Gestalt am Strand entgegenkommen. Der erste Mensch, den sie heute bisher zu Augen bekommen hatte. Wer das wohl sein mag?, überlegte sie. Eigentlich waren nur Urlauber so verrückt, bei diesem Wetter spazieren zu gehen, aber Urlauber gab es zu dieser Jahreszeit eigentlich nie. Es war ein Mann, das erkannte sie beim Näherkommen an der Figur, und er hatte eine Sporttasche geschultert – oder war es eine Reisetasche?

Bruno lief ihm freudig entgegen, sprang an ihm hoch, und es sah so aus, als würde er ihn kennen. Markus?, schoss es ihr heiß durch die Glieder. Aber nein, Markus trug keine ausgewaschenen Jeans und mit Sicherheit auch keine Strickmütze! Außerdem hätte sich Bruno nicht so gefreut, denn er konnte Markus bekanntlich nicht ausstehen. Neugierig blieb sie stehen. Als der Mann schließlich vor ihr stand, konnte sie es kaum fassen: Es war Pit!

»Was tust du denn hier?«, fragte sie völlig verwundert.

»Ach, ich bin rein zufällig vorbeigekommen, und da dachte ich mir, ich besuche dich mal.«

»Rein zufällig? Das kannst du deinem Friseur erzählen«, lachte Anne.

Pit nahm die Mütze ab und gab die etwa fünf Millimeter langen Haarstoppeln frei.

»Dafür brauche ich wohl in nächster Zeit keinen Friseur.« Auch er lachte und zog sich schnell die Mütze wieder über den Kopf. »Nettes Wetter habt ihr hier – die Karibik ist ein Dreck dagegen.«

Anne hakte sich bei ihm ein und lenkte ihn auf dem kürzesten Weg zu ihrem Haus. Sie plauderten über dies und das, Bruno tobte munter um sie herum, und Anne fühlte sich zunehmend besser.

Neugierig sah sich Pit in dem Häuschen um.

»Echt gemütlich«, sagte er anerkennend. »Hier könnte ich es ein paar Wochen lang aushalten.«

Anne musste kichern. »Ja, mit der richtigen weiblichen Begleitung, du alter Schwerenöter!« Sie brühte den Tee auf und stellte Sahne und Kandiszucker auf den Tisch.

»Wir zwei könnten viel Spaß hier haben, meinst du nicht auch?«, sagte er und sah sie treuherzig an.

»Mit weiblicher Begleitung habe ich nicht unbedingt mich gemeint, eher eins deiner kleinen Mädchen. Wir beide würden uns spätestens nach zwei Tagen zoffen, das weiß ich aus Erfahrung.« Ihr Magen knurrte, ein gutes Zeichen, dass sich die unangenehmen Folgen des eher feuchten als fröhlichen Abends allmählich verflüchtigten. Sie inspizierte den Kühlschrank.

»Ich weiß gar nicht, was du willst, eigentlich kommen wir doch ganz gut miteinander aus.«

»Stimmt, wenn wir uns nicht gerade zanken! Ich könnte uns übrigens ein mehrgängiges Menü zaubern: als Vorspeise Krabbenrührei, dann eine Pizza für zwei und als Dessert Apfelpfannkuchen mit Zimt und Zucker«, lenkte sie vom Thema ab.

»Klingt verlockend – ich decke den Tisch und backe die Pizza.«

»So billig kommst du mir nicht davon«, lachte Anne. »Du wirst auch noch abtrocknen, mein Lieber!« Sie schaltete schon einmal den Backofen ein und goss die Krabben ab.

»Dann hätte ich ja auch bei meiner Mutter bleiben können«, maulte Pit und packte die Pizza aus. »Ihr Frauen braucht immer einen Sklaven.«

Während Anne die Eier verrührte, deckte er den Tisch. Dabei gab er sich wirklich Mühe, faltete Servietten und suchte alle Kerzen zusammen, die im Haus zu finden waren. Gerade wollte er Weingläser auf den Tisch stellen.

»Die kannst du gleich wieder wegräumen – ich habe gestern meinen kompletten Weinvorrat vernichtet. Wir müssen wohl mit Tee vorliebnehmen«, bremste ihn Anne.

Er stellte die Gläser trotzdem hin und verschwand mit einem vielsagenden Blick im Wohnzimmer. Als er in die Küche zurückkam, schwenkte er in jeder Hand eine Weinflasche.

»Ich komme doch nicht mit leeren Händen!«, rief er triumphierend und durchsuchte die Schubladen nach dem Korkenzieher. »Dornfelder aus der Pfalz, was sagst du jetzt?«

Zögernd nahm Anne das Glas, das er ihr entgegenhielt.

»Ich bin nicht so sicher, ob mir das wirklich bekommt – bestimmt wäre Tee entschieden besser für mich …«

»Ach was, du lässt mich doch nicht allein trinken!«

Er stieß klirrend mit ihr an und zwinkerte ihr freundschaftlich zu. »Ich trage dich auch ins Bett, wenn du aus den Latschen kippst«, versprach er.

»Du bist eben ein wahrer Freund«, stellte Anne fest und trank einen kleinen Schluck. Es schüttelte sie.

Pit nahm ihr das Glas ab und stellte es neben ihren Teller. »Das wird schon, warte, bis du was im Magen hast«, tröstete er sie und warf einen neugierigen Blick auf die Pizza, die im Backofen vor sich hinbrutzelte. »Also, *meine* Pizza ist demnächst fertig«, vermeldete er stolz.

Anne goss die Eimasse über die Krabben, die sie in einer

kleinen Pfanne angebraten hatte und die die Küche mit einem wunderbaren Duft erfüllten.

»*Meine* Krabben sind schon fertig!«, trumpfte Anne auf und verteilte sie so gerecht wie möglich auf den Vorspeisentellern.

Pit aß mit Appetit. »Ich glaube, in meinem ganzen Leben habe ich an einem ersten Weihnachtsfeiertag noch kein solch originelles Menü vorgesetzt bekommen. Ich bin da eher Rotkraut und Knödel gewohnt!«

»Warum bist du nicht bei deiner Mutter?«, erkundigte sich Anne, die befriedigt feststellte, dass ihr Magen positiv auf die feste Nahrung reagierte.

»Bei ihr war ich gestern, und während wir unsere Geschenke auspackten, erwähnte sie ganz nebenbei, dass sie mit dir telefoniert habe und du dich nicht so sonderlich gut angehört hättest.«

Er machte eine Pause und bestrich sich eine Scheibe Toast dick mit Butter. Anne musste unvermittelt an Markus denken, der sich die Butter nur als Hauch über die Brotscheibe gekratzt hätte, und grinste still vor sich hin. Wie verschieden die beiden Männer doch waren!

»Tja, und dann hab ich im Internet nachgesehen, wann die Fähre fährt, und habe mich kurzentschlossen ins Auto gesetzt, und« – er sah sie strahlend an – »hier bin ich! Marianne war übrigens begeistert von dieser Idee, und ich soll dich ganz lieb grüßen.« Er stellte die leeren Teller zusammen und trug sie zur Spüle. Dann zog er die Pizza aus dem Ofen, teilte sie in der Mitte und verfrachtete sie fluchend – »Scheißheiß!« – auf die großen Teller. »Prego, Signora, Ihre Pizza – buon appetito!«

»Hm, wie du kochen kannst – sollte ich mich etwa doch in dir getäuscht haben?«, kicherte Anne und schnitt ihre Pizzahälfte in handliche Tortenstücke.

Pit blickte sie einen Moment lang ernst, fast ein wenig

traurig an. »Tja, vielleicht täuschst du dich ja wirklich in mir.«

Annes Herz setzte bei diesem Blick einige Schläge lang aus.

Auch er machte sich an seiner Pizza zu schaffen. »Vielleicht kann ich ja noch mehr als nur Pizza backen. Du hast schließlich noch nie mitgekriegt, wie gekonnt ich Raviolidosen zu öffnen verstehe!« Lachend schob er sich einen riesigen Bissen in den Mund und hatte sichtliche Mühe mit dem Kauen.

Wie ein übermütiger kleiner Junge war er, fand Anne. Und sie musste sich eingestehen, dass sie genau das an ihm mochte: seine Unbeschwertheit, seine Unverschämtheit und die Verletzlichkeit, die er dahinter zu verbergen versuchte. Er war genau der Typ Kumpel, mit dem man Pferde stehlen konnte. Wenn er jetzt auch noch ein richtiger Mann wäre, der es ehrlich mit einem meinte, auf den man sich verlassen könnte …

»Hach, bevor ich's vergesse!« Er sprang auf und verschwand erneut im Wohnzimmer. »Ich habe ein Weihnachtsgeschenk für dich.« Er legte ein sehr hübsch verpacktes Päckchen neben ihr Weinglas, das sie nun schon zum zweiten Mal gefüllt hatte.

»Für mich?«, fragte sie gerührt. Es war das einzige Geschenk, das sie in diesem Jahr bisher bekommen hatte. »Vielen Dank, ich packe es nach dem Dessert aus.« Neugierig hob sie es hoch und betrachtete es von allen Seiten. Eigentlich war Pit genau wie der große Bruder, den sie sich immer gewünscht hatte …

Die Apfelpfannkuchen bereiteten sie dann gemeinsam zu: Anne rührte den Teig, und Pit schnippelte die Äpfel.

»Ohne Blut«, stellte er stolz fest, als er fertig damit war.

»Vielleicht werde ich doch noch ein halbwegs guter Koch.«

Er stand dicht hinter ihr, sah ihr über die Schulter, als sie die Apfelstücke unter den Teig hob und den ersten Schöpfer davon ins heiße Fett laufen ließ. Hatte er sie etwa gerade auf den Nacken geküsst? Erschrocken fuhr Anne herum – erschrocken, weil sich das Gefühl, das dieser Kuss bei ihr auslöste, kein bisschen geschwisterlich anfühlte.

Entschuldigend hob er die Hände und wich zurück.

»Sei mir nicht böse – es kam einfach so über mich. Es wird ganz bestimmt nicht wieder vorkommen«, gelobte er und sah sie flehentlich an.

Anne wusste beim besten Willen nicht, was sie dazu sagen, wie sie darauf reagieren sollte. Sie wandte sich wieder dem Herd zu und widmete sich den Pfannkuchen.

»Ist schon okay«, murmelte sie schließlich. »Hat gar nicht wehgetan.«

Schweigend aßen sie den ersten Pfannkuchen, während der zweite in der Pfanne backte.

»Ich bin ein Arschloch«, sagte Pit schließlich. »Ich hab die ganze Stimmung kaputt gemacht.«

Anne sah ihn lange an, was ihn sichtlich nervös machte.

»Ich hätte echt Verständnis dafür, wenn du mich rausschmeißen würdest.« Er sah nach draußen, wo mittlerweile ein mittelprächtiger Sturm tobte. »... was allerdings bei diesem Wetter eher unangenehm für mich wäre. Aber ich könnte es verstehen, wirklich!«

Anne sagte nichts, sah ihn nur an und ließ ihn noch ein wenig zappeln.

»Willst du nicht nach dem Pfannkuchen sehen?«, fragte er schließlich.

»Es war eigentlich sehr angenehm«, stellte Anne dann fest und amüsierte sich köstlich über seinen verständnislosen Gesichtsausdruck.

»Wirklich?«

Anne wusste nicht, welcher Teufel sie ritt, vielleicht war es ja der Wein, der sie das sagen ließ, was sie jetzt sagte: »Du kannst also Pizza aufbacken, Raviolidosen öffnen, und du beherrschst Nackenküsse, bei denen man Gänsehaut bekommt …« Sie beugte sich vor, ergriff ihr Weinglas und drehte es gedankenverloren zwischen den Fingern. »Ich frage mich, was du noch alles zu bieten hast.«

Pit sprang auf und zog die Pfanne von der Platte. »Verbrannte Pfannkuchen zum Beispiel!«

Anne stand auf und stand jetzt ebenfalls dicht hinter ihm. Allerdings war er so groß, dass sie ihm keinen Kuss in den Nacken geben konnte.

Er drehte sich um, und sie sahen sich eine halbe Ewigkeit lang in die Augen. Dann beugte er sich zu ihr herunter und küsste sie auf den Mund – ganz zart, genauso zart, wie er sie auf den Nacken geküsst hatte, ein Hauch von einem Kuss.

Oh, mein Gott, tut das gut!, dachte Anne und schmiegte sich an ihn.

»Ich hätte da noch etwas als vierten Gang anzubieten«, flüsterte Pit und gab ihr noch einen von diesen wunderbaren Küssen. »Das Dessert nach dem Dessert sozusagen …« Er küsste sie jetzt ein bisschen fester, fordernder.

Anne schlang ihm die Arme um den Hals und erwiderte seinen Kuss leidenschaftlich.

Pit machte sich ein wenig los von ihr, nahm ihr Gesicht in beide Hände und sah sie eindringlich an. »Bist du sicher, dass du das willst?«

»Ja«, konnte sie nur hauchen. Ja, sie wollte ihn, jetzt sofort.

Pit hob sie hoch, sie schlang ihm die Beine um den Körper, und er trug sie hinüber ins Wohnzimmer.

»Vielleicht bereuen wir das morgen?«, flüsterte Pit, während sie sich gegenseitig mit zitternden Händen auszogen.

»Nie und nimmer«, flüsterte Anne als Antwort. Ihr war schwindlig, aber diesmal ganz bestimmt nicht vom Wein. Ihre Lippen wanderten langsam über seinen Körper. Er schmeckt anders als Markus, schoss es ihr kurz durch den Kopf, aber da war der Gedanke schon wieder verschwunden.

Mitten in der Nacht wachte Anne auf. Pit hielt sie fest in den Armen, so als hätte er Angst, sie könne ihm davonlaufen. Es fühlte sich gut an, besitzergreifend und sehr beruhigend. Im Kaminofen verglühte das letzte Scheit Holz und warf ein diffuses Licht ins Zimmer, in dem ihre Klamotten überall verstreut lagen. Lächelnd kuschelte sie sich in Pits Umarmung und streichelte ihm zart über den Unterarm. Markus kam ihr in den Sinn, und sie stellte überrascht fest, dass sie überhaupt kein schlechtes Gewissen hatte. Sie konnte auch nicht sagen, für wen sie mehr empfand. Vergleichen ließen sich die zwei Männer sowieso nicht, da sie so unterschiedlich waren wie Tag und Nacht. Mit dem Gedanken, dass sie sich aber doch irgendwann für einen von beiden entscheiden musste, schlief sie ein.

Als sie das nächste Mal aufwachte, war es bereits hell im Zimmer. Und kalt, denn der letzte Rest Holz im Ofen war heruntergebrannt. Es roch nach den Pfannkuchen, und Anne musste lächeln. Sie lag allein auf der Couch, stellte sie enttäuscht fest – vielleicht kochte Pit ja gerade Kaffee. Schön wäre es, wenn er jetzt wieder zu ihr unter die Decke gekrochen käme und sie dort weitermachen würden, wo sie gestern erschöpft innegehalten hatten.

Kein Geräusch war im Haus zu hören. Doch da, da war etwas, ein leises Klicken auf den groben Dielen und dann etwas Feuchtes in ihrem Gesicht …

Als sie die Augen öffnete, blickte sie in Brunos braune Dalmatineraugen, die sie fragend musterten.

»Hallo, mein Junge – gut geschlafen?« Bruno machte daraufhin Anstalten, zu ihr auf die Couch zu steigen. »Vergiss es! Ich lass nicht jeden Mann in mein Bett rein!« Anne setzte sich auf. Sie roch keinen Kaffee, kein Geräusch war aus der Küche oder aus dem Bad zu hören. War Pit etwa spazieren gegangen? Aber warum dann ohne Bruno?

»Ach, Pit«, murmelte sie halblaut und strich ihm in Gedanken über den Rücken, den knackigen Po … Sehnsucht machte sich in ihrem Körper bemerkbar. Sie stand auf, wickelte sich die Decke eng um den Körper und begab sich auf die Suche nach ihm.

In der Küche füllte sie erst einmal den Wasserkocher. Sie brauchte jetzt unbedingt einen starken Kaffee! Der verbrannte Pfannkuchen lag noch in der Pfanne, das schmutzige Geschirr stand überall um die Spüle herum – sie hatten einiges zu tun. Sie brühte den Kaffee auf und stellte verwundert fest, dass der Tisch abgeräumt war. Dazu waren sie doch gestern Abend gar nicht mehr gekommen …

Zwei Bogen Papier lagen auf dem Tisch, mittendrin, nicht zu übersehen. Obenauf, wie ein Briefbeschwerer, Pits unausgepacktes Weihnachtsgeschenk. Ein Vertrag, besser gesagt: ein Auflösungsvertrag – der Auflösungsvertrag für die Verlobung! Auf beiden Formularen hatte Pit seine Unterschrift schon fein säuberlich daruntergesetzt. Zwei Kreuze markierten die Zeilen, wo sie unterschreiben musste, um die Dokumente rechtskräftig zu machen.

Da stand sie nun in ihrer kleinen Inselküche und zog sich die Decke fröstelnd noch enger um den nackten Körper. Hinter ihr lief der Kaffee über den Tassenrand und bildete eine braune Pfütze auf der Arbeitsplatte. Die Küchenuhr tickte laut durch den Raum und hallte in ihrem Kopf wider. Sein Glas mit einem letzten Schluck Wein stand da noch. Sie hatte das Gefühl, seine Hände auf ihrer Haut zu spüren, seinen Geruch wahrzunehmen … Aber er war weg. Mit der Morgenfähre auf und davon gefahren.

Sie stieß ein bitteres, trockenes Lachen aus. Er war weg, einfach so, nach dieser überirdischen Nacht. Er hatte sie nur rumkriegen wollen, sein arnoldscher Jagdinstinkt: Er bekommt sie alle, keine Frau kann ihm widerstehen, egal, ob jung, ob alt! Er wollte ihr eins auswischen, und das hatte er geschafft! Anne fühlte Hass in sich aufsteigen. Dabei hatte sie heute Nacht tatsächlich überlegt, ob sie Pit eventuell doch liebte ... Sie hatte Markus betrogen, nur um jetzt mit schalem Nachgeschmack auf dieser gottverdammten Insel in einer kalten Küche zu stehen. Was hatte sie sich überhaupt dabei gedacht? Hatte sie tatsächlich im Entferntesten gehofft, Pit meine es ernst mit ihr? Schließlich hatte er es mit keiner Frau bisher ernst gemeint. Sie war ein genauso dummes Huhn wie die Mädchen, die ihm scharenweise nachliefen und die er scharenweise in sein Bett lockte. Ihr wurde schlecht.

Das Telefon holte sie in die Wirklichkeit zurück. Es war Markus.

»Hallo, mein Engel«, flötete er ihr ins Ohr, »wie geht es dir?«

»Bescheiden«, antwortete Anne wahrheitsgemäß.

»Hör zu, mein Schatz, wäre es arg schlimm, wenn ich nicht auf die Insel zu dir komme? Mutter geht es nicht so gut ...«

»Ach, die Arme, was hat sie denn?«, fragte Anne gespielt besorgt. Markus wollte also nicht kommen. Irgendwie überraschte sie das nicht sonderlich. Eigentlich wollte sie ihn unter den bestehenden Umständen hier auch gar nicht sehen. Alles erinnerte sie an Pit, und die Vorstellung, Markus könnte jetzt auch noch von ihrem Inselhaus, ihrer Insel, Besitz ergreifen, war alles andere als angenehm. »Macht gar nichts, ich wollte sowieso heute Abend mit der Fähre zurückfahren«, sagte sie deshalb. Ja, sie wollte weg von hier, sie *musste* weg von hier!

»Ach«, sagte Markus verwundert, »gefällt es dir denn nicht?«

»Das Wetter ist so deprimierend«, redete sie sich heraus.

»Komm doch zu mir ... ich meine nach Düsseldorf. In ein Hotel natürlich – und wir machen uns ein paar schöne Tage. Was hältst du davon?«

»Hört sich gut an.«

Als Anne aufgelegt hatte, schluchzte sie laut los. Nach einer Viertelstunde versiegte der Tränenstrom endlich. Ihr Blick fiel auf das Päckchen, das geradezu provokativ auf dem Tisch lag. Schniefend zerriss sie das Papier und hielt eine dunkelblaue Schmuckschachtel in Händen. Nachdem sie den Deckel aufgeklappt hatte, heulte sie von Neuem los: Ein einzelner goldener Ohrring steckte da im roten Samtfutter, und daran baumelte ein goldenes Glöckchen. Wie sehr hätte sie sich über dieses Geschenk gefreut, wenn Pit jetzt neben ihr gestanden, wenn er ihr eigenhändig den originellen Ohrring ins Ohr gesteckt hätte! Aber so ... sie klappte die Schachtel zu und warf sie zu den Verträgen auf den Tisch. »Scheißkerl!«, zischte sie und ging ins Bad, um sich anzuziehen. Danach brachte sie die Küche in Ordnung, packte ihren Koffer und unternahm einen Abschiedsspaziergang mit Bruno.

Als sie ins Haus zurückkam, atmete sie tief durch, unterschrieb die Verträge und steckte einen davon in einen Briefumschlag, auf den sie die Adresse von Pits Mutter schrieb. Sie würde ihn in Düsseldorf einwerfen. Und sie würde ein für alle Mal Pit aus ihrem Leben verbannen, diesen Mistkerl, diesen ekelhaften!

Wie immer sah sie sich noch einmal prüfend im Wohnzimmer um und entdeckte Pits grob gestrickten Pullover, den er letzte Nacht im Eifer des Gefechts über die Lehne des Sessels geworfen hatte, von der er anscheinend unbemerkt heruntergerutscht war. Einsam und verlassen lag er nun auf den Dielenbrettern. Anne hob ihn auf und vergrub die Nase in der weichen Wolle. Pits Geruch hing noch in den Maschen, und fast hätte sie wieder zu weinen angefangen. Sie stopfte ihn in ihre Reisetasche und verließ das Haus.

Als die Fähre aus dem Hafen auslief, stand sie an der Reling und ließ sich ein letztes Mal den rauen Seewind um die Ohren wehen. Ihr war kalt, und sie klammerte sich mit krebsroten Fingern am kalten Metall fest, aber sie fühlte sich schon ein wenig besser. Nun musste sie sich wenigstens nicht mehr zwischen zwei Männern entscheiden – Pit hatte ihr dieses Problem abgenommen. Vielleicht wäre sie ihm eines Tages sogar dankbar dafür …

Das Hotel war trist und billig, aber das war ihr eigentlich egal, denn es passte bestens zu ihrem Seelenzustand. Immer wieder kramte sie Pits Pullover hervor, roch daran, und irgendwann trug sie ihn zum Schlafen. Das ist nicht gut, dachte sie, aber irgendwie war es doch ein bisschen tröstlich.

Markus kümmerte sich liebevoll um sie, was ihr schlechtes Gewissen nur noch vertiefte. Ein Nachmittag im Hause Wagner bei Kaffee und Kuchen verging ohne größere Komplikationen. Bruno musste die Stunden allerdings im Auto verbringen, da war Mama Wagner nicht zu erweichen gewesen. Jetzt saß Anne Markus gegenüber in einem gemütlichen kleinen Lokal in der Düsseldorfer Innenstadt. Sein warmer Blick umfing sie, und sie fühlte sich zum ersten Mal seit Tagen wieder einigermaßen gut.

»Du bist so still in letzter Zeit«, bemerkte Markus leicht besorgt.

»Ach, mir gehen nur viele Gedanken durch den Kopf«, entschuldigte sich Anne und drückte seine Hand. »Das Buch, an dem ich verzweifelt zu arbeiten versuche, aber irgendwie nicht weiterkomme. Dann die Sache mit Sophie … ich bin es einfach nicht gewohnt, Weihnachten ohne sie zu verbringen. Sie wird flügge, und damit muss ich erst zurechtkommen.«

»Ich habe mir die letzten Wochen auch viele Gedanken

gemacht«, verriet Markus. »Zusammen mit Mutter. Sie freut sich sehr, dass wir heiraten wollen.«

Anne hatte den Einwand auf der Zunge liegen, dass sie sich da noch gar nicht so sicher sei, schluckte die Worte aber hinunter. Überhaupt hatte sie das untrügliche Gefühl, dem falschen Mann gegenüberzusitzen. Er trug heute einen eleganten Anzug, absolut modisch – offensichtlich hatte er sich neu eingekleidet. Sein dichtes dunkles Haar war frisch geschnitten und lag perfekt. Aber irgendwie störte Anne genau diese Ordentlichkeit. Sie musste Pit recht geben: Markus war langweilig und kein bisschen witzig! Nüchtern betrachtet, war er nicht einmal sonderlich unterhaltsam ... Wie er so vor ihr saß, war es kein richtiges Erzählen, fand sie, eher ein Dozieren ... und sie hörte ihm nicht einmal zu.

»Und deswegen fragt sie sich, ob du das Haus auf dieser Nordseeinsel behalten willst.« Endlich drangen seine Worte wieder zu ihr durch.

»Was? Wie? Wer will wissen, ob ich das Haus behalten will?«

»Sag mal, hörst du mir gar nicht zu? Ich versuche dir gerade mitzuteilen, was ich mit Mutter in den letzten Tagen besprochen habe.« Er sah sie strafend an, wie er es sicherlich auch bei seinen unaufmerksamen Schülern zu tun pflegte. Anne nervte dieser Blick, und noch mehr nervte sie dieses ewig wiederholte Wort aus seinem Mund: *Mutter*!

»Wir sind zu dem Schluss gekommen, dass du es verkaufen solltest, sie verträgt die salzige Seeluft nämlich gar nicht gut«, fuhr er leicht gereizt fort.

Konnte das wirklich wahr sein? Was bildete sich diese Frau überhaupt ein? Nein, das war ein Witz, Markus wollte sie nur testen. Warum, wusste sie allerdings nicht.

»Das ist auch gut so! Dieses Haus ist für mich ein Platz, an dem ich ungestört arbeiten kann. Ich habe das Haus für *mich* gekauft, nicht für deine Mutter, und ich will sie dort auch nicht sehen«, entgegnete sie patzig. Irgendwie hatte sie das Gefühl, dass Markus und sie sich unaufhaltsam auf eine Katastrophe zubewegten, und sie verspürte seltsamerweise keinerlei Lust, etwas dagegen zu unternehmen. Markus ging gar nicht auf ihre Worte ein und sprach in aller Ruhe weiter.

»Sie ist sich natürlich auch im Klaren darüber, dass ihr Haus zu klein ist für uns alle, für sie, für mich, für dich und Sophie.«

»So, so, und natürlich nicht zu vergessen: Bruno«, ergänzte Anne spitz. Eigentlich hatte sie größte Lust zu streiten, stellte sie fest.

»Ja, der Hund, das ist auch so ein Problem, der kann natürlich nicht in Mutters Haus leben.«

Anne runzelte die Stirn und fragte sich, was jetzt wohl käme.

»Wir sind der Meinung, du solltest ihn ins Tierheim geben, er ist noch jung und findet bestimmt eine neue Familie. Bei Mutters Allergie gibt es keine andere Möglichkeit.« Er aß in aller Ruhe weiter, als hätte er gerade eben erwähnt, dass das Wetter heute nicht berauschend sei.

Anne saß still da und versuchte sich zu sammeln. Nicht genug damit, dass Pit sie so schmählich missbraucht und sitzen gelassen hatte, jetzt versuchte Markus ihr auch noch klarzumachen, dass sie den geliebten Bruno, der seit fast acht Jahren ihr treues Hundekind war, ins Tierheim abschieben sollte. Es war wie in einem schlechten Traum.

»Und Sophie – soll ich die auch ins Tierheim stecken?«, fragte sie ruhig, obwohl sie kurz vorm Platzen war.

»Ach, Sophie – gut, dass du das ansprichst. Über sie haben wir uns natürlich auch Gedanken gemacht und sind zu der Überzeugung gelangt, dass ein gutes Internat das Beste für sie wäre.«

»Ach ja? Wie reizend!« Anne schob den Teller weg und

starrte Markus fassungslos an. »Mein Kind soll also ins Internat abgeschoben werden? Seid ihr zwei eigentlich noch ganz bei Trost?«

»Nun« – Markus wand sich unter ihrem bösen Blick und nestelte an seiner Krawatte herum, die ihm anscheinend zu eng wurde –, »du kennst doch Mutters Haus und weißt, dass es viel zu klein für vier Leute ist.« Markus sah sie verständnisheischend an. Und plötzlich begriff Anne: Im Ernstfall würde er sich niemals für sie entscheiden! Markus war intelligent und gebildet, aber seine Mutter bildete den Dreh- und Angelpunkt seines Lebens, und sie, Anne, würde nie gegen seine Mutter und deren Einfluss ankommen. Und das Merkwürdigste an dieser Erkenntnis war die Tatsache, dass ihr das auf einmal vollkommen egal war. Dann blieb sie eben ohne Mann, bisher war es ihr unbemannt schließlich auch immer gut gegangen.

»Nun, wir könnten doch auch deine liebe Mutter ins Altersheim abschieben, dann hätten wir genug Platz. Aber ich hätte noch eine bessere Lösung!« Sie beugte sich über den Tisch, und er kam ihr mit dem Kopf neugierig entgegen. »Es gibt da ein Gift aus dem Amazonas ... Es ist nicht nachweisbar und soll zudem sehr schnell wirken, sie müsste wirklich nicht lange leiden ...«, flüsterte sie verschwörerisch.

»Anne!«, rief er schockiert aus. »Wie kannst du so was auch nur aussprechen?«

Anne atmete tief durch, damit sie in dem voll besetzten Restaurant nicht lauthals losschrie.

»Erstens, Markus – und ich dachte, ich hätte mich klar und deutlich ausgedrückt –, werde ich nicht zu deiner Mutter ins Haus ziehen. Ich will überhaupt nicht in diesem Horrorbunker wohnen – weder mit deiner Mutter noch ohne sie. Zweitens: Ich werde weder mein Kind noch meinen Hund irgendwo verschwinden lassen. Wer weiß, was ihr zwei euch noch so alles ausgedacht habt! Bekomme ich vielleicht ein hübsches Bettchen in eurem gemütlichen Kohlenkeller?« Sie hielt inne und starrte zornbebend in Markus' Gesicht, aus dem jegliche Farbe gewichen war. »Du willst mich heiraten?«, rief sie laut, und es war ihr vollkommen gleichgültig, wenn das ganze Lokal mithörte. »Du bist doch schon längst verheiratet, mein Lieber – mit deiner Mutter! Ich glaube nur, dass der Sex mit mir besser ist. Weißt du was?« Anne stand auf und schob artig ihren Stuhl an den Tisch. Sie beugte sich tief zu ihm hinunter und raunte ihm ins Ohr: »Du und deine Mama: Ihr könnt mich mal! Ruf mich bitte nie wieder an!«

Sie wandte sich um und verließ den Raum. Fassungslos blieb Markus zurück und hörte, wie ihre Glöckchen leise in der Ferne verklangen.

»Du verkohlst mich!« Marie hatte Annes Bericht mit offenem Mund gelauscht. »Du sollst Bruno und Sophie weggeben?«

Anne nickte nur.

»Und dein geliebtes Inselhaus verkaufen?«

»Und mein geliebtes Inselhaus verkaufen.«

»Und irgendwann hätten dir die beiden Bekloppten dann verboten, weiterhin Bücher zu schreiben, damit du dich voll und ganz auf Mama Wagners Pflege konzentrieren kannst«, orakelte Marie.

»Und Mama Wagner hätte mir dezente hautfarbene Baumwollunterwäsche in Übergröße ausgesucht«, fügte Anne kichernd hinzu, obwohl ihr eigentlich zum Heulen zumute war.

»Vielleicht hättet ihr euch ja auch ein überbreites Bett gekauft, und du hättest dann in der Besuchsritze schlafen dürfen, flankiert von Mama Wagner und Markus – ist das nicht eine zutiefst idyllische Vorstellung?«

»Ach, Marie, ich fühle mich so beschissen wie schon lange

nicht mehr!« Anne sank an die Schulter der Freundin und ließ ihren Tränen freien Lauf.

»Männer sind Schweine«, murmelte Marie und tätschelte ihr den Rücken. Vorsichtshalber verkniff sie sich die Bemerkung, dass sie das alles geahnt und Anne immerhin gewarnt hatte. Sie schob Anne von sich und blickte ihr eindringlich in die Augen. »Und daher ist es unerlässlich, dass wir Silvester so richtig die Sau rauslassen. Du und ich und wer sich sonst noch traut, mit uns zu feiern!«

O Gott, Silvester stand ja tatsächlich bevor, ein Tag, an dem man ab Mitternacht zuversichtlich seiner Zukunft entgegensehen sollte. Annes einzige Zuversicht bestand darin, dass sie diese Nacht nur mit erhöhtem Alkoholpegel überstehen würde.

Die Vorbereitungen zur Silvesterfete lenkten Anne ein wenig von ihrem Kummer ab. Schnee war angesagt, und so sollte eine Terrassenparty mit Feuerzangenbowle, scharfer Gulaschsuppe und Leckerbissen vom Grill stattfinden. Wie versprochen begann es am Morgen des letzten Dezembertags zu schneien, und es wurde tatsächlich ein rauschendes Fest. Etwa zwanzig Leute tummelten sich dick vermummt auf Annes Terrasse, laute Musik erfüllte den verschneiten Garten, und es wurde kräftig getanzt, um sich keine Frostbeulen einzuhandeln. Anne fühlte sich ausgesprochen gut, und nur ab und zu dachte sie für einen kurzen Moment an Pit – immer dann, wenn der Ohrring an ihrem Ohr leicht klingelte …

Um Mitternacht veranstalteten sie ein atemberaubendes Feuerwerk, Scharen von Nachbarn trudelten ein, um mit ihnen aufs neue Jahr anzustoßen. Nur kurz durchzuckte Anne der wehmütige Wunsch, Pit wäre jetzt hier, aber sie schob ihn erfolgreich von sich. Ein neues Jahr begann, sie würde Markus und Pit hinter sich lassen und sich neuen

Herausforderungen stellen. Sie würde die erste Verfilmung eines ihrer Bücher erleben, ein neues Buch schreiben und – wer weiß – vielleicht endlich einen richtig tollen Mann kennenlernen.

Drei Wochen später brachte Marie eine ihrer heiß geliebten Klatschzeitschriften vorbei. Anne starrte wortlos auf den doppelseitigen Bericht, der ausgebreitet vor ihr lag. Pits neue Freundin, ja, seine Verlobte, lächelte neben ihm glücklich in die Kamera. Auch Pit strahlte und beteuerte im nebenstehenden Interview, dass er endlich das große Glück gefunden habe, nachdem seine Verlobung mit Anne Jünger kurz vor Jahresende aufgelöst worden sei. Seine Cordula sei genau die Frau, nach der er sein Leben lang gesucht habe, und noch in diesem Jahr werde geheiratet. Verdammt gut sah er aus, fand Anne, besser als je zuvor, und sie spürte sofort wieder diesen stechenden Schmerz im Herzen. Er trug das Haar noch immer so kurz, was ihn unwiderstehlich männlich machte, sein tiefblauer Blick war auf die Kamera gerichtet, sodass der Betrachter unweigerlich das Gefühl hatte, Pit Arnold sehe ihn unverwandt an. Cordula, so erfuhr Anne aus dem Text, war fünfundzwanzig Jahre alt und Visagistin. Sie wirkte wirklich sympathisch, das musste Anne eingestehen, aber sie hasste diese fremde junge Frau sofort abgrundtief. Nachdrücklich bat sie Marie, sie in Zukunft mit derlei Berichten zu verschonen.

An einem Abend Ende Februar stürmte Marie mit Chips- und Flipstüten bewaffnet ins Haus, ging schnurstracks zum Fernseher und schaltete ihn ein. Anne und Sophie beobachteten verständnislos ihr Treiben.

»Tränenkino«, verkündete Marie und machte es sich auf der Couch bequem. »Jetzt wäre was Nettes zu trinken nicht schlecht.«

Sophie setzte sich neben sie und öffnete die erste Chipstüte.

»Ich nehm eine Apfelsaftschorle!«, rief sie ihrer Mutter nach, die in die Küche ging und zwei Gläser mit Weißwein füllte.

»Und was gibt's Besonderes zu sehen?«, erkundigte sie sich, als sie die Getränke servierte.

Marie schüttelte ungläubig den Kopf. »Pits neuesten Film, du Dummchen, erzähl mir bloß nicht, das wüsstest du nicht!«

Anne wusste es tatsächlich nicht, und eigentlich war sie sich auch gar nicht so sicher, ob sie den Film überhaupt sehen wollte. Doch Marie klopfte auffordernd auf den Sitz neben sich, und so setzte sie sich dazu. Und das keine Sekunde zu früh, denn just in diesem Moment erschien der Vorspann.

Atemlos verfolgte sie das Geschehen auf der Mattscheibe, ließ Pit nicht aus den Augen, vergaß, von ihrem Wein zu trinken, und griff kein einziges Mal in eine der Knabbertüten. Er war gut, sehr glaubwürdig, besonders der krankheitsbedingte Verfall kam so echt, so intensiv herüber, dass sie zu dritt auf der Couch saßen und Rotz und Wasser heulten. Noch Tage später musste sich Anne immer wieder selbst sagen, dass er gesund und quietschfidel irgendwo unterwegs war und den Kranken nur gespielt hatte. Er war wirklich erwachsen geworden, stellte Anne fest, erwachsen und ungemein interessant.

Auch die Kritiker umjubelten Pit Arnold, der offensichtlich endlich mit Bravour den Sprung ins ernste Fach geschafft hatte.

Nachdem sie den Film gesehen hatte, dachte sie immer wieder wehmütig an die gemeinsam verbrachte Nacht ... Ob er wohl auch manchmal daran dachte? Kaum, er war sicherlich intensiv mit seiner neuen Flamme beschäftigt. Er würde sie heiraten, und irgendwie gönnte sie der jungen Frau das Glück kein bisschen. Manchmal versuchte sie sich sogar vorzustellen, wie es wäre, an Cordulas Stelle zu sein ... aber immer nur kurz, denn es tat viel zu weh.

An Markus dachte sie merkwürdigerweise nur selten. Nachdem sie regelmäßig den Telefonhörer aufgelegt hatte, wenn er anrief, hatte er irgendwann seine Versuche aufgegeben, mit ihr in Kontakt zu treten.

Im März begannen schließlich die Dreharbeiten zu ihrem Buch. Das war sehr aufregend und lenkte sie endlich genügend ab, sodass sie nur noch selten an Pit dachte. So oft wie möglich war sie am Set und tauchte ein in die geheimnisvolle Welt der Schauspielerei. Sie ging immer wieder mal aus, doch kein Mann erschien ihr so interessant, dass sie sich ein zweites Mal mit ihm treffen wollte.

Ende April blieb sie eines Nachts beim Zappen durch die Programme bei einer Talkshow hängen, in der Pit als prominenter Gast auftrat. Eigentlich wollte sie schleunigst weiterschalten, ließ es dann aber doch sein. Seine blauen Augen, sein jungenhaftes Lächeln schlugen sie in den Bann, und so hing sie an seinen Lippen, während er mit samtig tiefer Stimme von den Dreharbeiten und seiner intensiven Vorbereitung auf die Rolle des Krebskranken erzählte. Schmerzlich wurde ihr bewusst, dass sie genau zu diesem Zeitpunkt noch ein Teil seines Lebens gewesen war. Von Cordula sprach er allerdings nicht, vielleicht war dieses Thema ja schon abgehandelt worden, bevor sie sich zugeschaltet hatte.

Der Gedanke, dass sie diesen Traummann vielleicht tatsächlich hätte haben können, machte sie fast krank.

Der Applaus tat gut. Er war wie ein Rauschmittel, und Anne erkannte sofort, dass man leicht süchtig danach werden konnte. Dieser Applaus war es, der Schauspieler immer wieder, Abend für Abend, Jahr für Jahr, auf die Bühne treten ließ und ihr Lampenfieber überwinden half. Dieser Applaus war es, der einem sagte, dass die ganze Mühe, die Plackerei, die schlaflosen Nächte nicht umsonst gewesen waren. Er war das Zeichen dafür, dass das Ergebnis dessen, was man so mühevoll geschaffen hatte, gut geworden war.

Der Film – *ihr* Film – war gut geworden! Er gefiel den Zuschauern, das sah sie in den Gesichtern, die an ihr vorbeizogen. Erleichterung breitete sich aus, und die Anspannung der letzten Monate glitt von ihr ab wie ein seidener Unterrock.

Schade nur, dass Pit nicht da ist, um diesen wunderbaren Moment mit mir zu teilen, schoss es ihr durch den Kopf.

Pit? Wie kam sie ausgerechnet jetzt auf Pit? Es war inzwischen einige Monate her, dass sie zuletzt an ihn hatte denken müssen. Es war längst überstanden, und deshalb wunderte sie sich über sich selbst. Lag es vielleicht am Hunger? Den ganzen Tag über hatte sie so gut wie nichts gegessen, und gegen Ende der Vorstellung hatte ihr Magen leise vor sich hin geknurrt. Neben der Angst, der Film könne ein Schlag ins Wasser sein, hatte sie während der letzten halben Stunde nur einen einzigen Gedanken gehabt: den an das Büfett, das nebenan bereitstand. Während sie unzählige Hände schüttelte und höfliche Floskeln mit völlig unbekannten Menschen austauschte, näherte sie sich zielstrebig dem Raum mit den kulinarischen Köstlichkeiten. Ein wahrer Augenschmaus bot sich ihr dar, noch jungfräulich, da sich bisher niemand getraut hatte, einen Teller zu nehmen und sich zu bedienen. Anne war nicht so schüchtern – wenn sie nicht gleich etwas Essbares zwischen die Zähne bekäme, würde sie über kurz oder lang zusammenklappen.

Verschiedene Salate standen in Reih und Glied, überquellende Brotkörbe, Platten mit köstlichen Pasteten, edlen

Wurst- und Schinkensorten und geräuchertem Fisch. Dazwischen silberne Kandelaber mit brennenden Kerzen, üppige Blumenarrangements und Obstetageren.

Mit einem Teller bewaffnet, schritt Anne die Tafel entlang und blieb vor einer großen Schüssel mit Krabbensalat stehen. Wieder dachte sie an Pit, der dafür sein Leben gegeben hätte. Warum musste sie nur ständig an ihn denken? Sie waren getrennte Leute! Während sie sich von dem Salat bediente, schweiften ihre Gedanken zu Markus ab, der bei dem Anblick der Riesenschüssel mit dem sahnig-mayonnaisigen Inhalt angewidert das Gesicht verzogen hätte. Kalorien, Cholesterin, verseuchte Meeresfrüchte ... sie hörte seine Worte im Hinterkopf.

Ein boshaftes Lächeln huschte über ihre Züge, und sie tauchte den Löffel gleich ein zweites Mal in die personifizierte Sünde. Markus konnte sie mal, und seine Predigten waren ihr genauso schnuppe!

»Hallo, Frau Jünger – oder muss ich schon *Frau Wagner* sagen?«

Anne zuckte erschrocken zusammen. Pit stand ihr auf der anderen Seite des Büfetts mit einem Teller in der Hand gegenüber und strahlte sie aus seinen blauen Augen an. Er sah zum Dahinschmelzen gut aus! Das streichholzkurze Haar stand ihm einfach wunderbar. Und dieses jungenhafte Lächeln mit den beiden Grübchen – schlagartig wusste sie, dass es noch nie vorbei gewesen war.

»Hallo, Herr Arnold!«, antwortete sie überrascht und hoffte inständig, dass er das Zittern in ihrer Stimme nicht hörte. »Jünger ist noch aktuell.« Sie warf einen flüchtigen Blick in die Runde, konnte aber seine Cordula nirgends entdecken. Übertrieben interessiert widmete sie sich schließlich dem reichhaltigen Speisenangebot.

Pit beobachtete sie amüsiert und war hingerissen von ihrem Anblick.

»Der Film ist wirklich gut geworden – gratuliere!« Er konnte den Blick nicht von dem bodenlangen, eng anliegenden Seidenkleid reißen, das ihren schlanken Körper so vollendet zur Geltung brachte. Jadegrün passte perfekt zu ihrer gebräunten Haut, fand er.

»Danke, nett von dir«, sagte Anne und betrachtete ihn argwöhnisch. Lob aus seinem Mund war sie nicht gewohnt – bestimmt folgte gleich noch eine Gemeinheit.

»Wie geht es dir?«, fragte er stattdessen und ließ den Blick nun doch über die gefüllten Schüsseln und Platten schweifen.

Keine Gemeinheit? Anne war verdutzt.

»Gut … gut … ja, es geht mir gut, danke der Nachfrage«, antwortete sie schließlich und bemerkte, dass sie noch immer den Krabbensalatlöffel umklammerte. »Krabbensalat?« Sie lud den Löffel voll und hielt ihn einladend in die Höhe. »Und, geht's dir auch gut?«

»Doch, doch, ich kann wirklich nicht klagen.« Er reichte ihr seinen Teller über das Büfett herüber. »Gib mir doch bitte gleich zwei Löffel von den Krabben.«

Anne tat wie gewünscht.

»Noch ein bisschen Eiersalat? Den magst du doch auch recht gern, oder?« Sie war eine Schüssel weiter gewandert.

»Ja, gern, aber nicht so viel! Du hast abgenommen, stimmt's?«

»Ein paar Pfund, ja.« Sie vermied, ihm direkt in die blauen Augen zu blicken. Schlimm genug, dass ihre Stimme immer noch zitterte, jetzt flatterten auch noch ihre Nerven! »Ich habe in letzter Zeit viel Stress gehabt.« Wie um Markus nachträglich noch eins auszuwischen, nahm sie zwei Löffel von dem Eiersalat. »Du siehst gut aus«, sagte sie über das Büfett hinweg. »Warst du im Urlaub?«

Nun näherte sich jeder auf seiner Seite dem Ende der Tafel. Inzwischen drängten sich Scharen von Leuten um sie herum.

»Ich war viel an der frischen Luft«, antwortete er und erwartete eine spitze Bemerkung von ihrer Seite.

Sie antwortete aber nur mit einem erstaunten »Ach«.

»Hier drüben gibt es übrigens Seezungenröllchen in Dillsoße – soll ich dir was rüberreichen?«, bot er ihr an, als sie nichts mehr sagte.

»O, ja, die liebe ich über alles!«, rief Anne begeistert und hielt ihm den Teller entgegen.

Ihre Blicke trafen sich über Brotkorb und Orchideengesteck.

»Ich weiß«, murmelte Pit und sah verlegen zur Seite.

»Auch ein Mohnbrötchen?«, lenkte Anne rasch ab und hielt zwei davon hoch.

»Gern«, sagte er. Sie hatten das Ende des Büffets erreicht und standen nun unschlüssig nebeneinander.

»Wollen wir dieses karge Mahl vielleicht zusammen einnehmen?«

»Mit Vergnügen!« Anne nahm das Angebot an und ließ den Blick durch den vollen Saal schweifen. »Wo möchtest du sitzen?«

»Egal.« Er zuckte mit den Schultern. »Such du einen Platz aus.«

Anne zögerte kurz, ging dann vor ihm her und schlängelte sich geschickt durch die engen Sitzreihen. Sie grüßte nach links und nach rechts, und Pit genoss die Rückenansicht ihres tief ausgeschnittenen Kleids. Wie geschmeidig sie sich bewegte!

»Das Kleid ist 'ne Wucht«, stellte er bewundernd fest, als Anne schließlich vor einem freien Tisch stehen blieb. »Du solltest öfter so was tragen.« Mit der freien Hand hob er den langen Rock ein wenig hoch und lugte neugierig darunter.

»He!«, rief Anne gespielt entrüstet und entwand seiner Hand den feinen Stoff. »Wir sind hier schließlich nicht allein!« Dann ließ sie sich auf dem gepolsterten Stuhl nieder, den er ihr galant anbot. »Ich hab mir heute Morgen extra die Beine rasiert, Ehrenwort«, flüsterte sie ihm verschwörerisch über den Tisch hinweg zu.

Lachend nahm Pit ihr gegenüber Platz und breitete die Serviette auf dem Schoß aus.

»Nein, ich wollte nicht deine Beinrasur überprüfen – vielmehr wollte ich nachsehen, ob du unter dem Kleid deine unvermeidlichen Wanderschuhe trägst.« Er winkte einen Kellner herbei. »Champagner oder lieber ein Bier?« Er sah sie mit seinen blauen Augen an, und Anne hatte Angst, hineinzustürzen und zu ertrinken.

»Was denkst du?«, lächelte sie.

»Bringen Sie uns bitte zwei wunderbare kalte Hefeweizen!« Pit grinste ebenfalls und schob sich die erste Krabbe in den Mund. »Hmmm …«, stöhnte er voller Wonne.

»Wir kennen uns inzwischen ziemlich gut …«

»Stimmt«, bestätigte er und vertilgte die nächste Krabbe, während Anne lustlos in ihrem Essen herumstocherte. Ihr Hunger war verflogen.

Pit warf einen prüfenden Blick auf seine Armbanduhr. »Jetzt haben wir uns ziemlich genau eine Viertelstunde lang nicht gestritten.« Als das Bier schließlich kam, prostete Pit ihr zu. »Auf die Zukunft und jede Menge Erfolg!«

Halbherzig ließ Anne ihr Glas an seines klirren, bevor sie einen großen Schluck nahm. Auf Markus!, dachte sie grimmig.

Lächelnd wischte ihr Pit mit dem rechten Daumen den Schaum von der Oberlippe. »Passt nicht zum Abendkleid«, murmelte er entschuldigend und widmete sich wieder seinem Essen. Er war sich bewusst, dass er ihr gerade vielleicht ein bisschen zu nahe gekommen war. Alle diese Vertrautheiten – sie wehrte sich sichtlich dagegen, und ihm tat es weh, wenn sie so reserviert reagierte. Sie hatte Markus, und ihn, Pit, wollte sie nicht, hatte ihn nie gewollt.

»Wie geht es Markus?«, fragte er mehr aus Höflichkeit als aus ehrlichem Interesse und entdeckte genau in diesem Moment mit leichter Verwunderung den Ohrring mit dem Glöckchen an ihrem rechten Ohr.

»Ich denke, gut«, antwortete sie kurz angebunden und griff erneut zum Glas.

»Warum ist er nicht hier? Schließlich ist das doch dein großer Tag.« Ohne auf ihre Reaktion zu achten, riss er sein Mohnbrötchen entzwei und tunkte es in die göttliche Sahnesoße.

»Ich habe ihn seiner Mama überlassen«, antwortete sie mit bitterem Unterton. »Gleich nach ... nachdem ich im Dezember von der Insel zurückgekommen bin.« Sie vermied es, ihn anzusehen.

»Oh ...« Pit hielt inne und sah sie prüfend an. »Das tut mir wirklich leid.«

»Ist schon gut, ist ja schon fast nicht mehr wahr.«

Sie trank noch einen großen Schluck und stellte das Glas dann laut auf dem Tisch ab. Gleich hatte sie einen in der Krone, sie musste aufpassen und endlich etwas essen! Sie schob sich eine dicke Krabbe in den Mund und kaute lustlos darauf herum.

»Ihr habt euch also getrennt?« Er starrte sie gebannt an.

»*Ich* habe mich getrennt«, brummte Anne trotzig und legte die restlichen Krabben auf dem Tellerrand in einer Reihe nebeneinander.

Pit hoffte, dass seine Züge Mitleid ausdrückten, aber am liebsten hätte er ein lautes Triumphgeheul ausgestoßen und wäre ausgelassen um die Tische getanzt. Sie hatte sich von Markus getrennt – das war mehr, als er zu hoffen gewagt hatte!

»Cordula und ich sind auch nicht mehr zusammen«, sagte er so beiläufig wie möglich, nachdem er sich wieder etwas im Griff hatte. »Sie war … nun … sie war wohl noch etwas unreif und … anstrengend.«

»Anstrengend?« Anne sah amüsiert von ihrem Teller auf.

»Ja, anstrengend! Sie interessierte sich nur fürs Wasserskifahren, Tauchen, Drachenfliegen, Radfahren und wollte die Nacht in der Disco durchtanzen.«

»Was ist daran denn so schlimm?« Anne hatte ihre Sortierarbeit beendet und die Gabel neben den Teller gelegt.

»Nun, sie wollte das alles an einem einzigen Tag.« Gequält verdrehte er die Augen.

Endlich lachte Anne und strich ihm tröstend über die Hand. Das fühlte sich wunderbar an, fand Pit, elektrisierend … Dem angenehmen Gefühl zum Trotz entzog er ihr die Hand, ergriff seine Gabel und beschäftigte sich mit den Fischröllchen.

»Das tut mir wirklich leid für dich.« Anne war froh, dass er die Hand weggezogen hatte, denn das Gefühl, das die Berührung mit seiner Haut in ihr ausgelöst hatte, war alles andere als gut für sie. Verflucht, kam sie denn nie von ihm los?

»Ach was, ist schon gut!«, wehrte er ebenfalls lachend ab. »Ich habe nur das Gefühl, ich bin in den vier Wochen mit Cordula um drei Jahre gealtert. Vielleicht ist solch junges Gemüse wirklich nichts mehr für mich alten Knochen.« Er kostete die Seezunge und schüttelte den Kopf. »Da gehört ein bisschen mehr Dill dran«, brummelte er schließlich.

Anne sah ihn ungläubig an. Vor einem Jahr wusste er noch nicht einmal, was Dill ist, geschweige denn, was damit gewürzt wird, dachte sie verblüfft.

Er registrierte ihren Blick und grinste sie breit an.

»Ich mache gerade einen Kochkurs«, klärte er sie auf. »Ich kann schon Rühreier, Spiegeleier und Grießbrei kochen«, verkündete er stolz und sah dabei wie ein kleiner Junge aus.

»Wow, du solltest darüber nachdenken, ein Restaurant zu eröffnen«, kicherte sie.

»Das wäre vielleicht etwas voreilig – ich möchte erst noch das Geheimnis des Reisbreis und des Kartoffelknödels ergründen.« Dabei blickte er sie todernst an, und Anne musste laut lachen. »Aber ich kann gern mal für dich kochen. Die Spiegeleier krieg ich echt toll hin – und das ohne Vergiftungsgefahr«, versicherte er.

Anne war wieder ernst geworden und starrte unverwandt die Krabbe an, die sie mit der Gabel aufgespießt hatte.

»Ich hab dich vorhin angelogen ...«

Mit hochgezogenen Augenbrauen wartete er, was jetzt wohl käme. War sie am Ende doch noch mit diesem langweiligen Lehrer zusammen?

Anne ließ die Gabel auf den Teller sinken, lehnte sich zurück und sah ihn zum ersten Mal an diesem Abend wirklich an.

Stumm wartete er, dass sie endlich weitersprach.

»Mir geht es nicht gut. Mir geht es – gelinde gesagt – beschissen«, sagte sie so leise, dass er schon glaubte, er habe sie falsch verstanden.

»Du fehlst mir«, flüsterte sie kaum hörbar und sah ihn nahezu ängstlich an. Kaum, dass sie es ausgesprochen hatte, hätte sie sich am liebsten auf die Zunge gebissen.

»Das ist gut«, stellte er zufrieden fest und aß, wie es schien, ungerührt und mit bestem Appetit weiter.

»Das hätte ich mir denken können – du machst dich auch noch lustig darüber!« Sie hasste ihn in diesem Moment, aber was hatte sie eigentlich von ihm erwartet? Hätte sie bloß den Mund gehalten! Giftig blitzte sie ihn an. »Warum bist du nach dieser Nacht einfach sang- und klanglos verschwunden? Keine Nachricht, nichts – nur diese kalten Auflösungsverträge!«

»Ich mach mich kein bisschen lustig über dich – ganz im

Gegenteil!« Er sah ihr zorngerötetes Gesicht und fand sie in diesem Moment fast noch schöner als zuvor. »Du fehlst mir nämlich auch.«

Anne sah ihn lange prüfend an. Wollte er sie auf den Arm nehmen? Bestimmt, da war sie sich sicher – gleich würde er sie auslachen. Aber er lachte nicht, er sah sie nur still an.

Schließlich war sie es, die laut loslachte, schrill und unecht.

»Ach, wirklich? Hast du deswegen so oft angerufen?« Wie gehabt: Noch keine halbe Stunde waren sie jetzt zusammen, und schon bahnte sich ein Zwist an.

»Ob du es glaubst oder nicht: Das wollte ich«, sagte er ganz ruhig. Er trank sein Glas in einem Zug leer und gab dem Kellner zu verstehen, dass er gern noch ein zweites Weizenbier gehabt hätte. Dann wandte er sich Anne mit ernster Miene zu. »Du hättest mich ja auch anrufen können – ein Anruf von dir, und ich wäre in jede Ecke der Welt gereist, um bei dir zu sein. Ich habe lange darauf gewartet – aber nein, du hast nicht angerufen, du hast ganz einfach diese – wie du so schön sagst – *kalten* Auflösungsverträge unterschrieben, ohne mit der Wimper zu zucken.«

Anne schluckte schwer. Sie sah sich in ihrem Inselhaus stehen, verloren, verletzt, unendlich einsam. »Bei mir hängt seit Wochen dein Pullover über der Couch – du weißt schon, der, den du auf der Insel vergessen hast«, sagte sie schließlich.

»Und ich hab mir letzte Woche zwei Häuser angesehen.«

»Häuser? Wozu denn das?« Sie beugte sich neugierig vor. »Ist ein eigenes Haus nicht schrecklich spießig?«

»Nun, ob nun spießig oder nicht – ich bin zu dem Schluss gekommen, dass ich in meinem Alter endlich sesshaft werden sollte. Außerdem habe ich diese ewigen Hotels einfach satt.«

Anne lächelt ihn ungläubig an. »Das sind ja ganz neue Töne.«

Als er ihr die Hand auf dem Tisch entgegenstreckte, legte sie die ihre ohne Zögern hinein.

»Soll ich dir auch etwas gestehen? Ich schlafe seit Wochen in deinem Black-Sabbath-T-Shirt!«

»Da ist das Shirt also abgeblieben – ich habe es schon schmerzlich vermisst. Aber das ist noch gar nichts gegen das, was ich vorgestern unternommen habe.«

Anne schob ihren Teller beiseite und beugte sich noch weiter zu ihm hinüber. »Was denn?«, hauchte sie neugierig.

»Ich war in einem Tierheim. Ich spiele mit dem Gedanken, mir einen Hund zuzulegen.«

»Das glaub ich nie und nimmer!« Anne schüttelte nur den Kopf.

»Doch, Tatsache! Ich habe mich in eine Amerikanische Bulldogge verliebt. Sie heißt Tessa.«

»Du bist verrückt!« Anne starrte ihn ungläubig über den Tisch hinweg an. »Hoffentlich versteht sie sich mit Bruno ...«

»Ich hab sogar ein neues Auto – einen Combi.«

»Und der Porsche?« Sie konnte nicht fassen, was er da sagte. Sein heiß geliebter Porsche!

»In Zahlung gegeben.« Er nickte bestätigend. »Verträgst du weitere Geständnisse?«

»Du bist eigentlich doch schwul und stehst endlich dazu«, vermutete sie und sah ihn grinsen.

»Nein, viel schlimmer: Ich habe dein neues Buch gelesen. Ich finde es toll, ganz ehrlich, und ich würde gern die Hauptrolle spielen, wenn es verfilmt wird.«

»Du hast freiwillig ein Buch gelesen und dann auch noch meins? Ich fühle mich wirklich geehrt.«

»Und du, was hast du für Geständnisse auf Lager?«, fragte er.

»Ich telefoniere regelmäßig mit Marianne.«

Das schien ihn ehrlich zu überraschen.

»Mit meiner Mutter? Ha, das hätte ich mir eigentlich denken können, ihr intrigantes Weibervolk! Warum hat sie mir nie erzählt, dass du dich von Markus getrennt hast? Sie hätte mir das sagen *müssen*!«

»Ich hatte sie gebeten, es dir nicht zu erzählen. Wahrscheinlich habe ich dir die Schadenfreude nicht gegönnt. Über dich haben wir übrigens auch nie gesprochen, das war wie eine stille Übereinkunft. Deshalb wusste ich auch nicht, dass du die Verlobung mit Cordula gelöst hast.«

»Meine Mutter! Dabei hatte sie mir schon nach deinem ersten Besuch ans Herz gelegt, dass du ganz bestimmt die Richtige für mich bist.«

»Hat sie das tatsächlich?«

»Hat sie – und ich fürchte, sie hatte recht damit.«

»Aber wir sind so schrecklich unterschiedlich«, warf Anne unsicher und daher nicht besonders überzeugend ein.

»Sind wir das wirklich?«

Sie sah ihn im Geist in seinen ausgewaschenen, abgeschabten Jeans und dem groben, viel zu weiten Strickpullover am Strand stehen, den Kopf fast kahl geschoren und im Gesicht einen stachligen Dreitagebart. Sie sah sich mit ihm unter sternenbedecktem Himmel Wein trinken. Sie sah ihn begeistert und konzentriert an den Saiten seiner E-Gitarre zupfen. Eigentlich war er genauso, wie sie sich einen Mann gewünscht hatte. Aber konnte sie ihm wirklich trauen?

Langsam schüttelte sie den Kopf.

»Wir könnten heiraten …«

Anne sah ihn lange an. Plötzlich verhärteten sich ihre gerade noch so weichen Gesichtszüge, und sie wollte die Hand aus der seinen zurückziehen. Er hielt sie jedoch fest.

»Hast du etwa wieder Mist gebaut?«, zischte sie ihn an. »Willst du dich dieses Mal statt mit einer fingierten Verlobung mit einer fingierten Heirat aus irgendeiner Schlinge ziehen?«

Er überlegte, ob er nicht einfach ihre Hand loslassen, aufstehen und sie sitzen lassen sollte. Aber dann hätte er sie für immer verloren – und ganz so unrecht hatte sie nicht. Der Pit von früher hätte so etwas jederzeit getan.

Schließlich lachte er. So laut, dass sich die Leute an den angrenzenden Tischen neugierig zu ihnen umdrehten.

Er hielt ihre Hand jetzt mit beiden Händen fest und sah ihr tief in die Augen.

»Vielleicht könnten wir das ausnahmsweise mal nur aus Liebe tun.«

Übrigens …

Das Personal und die Handlung in diesem Roman sind natürlich frei erfunden. Der *Jägerhof* in Birkenhördt existiert allerdings wirklich (www.birkenhoerdt-jaegerhof.de), auch die Wirte Dagmar und Bernd Mössinger gibt es, ebenso das phantastische Essen, das an verschiedenen Stellen lobend erwähnt wird. Der Männertest wird tatsächlich durchgeführt – er ist kompromisslos und gründlich … Bisher hat ihn (leider!) noch kein Kandidat bestanden … Ach, nicht zu vergessen: Auch der Dalmatiner Bruno existiert. Allerdings – wie Sie sicherlich verstehen werden – agiert er im Buch unter einem Pseudonym. Schließlich möchte er im privaten Leben unerkannt bleiben und seine Privatsphäre wahren. Ansonsten sind Ähnlichkeiten mit lebenden Personen vollkommen unbeabsichtigt und rein zufällig. Dass die Autorin selbst bevorzugt Wanderschuhe und Glöckchen trägt und begeistert Musik von *Rammstein* hört, hat nebenbei bemerkt überhaupt nichts zu bedeuten …

Danksagung

Vielen Dank an dieser Stelle an meine Eltern, die mir wie immer mit gutem Rat und fördernder Kritik zur Seite standen. Ich wünsche jedem Autor ein solch liebevolles Erstlektorat.

Dank auch an Michaela Kenklies, die anscheinend genauso romantisch veranlagt ist wie ich.

SERIE PIPER

Gina Greifenstein

Tod macht erfinderisch

Roman. 256 Seiten. Serie Piper

Florentine schwebt auf Wolke sieben: Kurt macht ihr nach zwanzig Jahren endlich einen Heiratsantrag, denn sie soll nach seinem Tod gut versorgt bleiben. Alles läuft auf Hochtouren, als eine Woche vor der Hochzeit Kurt plötzlich tot in seinem Lieblingssessel sitzt – Herzinfarkt! Seine Pension ist futsch, sein Haus ist futsch, sein Sohn aus erster Ehe wird alles erben. Florentine muss erkennen, dass sie auf Sozialhilfe angewiesen ist. Völlig verstört läuft sie durch die Stadt, bis sie plötzlich einen rettenden Einfall hat – Tod macht schließlich erfinderisch: Gott sei Dank kann sie sich auf ihre beste Freundin Vera verlassen …
Eine liebevolle Komödie mit einer großen Prise schwarzen Humors.

05/2161/01/L

Liz Jones

Nicht gesucht und doch gefunden

Tagebuch eines Singles. Aus dem Englischen von Sabine Maier-Längsfeld. 288 Seiten. Serie Piper

Liz Jones hat eigentlich keine Probleme mit ihrem Leben als Großstadt-Single – okay, bis auf den Putzwahn und den Fimmel mit den Katzen. Doch dann tritt ein Mann in ihr Leben, der ein paar Jahre jünger ist, Baseballmützen trägt und tatsächlich Hip Hop hört. Während sie von Selbstzweifeln geplagt ist, ist er von stoischer Gemütslage, während sie penible Ordnung liebt, sieht er das sehr großzügig …
Mit erfrischender Offenheit beschreibt Liz Jones in diesem Tagebuch ihre eigene Liebesgeschichte vom ersten Date bis zum ersten Hochzeitstag.

»Liz Jones Tagebuch ist aufrichtig, vortrefflich beobachtet und stellenweise zum Brüllen komisch.«

Sunday Times Culture

05/2163/01/R

Regine C. Henschel

Gefühlte Lage: sonnig

Roman. 192 Seiten. Serie Piper

Herr Kaloke ist unersetzlich: Er kümmert sich um Mopsi, wenn sein Frauchen Sisi Wall wegen akuter Notfälle aushäusig ist. Und das ist Sisi oft, denn sie hat nicht nur immer wieder Liebeskummer und von ihrem Großvater Antiquitäten nebst Mops geerbt, sondern auch den Mut, eine eigene Galerie in Berlin zu eröffnen. Und deshalb ist eine Menge zu tun. Gott sei Dank wird sie immer wieder unterstützt von ihrer unbekümmerten Freundin Moni aus dem Eso-Shop. Doch dann lernt sie diesen schüchternen Psychologen von gegenüber kennen ... Ein charmanter Roman über die Liebe und einen eigensinnigen Mops.

05/2162/01/L

Karin B. Holmqvist

Manneskraft per Postversand

Roman. Aus dem Schwedischen von Annika Krummacher. 224 Seiten. Serie Piper

Die liebenswerten Schwestern Tilda und Elida Svensson führen ein ruhiges Leben im Haus ihrer verstorbenen Eltern. Doch dann zieht der attraktive Alvar ins Nachbarhaus, und der Alltag der beiden ändert sich über Nacht. Sie leisten sich den Luxus neuer Sonntagskleider und lernen bei Alvar den Komfort eines Badezimmers kennen. Doch für die Renovierung des eigenen Hauses fehlt ihnen das Geld. Als sie beobachten, wie der Nachbarkater nach dem Genuß von Blumenerde aus Alvars Petunientopf ganz ungeahnte Potenz entwickelt, kommt ihnen eine glänzende Geschäftsidee ...

»Ein richtiges Wohlfühlbuch, geschrieben mit Wärme und Humor. Eine kleine Perle.«
Folkbladet

05/2164/01/R

SERIE PIPER

SERIE PIPER

Jana Sonntag

Mein wunderbarer Brautsalon

Roman. 224 Seiten. Serie Piper

Was passiert, wenn man seine absolute Traumfrau kennen lernt – aber leider ist sie gerade dabei, sich das Kleid für ihre Hochzeit auszusuchen? Und was, wenn diese Traumfrau in Wahrheit gar nicht heiraten, sondern nur ein Brautkleid anprobieren will? Dann ist das Chaos vorprogrammiert …
Als Annika den Brautsalon Hübner betritt, um sich das Traumkleid ihrer Schwester genauer anzusehen, probiert sie es kurz entschlossen selber an. Christoph, begeistert von der neuen Kundin, lässt seinen Charme spielen. Typisch, denkt Annika, kaum ist sie scheinbar unerreichbar, macht ihr ein Mann schöne Augen. Warum nicht weiter so tun, als sei sie vergeben? Jetzt muss nur noch ein Bräutigam her …
Temporeich, witzig und romantisch ist Jana Sonntags Debütroman über die manchmal verschlungenen Wege der Liebe.

05/2080/01/L

Sibel Susann Teoman

Türkischer Mokka mit Schuss

Roman. 256 Seiten. Serie Piper

Liberal hin oder her – Melda, eine junge Türkin in Deutschland, bekommt von ihren Eltern einen Heiratskandidaten präsentiert: den todlangweiligen Arzt Ali. Dabei hat sie doch schon längst ein Auge auf den attraktiven Jan geworfen! Melda beschließt, ernsthafte Maßnahmen zu ergreifen und ihren Eltern eine Lektion zu erteilen – wofür hat schließlich ihre beste Freundin Pelin Voodoo von der Oma gelernt? Doch das Experiment gerät außer Kontrolle, und es droht alles aufzufliegen …
Ein turbulenter Roman über die Liebe und ihre Nebenwirkungen.

05/2078/01/R

Gaby Hauptmann

Ran an den Mann

Roman. 320 Seiten. Serie Piper

Schöne dunkle Augen hat er, das muss sie zugeben. Eva gönnt sich eigentlich nur noch kurz einen Absacker an der Bar, bevor sie nach Hause fährt. Und jetzt sieht sie dieser Typ da so an. Schon klar, was er will. Aber will sie auch? Unwillkürlich schießen ihr die magischen Worte ihrer frühreifen Töchter durch den Kopf: »Ran an den Mann …«

Frau mit Töchtern sucht ihren Weg – Gaby Hauptmanns Heldinnen finden dabei manchmal mehr, als sie wollen …
Der neue prickelnde Roman der Bestsellerautorin über die Wirrungen eines ganz normalen Lebens!

05/2068/01/L

Sabine Both

Fangfrisch

Roman. 224 Seiten. Serie Piper

Mit Alvin ist Ella ein ziemliches Prachtexemplar ins Netz gegangen – findet sie zumindest. Bis sie feststellen muss, dass er so gar keine Lust auf Familiengründung hat. Ella aber sehr. Ist sie in eine Sackgasse geraten? Überstürzt reist sie zu ihrer Freundin nach La Palma: würzige Meeresluft, laue Sommernächte und unerschöpfliche Jagdgründe, in denen Jacques auftaucht, ein praktizierender Lebenskünstler, der viel von Schicksal redet. Doch so neu und aufregend alles ist, die Sehnsucht nach Alvin bleibt, sie möchte diesen Glücksgriff ihres Lebens nur ungern davon schwimmen lassen …
Ein turbulenter Roman über tolle Hechte und echte Glücksgriffe, die man nicht zurück ins Meer werfen sollte.

05/2073/01/R

SERIE PIPER